AQUI, AGORA, SEMPRE

Catherine Isaac

AQUI, AGORA, SEMPRE

TRADUÇÃO DE **ALYDA SAUER**

Rocco

Título original
YOU ME EVERYTHING

Copyright © 2018 *by* Catherine Isaac

Nenhuma parte desta obra pode ser reproduzida, ou transmitida por qualquer forma ou meio eletrônico ou mecânico, inclusive fotocópia, gravação ou sistema de armazenagem e recuperação de informação, sem a permissão escrita do editor.

Esta é uma obra de ficção. Nomes, personagens, lugares e incidentes são produtos da imaginação da autora, foram usados de forma fictícia, e qualquer semelhança com pessoas reais vivas, ou não, empresas, acontecimentos ou localidades é mera coincidência.

Direitos para a língua portuguesa reservados
com exclusividade para o Brasil à
EDITORA ROCCO LTDA.
Rua Evaristo da Veiga, 65 – 11º andar
Passeio Corporate – Torre 1
20031-040 – Rio de Janeiro – RJ
Tel.: (21) 3525-2000 – Fax: (21) 3525-2001
rocco@rocco.com.br
www.rocco.com.br

Printed in Brazil/Impresso no Brasil

CIP-Brasil. Catalogação na publicação.
Sindicato Nacional dos Editores de Livros, RJ.

I73a

Isaac, Catherine
    Aqui, agora, sempre / Catherine Isaac; tradução de Alyda Sauer. – 1. ed. – Rio de Janeiro: Rocco, 2020.

    Tradução de: You Me Everything
    ISBN 978-85-325-3166-7
    ISBN 978-85-8122-789-4 (e-book)

    1. Ficção inglesa. I. Sauer, Alyda. II. Título.

19-62050
    CDD: 823
    CDU: 82-3(410.1)

Meri Gleice Rodrigues de Souza – Bibliotecária – CRB-7/6439

O texto deste livro obedece às normas do
Acordo Ortográfico da Língua Portuguesa.

Para minha família

PRÓLOGO

Manchester, Inglaterra,
2006

Às vezes a vida pega o que tem de melhor e de pior para oferecer e joga tudo junto em cima de você num mesmo dia.

Essa talvez não seja uma conclusão rara durante um parto, mas, no meu caso, não foi o coquetel comum de sofrimento e felicidade que me fez chegar a ela. Apesar de finalmente estar prestes a conhecer o humano minúsculo que compartilhou meu corpo durante nove meses, aquelas oito horas torturantes também foram usadas para tentar falar com o pai dele pelo celular – para arrancá-lo de qualquer bar, boate ou mulher em que ele tivesse se metido.

– Você se lembrou de trazer suas anotações, Jessica? – perguntou a parteira quando cheguei sozinha ao hospital.

– Estou com elas aqui. Foi meu namorado que perdi, esqueci onde botei – eu disse, com um sorriso de quem se desculpa.

Ela me espiou por baixo dos cílios, sem levantar a cabeça, quando debrucei sobre a mesa da recepção da ala da maternidade, esperando a lancinante dor da contração passar.

– Tenho certeza de que ele chegará logo. – O suor escorria pela minha nuca. – Deixei algumas mensagens para ele. – Doze, para ser exata. – Ele está num evento de trabalho. Não deve ter sinal por lá.

Nesse ponto, uma parte de mim ainda esperava que isso fosse verdade. Eu estava sempre disposta a ver o que havia de bom em Adam, mesmo diante de evidências contrárias.

— Não costumávamos admitir homens aqui — ela lembrou. — Por isso, se precisarmos começar sem o papai, não haverá problemas.

Papai. Eu não podia negar os fatos biológicos, mas o título soou errado aplicado a Adam.

A parteira tinha aparência matronal, que inspirava confiança, pernas fortes, seios sobre os quais se podia equilibrar um vaso de planta e o tipo de cabelo que havia passado a noite em rolinhos de esponja. O nome na plaquinha era Mary. Conhecia Mary havia mais ou menos três minutos e já gostava dela, o que era bom, porque ela estava prestes a examinar o colo do meu útero.

— Venha, linda, vamos para um quarto.

Fui pegar a mala que o motorista do táxi ajudara a carregar, mas ela se inclinou e agarrou a alça, admirada com o peso.

— Quanto tempo você pretende ficar? — ela debochou, e eu fiz o melhor que pude para rir, até perceber que outra contração estava a caminho.

Fiquei lá em agonia muda, apertando os olhos e determinada a não ser a mulher que apavorava todo mundo berrando até não poder mais.

Quando a dor diminuiu, segui Mary lentamente pelo corredor feericamente iluminado e peguei o celular para verificar de novo se havia mensagens. Vi uns doze textos da minha mãe e de Becky, minha melhor amiga, mas ainda nada de Adam.

Não era para acontecer assim.

Eu não queria ficar sozinha.

Por mais que tivesse me preocupado com o nosso relacionamento nos últimos meses, eu também nada havia feito para tê-lo comigo, segurando minha mão e dizendo que tudo ia dar certo.

Descobri que estava grávida um dia depois do meu aniversário de vinte e dois anos. Não foi planejado, mas me convenci nos nove meses seguintes de que eu seria uma mãe confiante. Isso de repente pareceu uma bravata inconsistente.

— Tudo bem, querida? — perguntou Mary quando chegamos à porta da sala de trabalho de parto.

Fiz que sim com a cabeça, apesar de não ser verdade. Mesmo em suas mãos capazes eu me sentia sozinha, apavorada, e certa de que essa sensação ia continuar até Adam chegar e cumprir seu dever de secar minha testa e segurar minha mão.

A sala era pequena e funcional, tinha cortinas finas estampadas que davam um ar de cadeias de hotéis antiquados. O céu estava da cor de melaço de cana, preto e impenetrável, e a lua perolada se escondia no escuro.

– Deite aqui – disse Mary, dando tapinhas na cama.

Segui suas orientações, deitei de costas e abri as pernas. Ela então declarou friamente, "entrando", e enfiou a mão nas minhas partes, fazendo com que meus olhos saltassem das órbitas e eu perdesse a capacidade de respirar.

– Dilatação de quatro centímetros. – Ela endireitou as costas, sorriu e tirou a luva de látex enquanto a contração começava a apertar. – Você está em trabalho de parto, Jessica.

– Que emoção – respondi, educada demais para mencionar que aquilo não era nenhuma revelação, porque eu já havia batizado o chão da minha cozinha com líquido amniótico horas antes.

– O melhor a fazer é usar a bola de parto e deixar a gravidade nos ajudar. Vou dar uma olhada na paciente ao lado, mas não hesite em usar a campainha para me chamar. Tem mais alguém que possa vir ficar com você? Uma amiga? Ou sua mãe?

Becky não morava longe, mas mamãe era sempre a única opção, por mais humilhante que fosse ter de ligar e explicar que Adam estava ausente.

– Minha mãe está de prontidão. Se eu não tiver notícia do meu namorado até as duas da manhã, ela vem para cá.

– Excelente – disse ela, e me deixou sozinha com a minha bola pula-pula sem os seguradores, um iPod cheio de músicas de Jack Johnson e uma máquina de gás e ar que eu tinha esquecido de perguntar como usar.

Liguei para mamãe às duas em ponto. Ela chegou seis minutos depois, de calça jeans justa e uma blusa de linho macio, com a fragrância de *Beautiful*, de Estée Lauder, no pescoço. Carregava uma enorme sacola de ginástica que continha seu kit-parto de última hora. Consistia em uma câmera compacta de vídeo, um travesseiro de pena de ganso, um tubo de pasta de dentes, uma revista *Woman & Home*, um pouco de creme para as mãos Neal's Yard, um punhado de uvas, dois potes Tupperware grandes com uma seleção de bolos recém-feitos, algumas toalhas cor-de-rosa e... não estou brincando... um brinquedinho de berço.

– Como você está? – ela perguntou ansiosa, arrastou uma cadeira e prendeu uma mecha do cabelo louro e curto atrás da orelha.

Ela usava uma maquiagem muito suave e discreta, tinha pele boa, por isso nunca precisou de muita, e seus olhos azuis brilhantes estavam luminosos.

– Bem. E você?

– Estou ótima. Aliás, muito feliz de estar aqui.

O pé dela batia na cama enquanto ela falava, e aquele som metálico ecoava no quarto. Mamãe sempre mantinha a lucidez numa crise, mas eu estava notando uns tiques nervosos ultimamente. Naquela noite, sua perna tinha vida própria.

– Você não pode ter levado só seis minutos da sua casa para cá – eu disse, tentando sugar o gás e o ar pela primeira vez e acabei tossindo, irritando a garganta.

– Estava no estacionamento desde a meia-noite. Não queria ficar presa no trânsito.

– Ah, se Adam fosse tão prestativo assim... – resmunguei.

O sorriso dela falhou.

– Você tentou enviar uma mensagem de texto para ele de novo?

Fiz que sim com a cabeça e procurei esconder toda a minha irritação.

– Enviei, mas evidentemente alguma coisa era mais importante do que estar aqui.

Ela estendeu a mão e apertou meus dedos. Mamãe não estava acostumada a me ver ressentida. Eu raramente ficava zangada pra valer com qualquer pessoa ou coisa, excetuando talvez a droga da nossa banda larga.

Mas você não saberia disso naquela noite.

– Odeio ele – choraminguei.

Ela balançou a cabeça e alisou minha mão com a ponta dos dedos.

– Não odeia não.

— Mãe, você não sabe a metade do que tem acontecido ultimamente. — Eu temia contar para ela porque isso romperia a bolha, a ideia de que minha vida em família com Adam jamais seria comparável à que ela e papai haviam me dado. Eu me lembrava da minha infância como um tempo abençoado: seguro e feliz, mesmo considerando alguns períodos difíceis que agora estavam todos no passado.

Ela suspirou.

— Está bem. Mas não fique nervosa com isso agora. Você não viverá este momento de novo. Está com fome?

Ela abriu um dos potes de Tupperware.

Consegui sorrir.

— Está falando sério?

— Não está? — ela disse, surpresa. — Eu estava morrendo de fome quando tive você. Comi metade de um bolo de limão antes da água acabar de escorrer.

Minha mãe era uma companheira de parto brilhante. Ela me fez sorrir entre contrações, me manteve calma até tudo ficar tão fora de controle que não consegui resistir e gritei.

— Por que não te deram alguma coisa para a dor? — ela disse baixinho.

— Eu disse que não queria peridural. Fiz um plano de parto natural. E eu fiz... ioga.

— Jess, você está tentando expulsar outro ser humano pela sua vagina, acho que precisa de bem mais do que exercícios de respiração e uma vela.

E afinal ela estava certa. Quando eu vomitei pela enésima vez, sentia uma agonia tão incompreensível que teria chupado um cano quebrado, se tivesse algum. Um sol fraco apareceu embaçado na janela e outra parteira, que devia ter se apresentado mais cedo, quando minha cabeça se ocupava de outras coisas, se abaixou para me examinar.

— Sinto muito, meu amor, mas você está adiantada demais para uma peridural. Pode tomar uma injeção de petidina, se quiser, mas esse bebê vai nascer logo, logo.

Minhas pernas começaram a tremer descontroladamente, a dor tirou meu fôlego, sequestrou minha capacidade de falar direito e de pensar racionalmente.

– Eu só quero o Adam aqui. Mamãe... *por favor*.

Ela se atrapalhou com o celular freneticamente para tentar ligar para o número dele. Mas deixou cair o aparelho, xingou a própria falta de jeito e se arrastou no chão, caçando o objeto como se fosse um sabonete na banheira.

O que aconteceu depois disso é vago porque eu não estava concentrada em telefonemas, nem na agulha na minha coxa. Estava delirante com a terrível e milagrosa força do meu corpo.

Foi mais ou menos um minuto e três contrações depois de a petidina ter sido administrada que meu bebê chegou ao mundo.

Ele era deslumbrante, meu menino, com pernas e braços rechonchudos e uma expressão perplexa piscando e enrugando todo o rostinho quando foi posto nos meus braços pela parteira.

– Oh, meu Deus – mamãe exclamou. – Ele é...

– Maravilhoso – sussurrei.

– Enorme – ela comentou.

Sempre pensei que bebês recém-nascidos fossem delicados e indefesos, mas William era um lutador de quatro quilos. E ele não chorou, não naqueles primeiros minutos, ele só se aconchegou na curvatura quente do meu seio e fez tudo ficar bem.

Isto é, quase tudo.

Quando encostei os lábios na testa dele e senti seu cheiro doce e fresco, a porta do quarto abriu com estrondo. Lá estava Adam, invalidando completamente a teoria do antes tarde do que nunca.

Não sei o que foi mais dominante quando ele se aproximou de nós, o cheiro do perfume de outra mulher, ou o fedor azedo de bebida passada. Ainda usava a roupa da noite anterior. Havia fracassado na tentativa de limpar o batom do pescoço, deixando uma mancha violenta rosa-puta que começava na orelha e terminava na camisa.

De repente não o quis perto de mim ou do nosso bebê. Nenhuma quantidade de gel antibacteriano para as mãos teria alterado o fato de ele estar um completo traste. E de muitas formas. Desolada, fiquei pensando há quanto tempo eu tinha chegado a essa conclusão.

– Posso... posso segurá-la? – disse ele, estendendo os braços.

Mamãe fez uma careta e eu respirei fundo.

– É um *menino*, Adam.

Ele olhou para mim surpreso e dobrou os braços. Sentou olhando para nós, parecendo incapaz de dizer qualquer coisa, menos ainda a coisa certa.

– Você perdeu – eu disse, afastando a ardência de novas lágrimas. – Não posso acreditar que você perdeu esse momento, Adam.

– Olha, Jess... eu posso explicar.

CAPÍTULO 1

*Dez anos depois,
verão de 2016*

Não sei quando desaprendi a empacotar coisas. Era boa nisso antigamente, na época em que tinha tempo e espaço vago para empilhar travesseiros infláveis de viagem e miniutilidades de toalete. Não é volume que está faltando, meu velho Citroën está transbordando, mas tenho a inconfundível sensação de que esqueci alguma coisa, ou várias algumas coisas.

O problema é que não fiz uma lista. Mulheres da minha geração são levadas a crer que listas são solução para tudo, mesmo que o mundo em torno delas esteja desmoronando. Nesse momento estou além de listas. Chega um ponto em que há tanta coisa para fazer que parar por algo tão indulgente como fazer uma lista parece uma loucura. Além do mais, se esqueci qualquer coisa, posso simplesmente comprar quando chegarmos lá. Vamos apenas para o interior da França, e não para a bacia amazônica.

Se a minha arrumação foi desastrada, não sei como chamariam a de William. Na sua mala tem principalmente jujubas, encontradas embaixo da cama dele depois que seus amigos dormiram aqui, livros com títulos como *Cobras venenosas do mundo*, algumas pistolas de água e uma seleção de artigos de higiene pessoal perfumados demais.

Só recentemente ele começou a se interessar por isso, depois que seu amigo Cameron resolveu que dez anos era a hora certa de começar a usar desodorante para ir à escola. Tive de lembrar gentilmente ao meu filho que andar por aí numa nuvem-cogumelo de Lynx Africa não o levaria muito longe na França enquanto não usasse calças de verdade.

Pulo para o assento do motorista, giro a chave e sinto a surpresa habitual quando o motor liga.

— Tem certeza de que pegou tudo? — pergunto.

— Acho que sim.

O rubor de excitação no rosto dele aperta um pouquinho meu coração. Está assim desde que eu disse que íamos passar o verão com o pai dele. Eu me inclino para dar um beijinho no lado da sua cabeça. William tolera isso, mas aqueles dias em que me abraçava e declarava "Você é a melhor mãe que eu já tive" ficaram para trás há muito tempo.

William é alto para a idade, quase magricela apesar do enorme apetite e da recente obsessão que desenvolveu pela Domino's. Herdou do pai a altura e também os olhos líquidos, castanhos, a pele que bronzeia bem e o cabelo escuro com cachos na nuca.

Como meço um metro e sessenta, logo, logo ele vai me passar, e então provavelmente parecerá menos meu ainda. Minha pele é clara, sardenta e tende a ficar cor-de-rosa ao menor calor. O cabelo louro que bate nos meus ombros não cacheia como o do meu filho, mas tampouco é liso, tem um ondulado que me irritava no tempo em que essa era a única coisa com a qual eu tinha de me preocupar.

— Quem vai cuidar da casa quando estivermos fora? — ele pergunta.

— Não precisa, querido. Só de alguém para pegar a correspondência.

— E se alguém entrar e roubar as coisas?

— Ninguém vai fazer isso.

— Como você sabe? — pergunta William.

— Se fossem assaltar uma casa nessa rua, a nossa seria a última opção.

Eu tinha comprado a minúscula casa de vila no sul de Manchester graças à ajuda financeira do meu pai logo depois que tive William e, felizmente, antes do bairro virar moda.

Nunca participei das irônicas noites de bingo no bar de falafel no fim da rua e devo ter comprado fermento de quinoa apenas uma vez desde que abriram a padaria artesanal. Mas apoio totalmente esses lugares porque fizeram o preço das casas subir muito.

Só que, com isso, eu devo ser a única mãe solteira de trinta e três anos com um salário como o meu que vive aqui. Leciono escrita criativa no colégio de ensino médio local, coisa que sempre representou mais satisfação com o trabalho do que recompensa financeira.

– A casa do Jake Milton foi assaltada – William conta preocupado quando descemos a rua. – Levaram todas as joias da mãe dele, o carro do pai e o videogame Xbox do Jake.

– É mesmo? Que horror!

– Pois é. Ele tinha chegado ao último nível de *Garden Warfare* – suspira William, balançando a cabeça. – Ele nunca mais vai recuperar isso.

Vamos levar quatro ou cinco horas para chegar à costa sul para pegar a barca, mas estamos saindo cedo para fazer uma parada não muito longe de casa.

Chegamos em Willow Bank Lodge dez minutos depois e paro o carro no pequeno estacionamento na frente. O prédio por fora parece uma grande construção de Lego, com tijolos uniformes marrons e telhado cinzento. Mas, de qualquer forma, ninguém escolhe um asilo pela arquitetura.

Digito o código nas duas portas e registro nós dois, quando sentimos o cheiro de carne tostada demais e de legumes e verduras murchas. O lugar está limpo, iluminado e bem conservado, embora o decorador de interiores devesse ser daltônico. O papel de parede com rodamoinhos é verde-abacate forte, o piso acarpetado em azul-marinho e vermelho, e as madeiras de proteção nas paredes são pintadas com um verniz cor de laranja que alguém deve ter se equivocado e achou que parecia madeira natural.

Os barulhos da hora do almoço vinham de trás de uma porta dupla e da sala da televisão, então fomos para lá em vez de entrar no corredor que ia para o quarto da mamãe.

– Tudo bem aí, Arthur? – pergunto gentilmente quando um dos residentes mais antigos sai do banheiro com expressão de quem acabou de entrar em Nárnia. Ele endireita as costas e se defende.

– Estou procurando minhas panelas. Vocês levaram minhas panelas?

– Nós não, Arthur. Por que você não vem conosco e procura na sala de jantar?

Estou quase salvando Arthur antes que ele entre no armário de vassouras, quando a porta dupla se abre e aparece um integrante da equipe dos cuidadores e enfermeiros, Raheem, para oferecer o braço e levá-lo para outro canto.

– Oi – diz William.

Vinte e poucos anos de idade, descendente de somalianos, Raheem também tem um Xbox, por isso os dois sempre têm muito o que conversar.

– Oi, William. Sua avó já vai almoçar. Talvez tenha sobrado algum pedaço de bolo de abacaxi, se você quiser.

– Sim, eu quero.

Meu filho nunca rejeita alimento algum, a não ser aquele que precisei me esforçar demais para preparar e que olha como se eu estivesse lhe oferecendo um prato de lixo industrial fumegante.

William passa pela porta seguido por Raheem e um homem aparece no lugar deles. A pele nas têmporas tem marcas de anos de uma pressão altíssima, que certamente teve um efeito muito mais potente na saúde dele do que o fato de ser um alcoólico recuperado.

– Vovô! – O rosto de William explode em um sorriso e os olhos acinzentados do meu pai faíscam e ganham vida.

CAPÍTULO 2

Esse é um dos pequenos milagres do meu mundo: mesmo em face da maior tensão, meu pai inteiro sorri quando o neto está por perto.

— Vocês estão preparados, William?

— Estamos. De malas prontas e a caminho, vovô.

Papai embaraça o cabelo cheio e encaracolado de William e recua um passo para examiná-lo.

— Eu podia ter levado você para cortar esse cabelo antes da viagem.

— Mas eu gosto dele comprido.

— Você parece uma almofada rasgada.

William ri, apesar de ter ouvido essa brincadeira mais vezes do que consegue contar.

— Quantos minutos têm quatro horas e meia? — papai o desafia.

— Humm... Duzentos e... setenta.

— Bom menino. — Ele puxa William para um rápido abraço.

O fato do meu filho estar matriculado numa turma de Dotados e Talentosos em matemática não é crédito meu. Aritmética definitivamente não é o meu forte, e os únicos números que Adam domina são do tipo copo/hora.

Mas meu pai, contador, sempre foi mais pai para William do que o Adam. A casa geminada dos meus pais fica apenas a dez minutos de onde nós moramos e foi um segundo lar para William antes de ele entrar para a escola, o lugar onde ele resolvia quebra-cabeças com meu pai e fazia bolinhos com mamãe.

Mesmo mais tarde era papai que o esperava nos portões da escola e levava William para a casa deles para supervisionar o dever de casa ou para ir com ele, de barca, para a aula de caratê enquanto eu terminava o trabalho.

Tudo havia mudado nos últimos dois anos.

Minha mãe não é mais a avó que foi um dia, alguém que sete ou oito anos atrás era a primeira da fila para descer no enorme escorrega cheio de curvas no nosso parquinho coberto, com William no colo. Ela nunca se preocupou de parecer uma criança grande. Simplesmente tirava os sapatos e entrava no tubo, enquanto William gritava de prazer e as outras mulheres da idade dela, que não tinham recebido o diagnóstico que mamãe já tinha naquela época, ficavam de fora, bebendo seus cafés latte.

– Vou te dar uns trocados – diz papai, procurando no bolso da calça.

– Não precisa – murmura William sem convicção, e meu pai põe uma nota de vinte libras na mão dele.

– Compre um gibi na barca.

– Posso comprar uma Coca?

– Claro – responde papai, antes de eu poder dizer terminantemente que não.

– Obrigado, vovô. Agradeço muito.

William vai saltitando para a sala de jantar à procura da avó e eu fico lá para conversar com papai.

– Você devia ter ido direto para a barca, querida – diz ele para mim.
– Não precisava parar aqui no caminho.

– Claro que precisava. Eu queria dar o almoço para mamãe antes de ir.

– Eu faço isso. Só ia sair para comprar o jornal.

– Não, eu gostaria de dar o almoço para ela, se você não se incomodar.

Ele meneia a cabeça e respira lentamente.

– Bem, então preste atenção. Procure relaxar na França. Você precisa de umas férias.

Sorrio desconfiada.

— É assim que você chama isso?

— Você vai curtir se *permitir-se* fazê-lo. E trate de se dar essa permissão. Pelo bem da sua mãe, se assim se sentir melhor. Ela realmente quer isso, você sabe.

— Eu ainda acho que é tempo demais para ficar longe.

— Nós já estamos vivendo com isso há dez anos, Jess. Absolutamente nada vai acontecer em cinco semanas.

Mamãe está no outro lado da sala de jantar, perto da janela do pátio aberto, com William sentado ao seu lado, falando sem parar. É a melhor hora do dia, quando o sol está alto e ela pode sentir uma brisa fresca de verão na pele.

Ela está na cadeira de rodas, com o vestido turquesa que comprei para ela na Boden alguns meses atrás, numa posição que se pode chamar de sentada, só que implica ficar imóvel.

Mas mamãe raramente fica quieta ultimamente. Porém, graças ao remédio que toma, não tem mais espasmos violentos como antes.

Ainda assim as drogas não produzem milagres, e infelizmente tenho consciência disso.

Então ela se remexe e se revira, as feições, braços e pernas ossudos se contorcem em movimentos improváveis. Ela agora está magra, as juntas dos cotovelos e joelhos proeminentes, as maçãs do rosto tão pronunciadas que às vezes olho para ela e penso que os olhos parecem grandes demais para o rosto. As mãos estão disformes também, retorcidas além da idade. Ela já pareceu mais jovem do que a idade que tinha um dia. Agora não dá para imaginar que tem apenas cinquenta e três.

— Oi, mamãe. — Eu me abaixo para abraçá-la e a aperto mais tempo do que de costume.

Quando me endireito, olho para sua boca aberta para ver se há algum esboço de sorriso. Ela demora bastante para reagir, mas acaba conseguindo balbuciar.

— Eh... meu amor.

Ainda sou capaz de entender o que mamãe diz quase sempre, mas sou uma das poucas que conseguem. Ela só usa frases de três ou quatro palavras e são sempre enroladas, a voz arrastada e baixa.

– Estou vendo que você conseguiu o melhor lugar. Todos vão ficar com inveja.

Aí vem um longo intervalo em que mamãe fica visivelmente procurando as palavras.

– Subornei todos – ela acaba dizendo, e eu dou risada.

Um novo membro da equipe aparece e põe o almoço de mamãe na mesa, depois desdobra um grande babador de plástico e amarra gentilmente no pescoço dela. Estendo a mão para alisá-lo, mas o braço esquerdo dela continua a dobrá-lo para cima. O babador flutua para baixo um instante, depois sobe de novo.

Penso em pegar a colher de bebê que está ao lado do prato, mas resolvo deixá-la ali para o caso de mamãe querer tentar se alimentar sozinha. Ela raramente faz isso agora, apesar de ter ficado indignada quando no início sugeriam qualquer coisa diferente disso.

Já faz quase um ano que ela se mudou para Willow Bank Lodge. Todos nós queríamos que ficasse em casa o máximo de tempo possível, mas tornou-se muito difícil, mesmo quando papai instalou a cama dela no térreo. Papai ainda trabalha e não pode ser cuidador 24 horas por dia. Todos entenderam que ela ia precisar de mais gente além dele, o ideal seria um lugar em que a simples ida ao banheiro não significasse uma viagem com risco de morte. E aqui nunca faltam visitas para ela. Fato é que mamãe tem um pequeno círculo de amigos que a ajudaram em todos os momentos sérios naqueles últimos dez anos. Sua melhor amiga Gemma vem todo fim de semana, em geral com um novo audiobook, ou com uma fornada de pães de cereja deformados que ela chama de seu "prato exclusivo".

– Animado? – mamãe pergunta para William.

– Louco para chegar! – ele responde. – Papai está planejando um monte de coisas para nós, vovó. Vamos ficar na melhor cabana, não é, mamãe? Vamos passear de caiaque, fazer escalada e ele vai deixar que eu o ajude em algumas tarefas do tipo faça-você-mesmo.

Eu me preocupo seriamente com as expectativas que minha mãe alimenta para essa viagem, que foi ideia dela. Não que eu tenha me surpreendido quando ela sugeriu, acrescentando dramaticamente que era seu "último desejo". Ela admite abertamente que essa é uma garantia para obter o que quer.

Depois que Adam e eu nos separamos, mamãe ficou tão furiosa com ele quanto eu e entendeu por que eu queria distância dele. Mas apesar de não ter nenhuma vontade de nos ver juntos outra vez, ela supunha, ou pelo menos esperava, que William fosse ter algum tipo de relacionamento com o pai.

Então Adam mudou para a França e ficou claro que isso não ia acontecer.

Adam não é exatamente um pai omisso. Ele paga a pensão sem atraso, lembra do aniversário de William e conversa pelo Skype sempre que combinam. Mas o nosso filho não passa de uma pequena peça no quebra-cabeça da vida animada de Adam. Eles se veem duas ou três vezes por ano, se tanto. E eu nem tenho certeza se Adam ainda reclamaria da acusação de que não tem interesse pelo menino.

Mamãe sempre se incomodou com essa falta de contato e também com o fato de que eu nunca falei nem fiz qualquer coisa a respeito. Deixei Adam se afastar espontaneamente. Para ser sincera, até gostei. Eu tinha amor que valia por dois para dedicar a William.

Tenho quase certeza de que ela jamais imaginou Adam e eu sentados à mesa de jantar todo domingo pelo bem de William, odiando um ao outro enquanto passávamos o molho, mas durante anos ela cismou que o menino precisava de um relacionamento concreto com o pai. Talvez por ter sido adotada e jamais ter conhecido os pais. De qualquer modo, hoje em dia Adam leva uma vida de luxo na Dordogne, e nós moramos numa casa de quatro cômodos, dois em cima e dois embaixo, em Manchester, e o fato de haver uma padaria gourmet na esquina não aproxima em nada nossos estilos de vida. Mesmo assim ouço o que ela diz. Não concordo, mas ouço. E toda vez que olho para minha mãe esses dias e penso em tudo que ela tem de enfrentar, lembro que não tenho como fincar o pé e teimar com ela. Então enviei um e-mail para

Adam e sugeri que fôssemos lá visitá-lo. Desconfio que ele quase caiu para trás de susto.

De qualquer modo, se eu conseguisse ao menos, sei lá, que eles criassem algum laço, sentiria que tinha realizado alguma coisa capaz de dar um pouco de consolo para minha mãe. Além do mais, terei apoio pelo menos por um tempo da nossa estada lá. Minha amiga Natasha vai se juntar a nós por algumas semanas e depois chegam Becky, o marido e os filhos.

– Eu... adoro a França – mamãe sussurra, olhando carinhosamente para William. – Tirem fotos.

Nós passamos algumas férias na França quando eu tinha a idade de William. Ficamos em um trailer no mesmo camping, ano após ano. Era divino, um novo mundo de dias de sol sem fim e cafés da manhã com pães recheados de *chocolate de verdade.*

– Experimente um pedalinho – diz mamãe. – Sua mãe adorava.

Sinto a garganta apertar com a lembrança, mamãe e eu pedalando em volta do lago no limite do camping, rindo juntas ao sol.

Quando William começa a tagarelar alguma coisa sobre um beliche, eu tenho de olhar para o outro lado, para que não percebam a película de líquido nos meus olhos. Engulo o choro e lembro que só ficaremos fora algumas semanas. Não será bom para ninguém se eu começar a chorar agora, por mais que isso faça meu peito doer.

Olho para baixo e noto que mamãe não encostou na colher de bebê. Por isso pego a colher, um pouco da papa e tento alimentá-la.

– Serviço à inglesa – ela resmunga, e eu bufo com desdém.

CAPÍTULO 3

Iniciamos, animados, nossa viagem de 1.300 km e 28 horas, cantando, desafinados, uma playlist que inclui de tudo, dos Beatles aos Avicii. Conversamos sobre como era a França quando eu era pequena, as praias de areia macia, os sorvetes de sonho, como mamãe me ensinou a jogar Blackjack muito bem, por francos e *centimes*.

William brinca um pouco com meu iPad, debruçado sobre a tela, até eu ficar preocupada achando que dessa forma vai ficar enrolado, e acabo arrancando dele. No lugar disso, ligo o audiobook *Billionaire Boy* de David Walliams e em pouco tempo estamos os dois rindo tanto que minhas bochechas chegam a doer. Então surge um enredo específico que envolve um personagem que namora uma menina que fotografa nua para revistas masculinas. Não estou certa se ele sabe o que é. Só sei que tenho uma sensação parecida com a que tive quando ele pediu para eu explicar de onde vinham os bebês no início do ano. Fui correndo comprar um livro que tratava desse assunto e de outros relacionados, sugeri que ele lesse antes de fazer mais perguntas. Que assim evitaríamos qualquer constrangimento. Por que eu ficaria constrangida?, perguntou ele inocentemente, e fui forçada a tentar parecer animada e alegre lendo frases como "e é isso que algumas pessoas chamam de 'tocar uma punheta'".

Quando chegamos à barca, William já está bem menos a fim de conversar. Fica pálido quando estacionamos o carro nas vagas da embarcação e subimos para perto da janela.

– Teremos uma boa visão daqui – observo animada.

– Eu vou vomitar.

E ele vomita sete vezes durante a viagem noturna de seis horas, aquela em que devíamos dormir, e desce da barca parecendo aquela menina de O exorcista. Paramos na primeira área de piquenique que encontramos em solo francês e esperamos a náusea dele passar, bebendo água e observando o fluxo de famílias inglesas tentando dirigir na mão errada em um trevo.

William dorme o resto da viagem, só acorda para fazer xixi, enquanto seguimos pela autoestrada. Fico sozinha com meus pensamentos até chegarmos à Dordogne, atravessada por florestas e campos, cortamos o interior, passamos rapidamente por dúzias de aldeias adormecidas, salpicadas de vasos com gerânios cor de fogo e casas de pedra creme com venezianas nas janelas.

Mesmo com a beleza da paisagem, não consigo parar de pensar em mamãe, assombrada pelos mesmos pensamentos que me deixaram tão angustiada que, pela primeira vez na minha vida, tive de tomar antidepressivos no início desse ano. Nunca me imaginei precisando do auxílio de drogas para me animar. Sempre me achei divertida. A primeira a botar um chapéu idiota no Natal, ou levantar e trucidar uma música no karaokê, ou entrar em um dos tiroteios de William com pistolas de água. O máximo que já havia precisado para me recuperar de um dia ruim foi um sorvete Almond Magnum, com uma saideira ocasional de Pinot Noir, enquanto elogios no trabalho enalteciam minha "energia e popularidade ilimitadas com os alunos", e nunca tive de pagar ninguém para falar isso.

Mas desde que mamãe foi internada no Willow Bank, por melhor que eu ache o lugar, tem havido uma mudança em mim. Seis meses atrás fugiu do controle. Não que a maioria das pessoas perceba. Fiz uma boa encenação de ser a mesma velha Jess. Mas, por dentro, as coisas estão diferentes.

O que começou com um nível compreensível de preocupação adquiriu vida própria à medida que a deterioração da minha mãe acelerava. Depressão era a palavra errada para descrever. Tratava-se de uma angústia esmagadora, uma incapacidade de pensar em outra coisa senão em um futuro mais triste quanto mais a vida ficava difícil para minha pobre mãe.

Os comprimidos ajudaram, embora eu ainda não goste da ideia de tê-los tomado. E não mudaram o fato fundamental que provocou tudo aquilo: que minha mãe está em um asilo, perdendo lentamente seu elo com a pessoa que é. E ninguém pode fazer nada.

CAPÍTULO 4

Quando somos cercados por fileiras compactas de nogueiras e uma profusão de folhagem exuberante, nosso GPS finalmente anuncia que chegamos ao destino. Como estamos a quilômetros de qualquer lugar, o GPS evidentemente está falando besteira.

Remexo no porta-luvas à procura do mapa que esperava não precisar usar, e, depois de vários caminhos errados, encontro uma bifurcação apontando para o Château de Roussignol. Amasso a brita da entrada e a vibração do meu coração me faz pensar se estou realmente satisfeita com a ideia daquelas férias. Suponho que sejam permitidas, mesmo significando que ficarei perto de Adam.

Houve um ponto em que odiei Adam, mas essa não é uma emoção que eu sinta naturalmente. Achei exaustiva.

Por isso tenho sido a definição de civilizada durante muito tempo. Sorrindo, pelo bem de William, quando ele chegava para pegá-lo. Exclamando "fantástico!" quando nosso filho voltava elogiando as virtudes gastronômicas do McLanche Feliz que tinha comido.

Mesmo se eu quisesse desperdiçar tempo e energia detestando Adam, não encontraria essa disposição em mim, com tudo o mais que estava acontecendo. Hoje em dia não sinto nada por ele. Sigo fingindo que está na França porque foi para onde o trabalho o levou, e não porque ele jamais quis se incomodar com qualquer coisa tão mundana como a monogamia e a paternidade. Meu filho acorda e senta esfregando os olhos quando temos a primeira vista do Château de Roussignol. Eu só tinha visto em fotos, em cada etapa da reforma, desde o início, quando estava em ruínas, abandonado.

Isso foi antes de William ter idade para falar, quando Adam enviava e-mails para mim, intermitentemente, anexando fotos do château. Todos acharam que ele tinha enlouquecido quando o comprou.

Dava para ver que havia uma construção grandiosa por trás do mato e dos jardins sem cuidados. Mas não tinha eletricidade, havia ratos embaixo das tábuas do assoalho e um sistema de esgoto da Idade das Trevas. Mas Adam, apesar dos seus defeitos, sempre foi cabeça-dura o suficiente para fazer aquilo funcionar.

Os e-mails foram caindo na minha caixa todo mês por três anos, e eu tive uma visão da sua nova vida que jamais pedi e nunca quis ter: as horas que ele passava em trabalhos braçais, a abordagem obsessiva de planejamento, a ridícula visão ambiciosa que ele tinha para o lugar. Eu me preocupava demais com o risco financeiro que ele estava assumindo e imaginava de que maneira aquilo ia afetar sua capacidade de contribuir com a despesa na criação de William, sem a qual não teríamos sobrevivido naqueles dias iniciais.

Eu lia os e-mails com um misto de curiosidade, ciúme, raiva e desespero. Pensando melhor, acho que a principal motivação dele foi apenas uma necessidade quase infantil de provar que estava realmente se tornando alguém.

Quando o château estava quase pronto e nosso filho completando o terceiro ano de vida, ficou claro que Adam tinha conseguido realizar seu projeto.

Eu não me permiti amargura, pelo menos não com o sucesso dele, pelo qual tinha trabalhado duro. Mas admito que nunca fui capaz de acreditar na rapidez com que ele começou a dormir com outra depois que nós nos separamos, enquanto eu me ajustava à vida com os mamilos irritados, sem dormir e com a ideia de que um dia de sucesso significava escovar os dentes antes das 3 da madrugada.

– Chegamos? – pergunta William, mais animado. – Uau, é incrível, não é?

– É sim. Seu pai trabalhou muito bem.

O château é extraordinariamente lindo, é mais uma mansão francesa do que a ideia que eu fazia de um castelo, mas com toda a grandiosidade e o charme neoclássico que alguém poderia desejar.

Tem três andares, um telhado cinza prateado que desce até os tons de biscuit das paredes e janelas imensas, ladeadas por venezianas elaboradas pintadas da cor de conchas do mar. Dois degraus de pedra antigos, com intrincado corrimão de ferro fundido que dá numa enorme porta em arco. Uma varanda alta coberta de hera se abre para a entrada de brita, ladeada por ciprestes. Vasos com flores muito coloridas se alinham do lado de fora da casa.

Seguimos meio aos trancos, em silêncio, sentindo o cheiro de tomilho e de campânulas pairando no ar. O único ruído que se ouvia era o gorjeio dos rouxinóis e o suave roçar da brisa.

– Mal posso esperar para ver o papai – diz William. – Ele vem nos encontrar aqui?

– Ele vai tentar. Disse para irmos para a recepção assim que chegarmos.

Adam jurou que ia correr e abraçar William assim que aparecêssemos, mas não aposto nisso. Considerando que estamos falando de Adam, e que ele não respondeu à mensagem de texto que enviei uma hora atrás, quando paramos para encher o tanque, não estou preparada para assumir o risco. Desligo o motor e abro a porta.

– Vamos lá ver se conseguimos encontrá-lo – sugiro, pondo as pernas para fora do carro. – Ele não vai reconhecer você. Deve ter crescido uns quatro centímetros desde a última vez que ele te viu.

Nós só tínhamos visto Adam em carne e osso uma vez desde o Natal, quando ele estava em Londres, na casa da nova namorada, Elsa. Como muitas outras mulheres que Adam namorou depois de mim, Elsa é alguns anos mais nova do que ele e fica sem ar na presença dele, à mercê de uma piscadela daqueles olhos castanhos.

A maior parte do tempo acho difícil me lembrar de ter me sentido assim com ele, mas a lógica me diz que devo ter sentido isso, sim. Porque ficamos juntos mais de três anos, apaixonados pelo menos uma fração desse tempo, e conseguimos fazer um bebê juntos, apesar de ter sido acidental.

Isso foi antes de eu entender que quando Adam disse que nunca quis ser pai, estava sendo sincero.

Ele foi o primeiro a admitir que não tinha sido feito para ser um pai como o meu. Meu pai não era nada perfeito, mas seu amor brilhava todas as horas que passávamos brincando com a minha casinha de bonecas ou, quando eu cresci, me ensinando a dirigir. Esse tipo de coisa não fazia a cabeça de Adam, nem depois que a paternidade deixou de ser uma decisão de vida e passou a ser uma realidade inevitável.

Foi por tudo isso que tive de encerrar nosso relacionamento. Foi uma das coisas mais difíceis que já fiz. Mas não tive escolha.

CAPÍTULO 5

Degraus de pedra nos levaram até a pesada porta dupla e um saguão de recepção de pedra moldada pelo tempo.

Nós nos aproximamos de uma mesa comprida que parecia muito antiga, sobre a qual descansa um pote de vidro com flores brancas bem altas e muito perfumadas, e um mata-borrão branco. A cadeira atrás da mesa está vazia, por isso William segue a deixa e toca a campainha de prata algumas vezes.

Somos saudados por uma jovem de saia preta curta, blusa branca meio transparente e sapatilhas de balé. Tem a pele hidratada e brilhante, dentes cintilantes e cabelo louro, comprido, preso para trás como o rabo de um cavalinho adestrado.

– Posso ajudá-los?

Ela é inglesa, tem a voz alta e segura, que sugere privilégio e boa formação. Eu a poria na metade da casa dos vinte. Não é muito magra, mas também nada nela balança, exceto as partes que devem balançar. E balançam bastante.

– Temos reserva em uma das cabanas. O nome é Pendleton. Jessica.

A expressão dela se abre em um sorriso que esperaríamos de alguém que recebe a notícia de que ovos de Páscoa não têm caloria nenhuma.

– Jess! Sou Simone.

Ela larga a caneta, dá a volta na mesa e me abraça. Acho aquilo um tratamento e tanto de atendimento ao cliente, especialmente porque consegui essas férias de graça.

— E você deve ser o William!

William troca o apoio do pé e não sai do lugar.

— Sou.

Ela continua com o sorriso de orelha a orelha.

— Você realmente é muito parecido com seu pai.

William parece satisfeito.

— Ah.

— Sinceramente, vocês são iguaizinhos. Lindos demais.

Agora as bochechas de William ficam rubras.

— Bom, estou felicíssima de conhecer vocês dois. E William, tenho certeza de que vou conhecer você melhor, porque consegui persuadir Adam a começar a promover atividades para crianças esse verão, e sou eu que vou organizar tudo.

William dá mais um largo sorriso. Na verdade, daria para botar um lápis nas covinhas dele e ficaria lá sem cair.

— Se você gosta de futebol, está no lugar certo. Quer que eu ponha seu nome na lista?

William é a única criança na turma dele, e provavelmente em todos os oitenta e nove anos de história da escola, que não se interessa, nem vagamente, pelo jogo. O mais próximo que ele já chegou de alguma conquista esportiva foi participar da equipe escolar de bridge.

— Hum... sim — responde ele, e eu viro duas vezes para ele, incrédula.

— Você torce por qual time?

Ele engole em seco.

— Manchester.

— City ou United? — ela pergunta.

— Hum... os dois.

Ela dá uma risadinha e ele também. Simone volta para trás da mesa e clica no computador.

— Certo, vamos registrar vocês na sua cabana.

Por mais luxuoso que seja o château, fico feliz de não me hospedar nele, onde sei que Adam tem seu escritório. Proximidade perigosa.

– Tem uma terceira pessoa na reserva de vocês, certo?

– É minha amiga Natasha, mas ela só vai chegar daqui a uma semana, mais ou menos.

– Ah, sim, claro. Bom, os quartos estão arrumados. Posso levá-los para lá agora.

Ela desaparece numa sala para pegar a chave, depois pede que a sigamos lá para fora, de volta ao sol incandescente. Ela sobe num carrinho de golfe, e William e eu entramos no meu carro para irmos atrás dela.

– Bem, ela foi simpática, não foi? – comento.

– Foi, e tinha um perfume delicioso – William responde entusiasmado, e eu não consigo pensar em uma resposta apropriada.

A estrada serpenteia em volta do château em direção a uma bela piscina, rodeada de espreguiçadeiras amarelo girassol e para-sóis combinando. Há um punhado de famílias lá, bebês com maiôs listrados britânicos e crianças que parecem ter a mesma idade de William, brincando na parte funda da piscina.

Acima dessa piscina tem um bar em um terraço, com algumas mesas e cadeiras, sombreado por uma cobertura de madressilvas em plena e perfumada floração. Lá ao fundo consigo ver uma quadra de tênis, outra polivalente e um playground muito colorido, tudo rodeado de jardins bem cuidados e canteiros românticos de rosas híbridas e margaridas.

Avisto uma placa que indica o caminho para "Les Écuries", os estábulos, enquanto sigo o carrinho de Simone para uma área de floresta. A temperatura cai à sombra das árvores e, depois de um breve percurso, chegamos a um estacionamento pequeno perto de um grupo de prédios de pedra com venezianas azul-claras e pátios individuais cheios de gerânios brancos arrumados em volta de um belo jardim interno descoberto.

– É maravilhoso – digo para Simone quando atravessamos o jardim interno de terra em direção à porta bem lá no final. – Quantas cabanas são?

– Vinte e uma. Algumas têm dois quartos, outras três. Mas nem todas ficam no bloco dos estábulos. O antigo dormitório dos empregados do outro lado do terreno também foi reformado – ela se inclina e cochicha. – Mas esses aqui são os melhores. E ficam a poucos minutos de caminhada do château, se vocês pegarem o caminho no meio da mata.

Ela enfia uma chave de ferro fundido numa pesada porta de madeira, para abrir. Lá dentro a cabana é simples e rústica, com piso claro de cerâmica pegando todo um plano sem paredes da sala e da cozinha. O que mais chama atenção é uma grande lareira antiga, e na frente dela há dois pequenos sofás azuis. Tem também uma mesa de jantar grande e uma cozinha funcional e bem-arrumada, com pia funda de cerâmica, panelas de ferro penduradas na parede e balcões feitos de placas grossas de carvalho. Os quartos são caiados e têm vigas e caibros do telhado à mostra, além de bonitas colchas estampadas e vasos de ágata.

– É um encanto. Obrigada – digo, enquanto William já está escolhendo seu quarto.

– Adam vai ficar contente de saber que vocês gostaram – ela comenta.

– Pois então... Onde ele está?

– Ah! Eu devia ter dito. Ele tinha um compromisso essa tarde – responde ela, vagamente. – Ele queria estar aqui quando vocês chegassem, mas foi inevitável.

Mordo minha bochecha sem educação nenhuma. Inevitável como sempre.

CAPÍTULO 6

— Esse carro não vai se descarregar sozinho – eu digo para William depois que Simone vai embora. – Se eu estacionar perto da porta você me ajuda?

— Deixa só terminar isso – ele murmura, com a testa a cinco centímetros do iPad.

— O que você está assistindo? – pergunto, espiando por cima do ombro dele.

— *A mulher de preto.*

— Quando é que você baixou isso? Não é assustador demais para você?

— Mamãe, a classificação é 12 anos – suspira ele.

— Ah, é?

— É.

Dez anos é uma fronteira estranha. William é bem criança, mas tem momentos de retratos alarmantes do seu futuro como adolescente. Por um lado, eu lhe expliquei os fatos da vida. Por outro, ele ainda aceita a ideia do Papai Noel (só que tenho certeza de que está zoando comigo).

— Mas não corra para mim quando tiver pesadelos.

— Mamãe. Eu não vou ter pesadelos.

— Um minuto, está bem? Depois, eu preciso de você.

Ele não responde.

— William?

— Tá. Não tem problema.

Vou lá para fora me sentindo um pouco tonta de calor e cansaço, levo o carro para perto da porta da cabana, desço e abro o porta-malas. Espio lá dentro e fico imaginando como consegui enfiar tudo aquilo naquele espaço. Nem sei se não é contra a lei ter aquela tralha toda impedindo a visão pelo vidro de trás. Ao destrancar suavemente a porta do porta--malas, logo percebo meu erro e jogo o corpo contra ela para impedir que tudo aquilo caia no chão. Gotas de suor despontam na minha testa, e timidamente começo a tirar as coisas até ficar cercada de detritos e sabendo que ainda faltam um cesto de piquenique, doze livros e meus halteres de dois quilos.

– William? – eu grito, sem muita esperança de que ele apareça correndo para me ajudar – WILLIAAAM!

– Eu reconheceria essa voz de anjo em qualquer lugar.

Dou meia-volta e sinto um arrepio na nuca ao ver Adam vindo na minha direção.

– Ah, oi – resmungo.

– Deixe-me ajudar com isso. – Ele joga um buquê de flores azuis bonitinhas na mesa do pátio e depois um saco de papel pardo.

– Estou bem, não precisa – insisto, mas ele mergulha na tarefa de qualquer maneira e acaba com a tensão.

– Eu seguro e você puxa algumas coisas aí, para ver se resolvemos isso sem uma empilhadeira.

Depois de formar uma enorme pilha no chão e eliminar o risco de uma avalanche de coisas, eu noto o canto da boca de Adam para cima.

– Você trouxe *tudo* que é seu?

Ele pega um dos meus mini-halteres e começa a se exercitar com ele. São a única coisa entre mim e as pelancas nos braços, mas não vou explicar isso para ele, então simplesmente arranco o pesinho dele.

– Nem tem tanta coisa assim. Engana, parece muito porque meu carro é bem pequeno. Além disso, nós somos dois, e são cinco semanas. Precisamos dessas coisas.

Ele iça a pipoqueira de William.

– Isso é para emergências?

– Isso não é meu.

Basta olhar para ele para ver que Adam come aquele tipo de comida fresca e balanceada que faz os olhos brilharem, que curte um bom vinho tinto, pratica muito exercício e gosta do calor do sol na pele. Basta uma minúscula provocação para ele dar um largo sorriso, e não há sinais de estresse em sua testa. O cabelo escuro está um centímetro mais comprido do que no tempo em que ele trabalhava em um escritório, e agora tem cachos soltos na testa bronzeada.

— Você está muito bem — digo, educadamente.

Ele parece um pouco surpreso e olha para mim.

— Você também, Jess.

Viro para o outro lado para ele não ver o rubor no meu rosto.

Adam espia dentro da mala e pesca o livro sobre os fatos da vida. Nem imagino como aquilo foi parar no carro. Certamente nenhum menino de dez anos precisa saber de mais detalhes sobre o surgimento de pelos púbicos além dos que já leu.

— Você devia ter falado comigo se precisava de alguma explicação, Jess — continua Adam, folheando o livro. — Eu teria muito prazer de dar algumas ideias.

— Ho, ho.

Ele continua a folhear.

— Imagino que isso seja para o William.

— Bom palpite.

Ele suspira.

— Parece que eu estava empurrando ele no balanço apenas cinco minutos atrás. De qualquer forma, desculpe não estar lá quando vocês chegaram. Eu fui abduzido.

Sinto o maxilar contrair, mas lembro por que estou ali.

— Tudo bem. Obrigada por nos instalar numa cabana tão boa. Eu sei que tem muita procura no verão.

— Bom saber que você gostou. Ah... comprei umas coisinhas para ele.

Adam vai até a mesa e pega o saco de papel, volta e entrega para mim.

— Algumas balas e algumas camisetas.

Tiro uma camiseta. É pequena demais e ficaria justa num anão de jardim.

– É linda. Você guardou a nota, para o caso de não caber?
– Ah. Não tenho certeza.

Naquele breve instante, parece demais com ele mesmo aos vinte e um anos, todo contradições e carisma.

– Por que não vai lá e faz uma surpresa para o William, dá os presentes você mesmo? – sugiro. – Ele está no quarto.

Passa um segundo antes de Adam fazer que sim com a cabeça e falar:
– Eu vou.

Ele anda até a porta, mas para e pega o buquê que está na mesa, e oferece sem jeito para mim, endireitando os cabinhos. Pego o buquê pouco à vontade.

– Muito atencioso da sua parte. Obrigada – resmungo e percebo como isso é perturbador, quando ele tenta ser gentil comigo. – Então vá até lá – acrescento, indicando a cabana com um movimento da cabeça. – Ele está louco para ver você.

CAPÍTULO 7

Não sei bem como imaginei o encontro do meu filho com o pai à medida que essa viagem ia chegando. Dada a excitação de William e o tempo que ficaram longe um do outro, uma parte de mim os viu em um campo, correndo em câmera lenta, um em direção ao outro, como astros de uma propaganda ruim de perfume dos anos 1970.

No acontecimento, a realidade fica um pouco a desejar, e entendo isso quando avisto Adam se esgueirando pelo lado do bloco dos estábulos.

– O que está fazendo? – pergunto, indo atrás dele.

– Psssiu – ele diz, com o dedo na frente da boca, então espia pela janela do quarto e faz: – BU!

– Aaaaaaah! Mamãe!

Espio pela janela em tempo de ver William despencando do beliche de cima no chão. Vou para a porta da frente e ele sai aos tropeços.

– Alguma coisa ficou me espiando pela janela! – berra ele, convencido de que forças sobrenaturais estão em ação.

– William, acalme-se. Era seu pai.

Bancando o idiota.

William abaixa os ombros e Adam aparece do lado dos estábulos.

– Ah, William, desculpe – diz ele, escondendo o riso enquanto nosso filho fica ali imóvel, mortificado e mudo.

Faço um carinho nele.

– Vá dar um abraço no seu pai.

William se adianta e Adam se lança sobre ele, agarra o tronco magro e o puxa para perto do peito.

— Oi, você.

William olha para ele e pisca.

— Não percebi que era você, papai. Na verdade, eu não fiquei tão assustado assim.

Quase dá para ver o coração dele querendo pular para fora do peito ossudo de tanto que bate.

— Não se preocupe com isso — diz Adam, sem entender que aquela era a deixa para um pedido de desculpa. — Como foi a viagem? Sua mãe enviou uma mensagem de texto e disse que você veio vomitando a travessia toda.

William faz cara feia para mim.

— Não foi a travessia toda. Só um pouco.

— Bom, agora você está aqui. O que achou do lugar?

— É maravilhoso — diz ele, animado de repente. — Adoro beliche. Meu amigo Josh tem um.

— Sorte dele.

Então eles ficam lá parados, sem graça, a um metro um do outro, e fica dolorosamente óbvio que essa pode ser a única coisa que os dois têm em comum para conversar nessas férias inteiras.

— Então — diz Adam, batendo palmas.

— Então — repete William.

— Feliz de não ter aulas?

— Muito.

— Você gosta da escola — eu observo.

— Eu sei, mas prefiro estar aqui.

— Matemática é sua matéria preferida? — pergunta Adam.

William pensa um pouco.

— Humm. Acho que gosto mais de história. Estamos aprendendo sobre a rainha Victoria, nesse período. É muito triste. Quando o marido dela, Albert, morreu, ela sentiu tanta falta dele que fez um molde de gesso da mão dele para poder segurá-la. — William não para sequer para respirar. — E essa não é a única coisa fascinante sobre os vitorianos —

William continua empolgado e dá uma aula de cinco minutos para Adam, cobrindo tudo, desde os avanços da medicina no final do século XIX até a submissão das mulheres.

— Uau. Eu nunca pensei que soubesse tão pouco sobre difteria — Adam concluiu friamente.

— Posso contar mais, se quiser — sugere William.

Olho feio para Adam e deixo claro que ele tem de tomar cuidado na hora de responder.

— É, eu quero. Tenho um monte de coisas planejadas para fazermos enquanto vocês estão aqui.

William sorri.

— Vou lá pegar o meu iPad — diz ele, e volta para a cabana.

— Acho que você vai descobrir que o iPad é *meu* — grito para ele.

Adam pega uma sacola e leva para dentro.

— Então eu pensei que podíamos jantar hoje com alguns membros da equipe que trabalha aqui. Mal posso esperar para todos conhecerem William. E você, claro.

Vou atrás dele. Adam põe a sacola no chão e fica parado.

— Eu arrumo o resto das coisas. Obrigada pela ajuda.

— Tudo bem. — Ele continua imóvel. — É bom ter vocês aqui, Jess.

Faço que sim com a cabeça rapidamente.

— Bem, William mal pode esperar para passar um tempo com você.

E parece que Adam lembra de repente de alguma coisa que já devia ter perguntado.

— Como está sua mãe?

Sinto as costelas tensas.

— Ela não está bem. — Abro o zíper da sacola e começo a botar as coisas na mesa. — É capaz de você não reconhecê-la agora.

— Eu sinto muito. Deve ser difícil para você.

— É sim, Adam — eu digo e resolvo mudar de assunto. — E aí, eu conheci Simone.

— Ah é?

— Quando foi que você terminou com a Elsa?

Ele fica paralisado.

– Como sabe que eu parei de sair com a Elsa?

Levantei a cabeça e olhei para ele.

– Imagino que Simone seja sua nova namorada, não é?

– É tão óbvio assim?

– Leio você como um livro. E um livro nada complicado.

– Ainda bem que não sou do tipo sensível. – Ele dá risada e acena enquanto se dirige à porta.

Fico observando o contorno das suas costas em movimento por baixo da camiseta quando ele enfia as mãos nos bolsos e vai se afastando com o que só pode ser descrito como um balanço.

– Não se preocupe, Adam. Ninguém jamais poderá acusá-lo disso.

CAPÍTULO 8

O jantar acontece numa mesa comprida e comunitária, no terraço atrás do château.

William e eu chegamos quando suas antigas paredes eram banhadas pela luz rosa e dourada do sol poente, o ar pesado com o cheiro de ervas e de citronela.

A superfície da piscina está sedosa e silenciosa e os comensais foram organizados em filas. Há um grupo de famílias no outro lado do terraço compartilhando pratos grandes de saladas de ervilhas e peito de pato, taças de vinho tilintam e o riso musical das crianças sobe céu adentro. Assumo meu lugar numa mesa repleta de velinhas cintilantes em potes metálicos e aceito um copo de Pastis tão gelado que fica cheio de gotas de condensação.

Entre as pessoas reunidas essa noite há alguns membros franceses da equipe que são mais antigos, inclusive o paisagista Jean-Luc e um casal mais velho, Monsieur e Madame Blanchard, de quem Adam comprou o château muitos anos atrás. Era propriedade da família deles havia várias gerações, mas na última década, devido a dificuldades para mantê-lo, suas esperanças de abrir como hotel nunca se concretizaram, até Adam comprá-lo. Apesar de aposentados, os dois são excelentes cozinheiros, por isso voltam uma ou duas vezes por semana para aplicar sua experiência na cozinha e dar aulas para os hóspedes. Adam brinca que insistiu para que ficassem por lá para garantir que ele não estragasse o lugar.

Há também quatro jovens britânicos e seus pares franceses que parecem um grupo de estudantes de folga entre o segundo e o terceiro grau, cheios de tatuagens no tornozelo e histórias de viagens para contar. Adam se entrosa com eles incrivelmente bem. Na idade dele, meu pai tinha uma hipoteca, família e o tipo de emprego de contador do qual não dá para sair para pegar ar antes dos sessenta e cinco anos de idade.

Mas aqui Adam pode ter vinte e um para sempre, com o sol sempre brilhando, as mulheres jovens e dispostas a fazer suas vontades. Não que só as mulheres se encantem com ele. Ele é tratado como um cruzamento de irmão mais velho maneiro e ditador benigno, que se cerca de admiradores enquanto a bebida jorra. Em pouco tempo o calor escaldante do dia dá lugar a uma noite agradável e somos iluminados por uma lua cor de laranja, pela luz de velas e pelo brilho azul da água.

A comida é servida em estilo francês informal, começa com salada verde de folhas crocantes e um prato de frios com carnes curadas e secas, mousses e fatiados, peito de pato defumado, tudo servido numa tábua de ardósia.

– O que é? – pergunta William examinando a salada.

Ele está usando uma das camisetas que Adam comprou para ele que está tão justa embaixo dos braços que quase corta sua circulação.

– *Gésiers*. Experimente, são deliciosas – diz Adam, pondo algumas com uma colher no prato do filho.

William franze o nariz.

– Mas o que são *gésiers*?

– Moelas. Parte do aparelho digestivo do ganso, se quiser ser mais específico, mas admito que não parecem apetitosas descritas assim. – Ele dá um largo sorriso.

William faz careta e aponto para ele o salame, digo que é exatamente o que ele gosta na pizza, só que melhor.

– Adam me disse que você dá aulas – diz Simone, levando uma taça à boca.

– É, eu ensino escrita criativa para uma turma do ensino médio.

– Fascinante. Você gosta?

– Adoro – respondo, na posição automática.

É complicado demais explicar que já fui apaixonada pelo meu trabalho, até o início desse ano, quando me sentia tão mal que ficava imaginando se ia conseguir gostar de qualquer coisa de novo.

– Você deve ter de fazer malabarismos, sendo mãe solteira.

Ela dá uma ênfase peculiar às duas últimas palavras.

– É, vida atribulada – concordo. – Além disso, minha mãe não está bem, por isso não pode nos ajudar como costumava fazer.

– Ah, que coisa. Cruzando os dedos para ela ficar boa logo – diz ela despreocupada.

Sorrio e faço que sim com a cabeça, depois imagino se isso pode ser a coisa mais britânica que jamais fiz: não querer provocar um bate-papo sobre um assunto tão inconveniente como uma doença incurável.

– Sabe, você realmente lembra a minha mãe – diz Simone, do nada, de repente.

Olho para ela, surpresa.

– Ah, espero que sua mãe seja a Angelina Jolie. – Sorrio de orelha a orelha, mas ela olha para mim sem entender.

– Ela faz um monte de coisas também. Quando as mulheres chegam a uma certa idade, elas assumem muitos compromissos, não é? Minha mãe não para. É por isso que resolvi curtir meus vinte anos ao máximo antes de me prender com responsabilidades e estrias. – Ela sorri e depois se corrige. – Não que eu esteja sugerindo que você tem estrias. Ah, isso soou terrível, não é?

– De jeito nenhum – respondi. E de qualquer maneira, sou culpada da acusação.

Há um momento de silêncio entre mim e Adam depois que Simone pede licença para ir ao banheiro.

– Ela é um doce – digo para ele.

– Obrigado.

– E William gosta dela.

Adam faz cara de quem nunca pensou no que William achava dela.

– Você já conheceu os pais dela?

Ele engasga com o vinho e vira para olhar para mim, enchendo minha cabeça com uma explosão inesperada do gel de banho perfumado que está usando esses dias.

– Esse é seu jeito de dizer que ela é jovem demais para mim?

– Longe de mim julgar. – Sorrio olhando para minha taça e sinto que ele olha para mim. – Não, ela é simpática. Falo sério – insisto, e resolvo que basta dessa conversa. – Ah, William, deixe-me tirar uma foto para você mandar para o vovô.

William para e sorri para a câmera, então Adam se oferece para tirar uma de nós dois também. Eu escolho uma imagem e componho o texto:

Chegamos bem e William já está se divertindo depois de uma longa viagem! Como está mamãe? bjs.

Clico em enviar e vejo o sinal de wi-fi piscando, com dificuldade.

– Temo que o wi-fi não seja exatamente supersônico aqui. Somos rurais demais – diz Adam. – Deve acabar chegando lá, mas se você precisar falar com seus pais pelo Skype ou mandar alguma coisa com urgência, venha ao escritório para fazer isso.

– Obrigada.

Adam tira um pacote de papéis e um pouco de tabaco do bolso de trás da calça. Eu abaixo meu celular.

– Pensei que tivesse parado.

– Hoje em dia sou apenas um fumante social.

Observo Adam começar a enrolar o cigarro e olho para William. Sei que ele é inteligente, mas mesmo assim não quero que tenha ideias.

– Nós todos temos nossos vícios – Adam diz sacudindo os ombros.

– É, mas o meu é bolo e Netflix, nenhum fatal.

Ele me olha com desprezo.

– Dá um tempo, Jess.

E mesmo tendo uma dúzia de respostas zumbindo na cabeça, eu respiro fundo, bebo um bom gole de vinho e procuro outra pessoa para conversar.

– Como está sua cabana, Jess?

O jovem sentado ao lado de William tem olhos castanhos sonolentos e sotaque galês supersuave, mas cabelo de surfista, louro e salgado.

— Está ótima, obrigada.

— Ouviu isso, patrão? — Ele sorri para Adam.

— As melhores notas. — Adam vira para mim. — Ben fez a limpeza antes de vocês chegarem. Ele não para com suas calêndulas.

Ben dá risada.

— Esses são os contratempos de vir trabalhar num lugar maravilhoso como esse. Você tem sol e um cenário lindo. Mas também tem de arregaçar as mangas e limpar privadas quando quem faz a faxina telefona para dizer que está doente.

— Bom, estava brilhando — eu digo para ele. — Merece meus cumprimentos.

— Um brinde a isso — ele diz, levantando a taça.

Quando William e eu caímos em nossas respectivas camas duas horas depois, eu deito de costas, verifico meu celular e noto que uma mensagem do papai conseguiu chegar.

Feliz que William está aproveitando. Mas e você? Mamãe teve um bom dia. Passei a tarde em Willow Bank e o dia estava lindo, por isso sentamos no jardim e vimos juntos os livros de bolos dela. Papai. bjs.

Fechei os olhos e visualizei os dois sentados entre as rosas enquanto ele virava as páginas grossas e brilhantes, dando uma chance aos olhos dela de se concentrarem em cada foto. Não deve haver muitas receitas do doce ofício que ela não tinha tentado fazer em algum momento. Para mamãe, aquilo não era só um passatempo, era sua paixão.

E mesmo que as elaboradas criações naqueles livros agora estejam além de sua capacidade, mamãe gosta de olhar para elas e de lembrar a mágica que fazia com um armário cheio de ingredientes, um pouco de paciência e seu dom artístico natural.

CAPÍTULO 9

O melhor bolo que mamãe fez para mim foi o do meu aniversário de seis anos, e até hoje meu coração saltita toda vez que penso nele.

— Tem certeza de que vai ficar pronto a tempo? — eu perguntava quando ela terminava de rechear três camadas de bolo esponja Victoria com uma montanha de creme de manteiga claro e fofo.

Naquela época, nossa cozinha era pequena. Isso foi antes dos meus pais a ampliarem até a sala de jantar, com armários brancos imaculados, piso de cerâmica bege desenhado e um micro-ondas que não merecia a confiança de ninguém.

— Você não acredita muito em mim, não é? — Ela deu risada, me entregou a espátula para eu lamber; a melhor parte, obviamente, de todo aquele processo.

— Isso quer dizer que sim, *vai* ficar pronto? — perguntei.

Ela se abaixou e deu um beijo na minha cabeça.

— Jess, prometo que quando catorze meninas invadirem essa casa amanhã, o seu bolo estará pronto, mesmo se eu tiver de ficar acordada até a meia-noite.

Ela não se importaria se tivesse de ficar.

Ninguém precisava pedir para ela fazer esses bolos em todo aniversário da família, batizado ou casamento. Uma joaninha no meu aniversário de três anos, um bolo de noiva de quatro camadas para a minha prima Charlotte e outra obra-prima que tinha meu pai como o Super-Homem.

Fui para a sala de jantar e encontrei papai pendurando a decoração.

– Você veio supervisionar? – ele perguntou do alto de uma escada.

Ele tinha prendido bexigas azuis, verdes e brancas nos trilhos dos quadros junto com uma enorme faixa de Feliz Aniversário. Fitas coloridas caíam das estantes que dominavam três das quatro paredes.

Devia haver centenas de romances naquela sala, se nos déssemos ao trabalho de contar. Mamãe tinha uma seção reservada para seus livros de receitas de bolo, mas a maior parte das brochuras era de ficção. Crime era seu gênero favorito, tudo desde Ruth Rendell, até *Assassinato no Expresso Oriente*, que ela relia sempre.

– Estou muito animada! – exclamei outra vez.

– É, eu tive essa impressão – disse papai com um sorriso de orelha a orelha, descendo da escada. – Então refresque a minha memória... Qual é o presente que você quer mais do que tudo no mundo?

– Uma bicicleta – menti.

Ele sorriu meio confuso.

– É mesmo? Pensei que fosse outra coisa... Tem certeza de que é uma bicicleta?

Eu não sabia se devia dizer alguma coisa.

Tinha visto uma penteadeira de adulto, estilo princesa, na vitrine de uma loja de departamentos em Londres quando fomos visitar meu tio Alan no verão, e foi a primeira vez que desejei alguma coisa que não fosse brinquedo. Para mim era linda, com a forma de feijão, um espelho trabalhado em três partes e uma cortina de tapeçaria que ia até o chão, escondendo um labirinto de gavetas de madeira.

– É sim, adoraria ganhar uma bicicleta.

Senti meu rosto esquentar com o rubor.

O olhar dele ficou sério.

– Você sabe que não pode ganhar a penteadeira, não é?

Fiz que sim com a cabeça.

– Seria bobagem comprar uma coisa tão cara, não é, papai?

– Bobagem mesmo – ele concordou e voltou para as bexigas.

Na manhã seguinte abri a bicicleta e fiquei encantada com ela. E fiz questão de demonstrar isso, porque tinha assistido recentemente

A fantástica fábrica de chocolate e não queria ser uma praga como Veruca Salt.

A manhã passou devagar demais, mamãe terminou de preparar os sanduíches e papai aprontou a música e as almofadas para o jogo de passa anel, antes de escapar para tomar a cerveja do almoço enquanto podia. Então vovó Jill chegou e me ajudou a vestir o vestido vermelho de festa, meia-calça branca e sapato de verniz preto.

– Para que servem os umbigos? – perguntei, quando vovó Jill me enfiava na entretela da gola do vestido.

Naquela época, eu andava lendo muito a *Enciclopédia infantil do corpo humano* e, apesar de conhecer muito bem o funcionamento do intestino grosso, não me lembrava de ter lido qualquer coisa que explicasse por que eu tinha um furo na barriga.

Vovó Jill ajeitou a meia-calça.

– Depois que Deus pôs as orelhas e escolheu seu cabelo, Ele encostou o dedo na sua barriga e disse, "Você está pronta". E então a cegonha já podia levar você para a mamãe e para o papai que Ele havia escolhido.

Franzi o nariz.

– Isso *não pode* ser verdade.

– Claro que é. – A campainha tocou. – Nosso primeiro convidado!

Eu me ocupei tanto em me divertir que não notei logo que papai não tinha voltado para a festa. Ocupei-me rodando com a música em volta das cadeiras, abrindo presentes e... principalmente... adorando as exclamações de admiração quando mamãe levou o bolo.

Era espetacular: uma mansão branco-rosada de contos de fadas com uma treliça de rosas amarelas e torrezinhas com centenas e milhares delas.

Quando soprei as velinhas e as meninas em volta de mim aplaudiram, notei vovó Jill tocando no braço da mamãe.

– Talvez seja até melhor ele *não* estar aqui.

Mamãe fez que sim com a cabeça e parecia que ia chorar.

– Tem mais salsicha no espeto? – perguntou Sarah Hems.

Mamãe saiu do transe.

— Sim, tem bastante. E que tal fazermos mais uma brincadeira de festa?

Lembrei então que organizar as brincadeiras da festa não era atribuição da mamãe.

— Por que papai não está aqui? — perguntei.

— Ele vem mais tarde — mamãe disse vagamente.

— Ele esqueceu a festa?

Ela não respondeu.

— Será que ele achou melhor deixar as meninas cuidarem de tudo, como quando assistimos *A noviça rebelde*? — sugeri.

— Sim, deve ser isso.

Mas eu não acreditei que fosse isso. E senti uma onda de tristeza porque papai estava ausente no meu grande dia. Ele era esquecido às vezes, estava sempre chegando atrasado e mamãe ficava furiosa. Mas eu sabia que ele ia lamentar quando lembrasse de onde devia estar.

Tentei esquecer isso e aproveitar o resto da festa, mas não pude evitar a preocupação. Pelo que constava, ele podia ter sido atropelado por um ônibus. Essa ideia foi ficando mais provável à medida que os minutos passavam, especialmente porque tinha ouvido muitas vezes mamãe dizendo exatamente isso.

Os pais começaram a chegar para pegar as filhas, e eu cutuquei o braço da vovó Jill.

— Você acha que devemos ligar para a polícia para saber onde papai está?

— Ora, onde você pensa que ele está?

— Atropelado na rua pelo ônibus número 86.

Ela semicerrou os olhos como se estivesse realmente triste, mas irritada ao mesmo tempo.

— Boa tarde, pessoal!

Virei rápido a cabeça para os pais amontoados à porta e lá, abrindo caminho, estava meu pai, parecendo bem contente, com o cabelo eriçado na frente como um espanador. Corri para abraçá-lo e recebi um bafo avassalador do cheiro azedo que sempre impregnava o casaco dele depois que saía do bar.

— Certo, menina aniversariante. Você tem de ir para a sala de estar um minu... Tenho uma surpresa para você.

A voz dele estava arrastada e alta, olhei para mamãe e imaginei que devia estar uma fera com ele, mas dessa vez ela só pareceu surpresa e um pouco nervosa, igual a todos os outros.

— Aqui, amigo, pode me dar uma ajuda? — disse papai, soando como o machão que não era, segurando e arrastando o pai de Vicky Jones pelo braço, indo trôpego até a porta. — Vá logo, chispa daqui, Jess!

Vovó Jill, muito tensa, levou-me para a sala e fechou a porta. Um minuto e muito barulho depois, alguém pôs a mão na maçaneta, abriu a porta e era papai, que gritou.

— Surpresa!

Lá, na minha frente, estava a penteadeira de princesa, vinda de Londres.

O queixo de Sarah Hem caiu.

— Que sorte a sua!

Eu me adiantei para tocar na penteadeira e senti que havia um passarinho esvoaçando no meu peito. "Eu sei", sussurrei e prometi para mim mesma que rezaria para Deus aquela noite, para agradecer por Ele ter enviado a minha cegonha para os melhores pais do mundo. E talvez também para pedir que Ele fizesse papai parar de preocupar todos nós.

CAPÍTULO 10

A vista matinal da janela da cozinha está enevoada e sem perspectiva de melhora, com o sol baixo escurecido pela bruma. Faço um café e levo lá para fora.

Quando sento, a porta do outro lado do pátio se abre e um homem sai com uma menina que parece ser sua filha. Ele deve ter a minha idade, talvez um pouco mais velho, e usa um short que revela pernas bronzeadas e musculosas. A camisa é bonita e bem passada. A menina tem cabelo preto comprido, um piercing no nariz e tanta maquiagem que podia ter doze ou vinte e cinco anos.

– Bom dia, mamãe!

Olho para lá e vejo William se espreguiçando na porta, olhos ainda sonolentos e a calça do pijama do avesso.

– Bom dia, querido, como você está?

– Morrendo de fome.

Ouço esse refrão pelo menos doze vezes por dia ultimamente, exceto, ao que parece, quando tem moela no cardápio.

– Podemos comer *pains au chocolat*?

– Está bem, vamos caminhando até o château – respondo. – Assim terei oportunidade de praticar o meu francês.

Aprendi a língua quando estava no ensino médio. E tem sido uma mão na roda esses anos todos, em todas as ocasiões em que tive de explicar que tinha catorze anos, que meus hobbies incluíam netball e ler os livros de Judy Blume. Mas recentemente baixei um curso de línguas em áudio, e espero que tenha pelo menos atualizado meu repertório de frases.

William e eu nos vestimos, e quando saímos a névoa está se desfazendo rapidamente. Está mais frio do que ontem à tarde, com nuvens bem altas no céu muito azul. Saímos da luz salpicada de baixo das árvores e vemos que há alguns casais no terraço, relaxando lendo jornais e tomando o café da manhã. Que explode com o cheiro delirante de pães recém-saídos do forno e café forte, enquanto vasos de flores molhadas que acabaram de regar promovem uma manifestação de cores cintilantes.

Portas duplas nos levam para uma sala fresca, com uma mesa antiga bem polida e um pote de figos grandes e maduros no centro. Um vaso alto de vidro cheio de agapantos enfeita o canto do outro lado. O lugar cheira a sabonete de grife, flores recém-cortadas e luxo.

— *Bonjour, madame.*

A senhora que nos recebe é algumas décadas mais velha do que alguns da equipe, mas tem sorriso aberto e pele que brilha cheia de vitalidade.

— *Je peux vous aider? Vous avez l'air un peu perdu tous les deux.*

A voz dela soa suave como uma canção de ninar e ela ri gentilmente do comentário final. Eu rio também, apesar de não ter a menor ideia do que ela disse.

— *Vous désirez quelque chose?* — pergunta ela, bem mais acelerada do que qualquer um do meu áudio virtual.

Pigarreio e resolvo manter tudo simples, começando com a bebida.

— *Vous avez EAU?*

Uma ruga de dúvida aparece acima do nariz dela.

— *Eauuuu* — repito.

Falo a palavra da forma mais clara possível, mas ela olha para mim como se eu estivesse pedindo algo tão misterioso que precisaria consultar no Google e depois encomendar numa pequena loja especializada, na periferia da Sibéria.

— OOOuuuuu? — Ela franze a testa devagar.

— *Oui!* — dou um largo sorriso, triunfante.

— *Je ne comprends pas. Vous pouvez répéter? Si nous n'en avons pas, je peux en commander.*

Fico terrivelmente vermelha.

– Você está bem, mamãe? – pergunta William.

– Sim, estou ótima – digo eu, e resolvo mostrar o que quero dizer.

Faço a mímica de destampar a garrafa e servir água em um copo, depois faço que bebo animada.

– Ahh! – exclama ela finalmente, e nos convida a sentar lá fora, depois desaparece no château e volta com a lista de vinhos.

– Posso ajudar? – Adam aparece na porta de calça cinza e camisa azul-clara aberta no pescoço.

– Tudo sob controle – eu insisto, então ela fala com ele em francês muito rápido, ele responde em francês muito rápido e eu só meneio a cabeça, para dar a impressão de que estou acompanhando todo aquele diálogo.

– O que vocês querem pedir? – pergunta Adam. – Claudine acha que querem algum anticongelante para o carro, mas imaginei que não podia ser isso.

– Eu só quero um pouco de água – resmungo. – Só isso.

– Ahhh, *água*! – exclama Claudine.

– Sim, água – sorrio, perdida. – *Eau*. Apenas *eau*. Ah, e dois *pains au chocolat* e um café *au lait*, se for possível.

– *Bien sûr* – responde ela, e desaparece pela porta dupla.

Adam e William olham para mim e trocam um olhar de riso.

Não era esse tipo de elo que eu tinha em mente para os dois.

CAPÍTULO 11

Adam volta para o escritório para dar um telefonema quando chega uma menina de maiô amarelo e chapéu combinando, segurando a mão do pai e carregando vários baldinhos e pazinhas.

Procuro na bolsa um protetor solar e, quando levanto a cabeça, noto que a adolescente hospedada na cabana na frente da nossa está na mesa vizinha. De óculos escuros, camiseta preta e calça jeans cortada que cobre as coxas finas e pálidas. Está entretida com *A metamorfose*, de Kafka, que nunca achei que fosse leitura para férias. Ela ergue a cabeça e me vê espiando.

– Oi. – Sorrio, mas ela franze o nariz desconfiada. – Excelente livro. Está gostando?

– Acho que é supervalorizado.

– Ah, é?

– Preferi *O processo*. É mais engraçado. Sinceramente, sou mais fã do existencialismo.

Ela não espera resposta e volta a enfiar a cara no livro. Abro o filtro solar e então ela olha para mim de novo.

– Vocês estão na cabana em frente à minha nos Estábulos, não é?

– Isso mesmo. Chegamos ontem – digo.

– Nós também. Ainda faltam mais treze dias – ela suspira teatralmente.

– De onde vocês são?

Aqui, Agora, Sempre

– De Devon. Pelo menos eu sou. Vivo lá com a minha mãe. Papai é de Cheshire.

– Ah, perto de nós. Somos de Manchester.

Por um instante tenho a impressão de que ela vai voltar para o livro, mas ela levanta a cabeça de novo.

– Já ouviu falar de Hampson Browne?

– Não são advogados?

A firma tem um anúncio que é exibido entre os noticiários da TV local.

– Sim. É a firma do meu pai.

– Ele trabalha lá?

– Ele é o Hampson.

Se ela tem orgulho disso, não demonstra.

Meu telefone toca, peço licença, vejo que é o número da Becky e atendo.

– Oi, desconhecida. Como estão as coisas? – pergunto.

– Bem, são dez e meia da manhã e estou contemplando abrir o Sauvignon Blanc, se isso responde à sua pergunta. Mas, mais importante do que isso, como *você* está?

Isso costumava ser uma pergunta bem direta. Mas levo um segundo para localizar o tom animado na minha voz.

– Estou bem.

– Mesmo?

– Sim, o tempo está ótimo aqui. Faz sol, mas não está quente demais. E tem atividades para as crianças. Um campo de futsal e um parquinho, além disso a piscina é ótima...

Duas vozes agudas explodem no meu aparelho. Reconheço imediatamente os dois filhos mais velhos de Becky, James, de sete anos e Rufus, de cinco.

– MENINOS, PAREM DE BRIGAR! – berra Becky. – MENIIIIINOS!

Isso seguido pelo barulho de passos, portas batendo e silêncio. Quando finalmente ela volta, está ofegante.

– Desculpe.

– Você trancou seus filhos no armário?

— Não, *eu* é que me tranquei em um, isto é, no armário de sapatos. Comecei a rir e ela também.

— Estava apenas improvisando, mas esse é um bom escritório. Meio fedido, admito, mas pelo menos consigo ouvir o que você fala. E Poppy gosta porque acha que estamos brincando de esconder.

Poppy é a filha de Becky, de dois anos e meio.

— Olha – continua ela. – Só liguei para perguntar se as cabanas têm secador de cabelo. Ou se preciso botar um na mala.

— A nossa tem dois. Tenho certeza de que na sua será assim também.

— Ótimo. E como vão as coisas com o Adam?

— Ah. Tudo bem.

— Ele continua irritantemente em forma? – ela pergunta.

— Ah, pelo amor de Deus.

— Desculpe. Então ele continua bonitão?

Resmungo e olho para William, esperando que ele não tenha ouvido.

— Você terá de julgar pessoalmente.

— Bem, perdoo tudo dele se conseguirmos ter um minuto de paz nessas férias. Ah... não.

— O que foi?

Ela suspira.

— Os meninos derrubaram uma garrafa com dois litros de leite, o limpador de janelas está na porta e Poppy fez cocô. A diversão não para aqui.

CAPÍTULO 12

O croissant em escamas no meu prato tem um cheiro tão bom que me dá água na boca. Só que nos últimos dez minutos fomos cercados por mulheres de pele lisa no final da adolescência ou de vinte e poucos anos, com aquele tipo de short que tive coragem de usar pela última vez quando eu tinha nove anos de idade. Empurro meu prato com o indicador.

— Não vai querer? — pergunta William, com as bochechas cobertas de chocolate.

— Claro que eu quero. *Quero* dez desses.

William ergue as sobrancelhas como se jamais tivesse pensado em pedir dez, só que agora isso abria um leque inteiro de possibilidades. Peguei de novo o *pain au chocolat* e questionei por que me esforçava para me controlar. Mordi o pão.

— Por que você não sai e vai explorar por aí? — sugeri quando William acabou de comer o dele.

— Está bem. — Ele sacode os ombros e empurra a cadeira.

— Não vá muito longe.

Ele rola os olhos e Adam sai do château segurando uma xícara de café, vindo na nossa direção.

— Ah, mal posso esperar até ele entrar na adolescência — resmungo quando Adam senta.

— Ele é um bom menino. Tenho certeza de que não vai dar muito problema.

Sinto vontade de dizer, *como pode saber?*
— Você fez um trabalho incrível nesse lugar — comento.
Os olhos dele brilham de orgulho.
— Bem, demorou bastante para chegar a esse ponto.
— Eu sei. Você deve estar muito satisfeito com isso.
— É, estou.
Adam pega seu café e eu noto como seus dedos grossos e bronzeados estão diferentes do tempo em que ele trabalhava em escritório. Ele sempre teve mãos masculinas, mas as unhas eram naturalmente uniformes, a pele macia e fina. Agora estão mais morenas, com um tom de mel escuro, mais acentuado nas articulações.
— Alguém fez uma oferta para comprar isso aqui no mês passado.
— É mesmo? — pergunto, olhando para ele.
— Eu nunca venderia, mas foi muito lisonjeiro.
Olho para William, que pega pedrinhas e examina, como costumava fazer quando era bebê.
— Olha, sobre o fumo — diz Adam de repente —, não vou fazer isso na frente do William.
Sou pega meio de surpresa por essa concessão de um ponto de honra, mas não quero alongar o assunto.
— Está bem.
— Não vou parar, mas entendo por que você não quer que ele veja o pai fazendo isso.
— Obrigada.
— Mas acho que você superestima, e muito, a influência que eu possa ter sobre ele.
— Você pode se surpreender — falo baixinho, quando William se aproxima da mesa.
— Tem algum lugar que venda balas? — William pergunta para Adam.
— Você acabou de comer dois *pains au chocolat*! Nós vamos ao supermercado e podemos comprar lá. E bastante frutas. E então, o que você planejou para nós nas próximas semanas, Adam?
Ele fica imóvel no meio de um gole, abaixa lentamente a xícara com os olhos grudados no pires. É evidente que esse movimento lento serve para ganhar tempo enquanto pensa como vai responder.

— Bem, tem muita coisa para fazer aqui — ele acaba falando.
— Foi o que eu li. O que você organizou?
— Achei que era melhor esperar vocês chegarem para saber o que gostam de fazer.

Aperto os olhos cinicamente.

— É... muita consideração da sua parte.

Ele ignora o tom da minha voz e vira para William.

— Tem montes de coisas para você e sua mãe fazerem. Há caminhadas que posso mostrar, ou você pode fazer rafting. Se os dois se sentirem aventureiros, posso botá-los em contato com uma empresa que pode levá-los a escaladas nas rochas.

— Eu li os guias de turismo — digo para ele. — Só queria saber o que você quer fazer com o William.

— Eu?
— É.

A julgar pelo modo de ele endireitar as costas, percebi que acabara de entender seu erro.

— Certo. Bom, é alta estação, por isso é impossível tirar muito tempo de folga. Posso ter uma tarde ou outra, mas tenho de pensar na Simone.

O café para na minha garganta.

— Mas é claro que *você* é a minha prioridade enquanto estiver aqui, William — ele se apressa em dizer. — Vamos fazer uma coisa, que tal sairmos um dia para uma caminhada na garganta, ou para canoagem leve?

— Como é isso? Parece perigoso.

Infelizmente a capacidade de Adam para julgar o tipo de atividade adequada para um menino da idade do William é subdesenvolvida. No quinto aniversário do filho, ele comprou uma caixa enorme do Thomas the Tank com peças para montar, apesar de William ter demonstrado interesse pela última vez quando tinha três anos. Quando o menino fez oito anos, comprou para ele uma bicicleta que servia para um garoto de quinze, tão imensa que precisei de três tentativas e minha melhor pose arreganhada para conseguir passar a perna por cima do quadro.

— A canoagem não tem problema — disse ele tranquilamente, de um jeito que parecia ter problema.

— Mas como é?

— Um pouco escalando pedras, saltando em poços, descendo cachoeiras. É ótimo. Tenho um amigo que pode nos levar.

Um suor frio brota nas minhas costas.

— Que tal ficarmos com alguma coisa do tipo... um passeio de bicicleta? – sugiro. – Ou há pedalinhos em algum lugar?

— Eu faço a canoagem – resolve William.

Fecho minha boca.

— Hum... ok – viro para Adam. – Vamos ter que conversar sobre algumas coisas antes de você levá-lo para qualquer lugar. As alergias dele, por exemplo. E ele tem fobia de vespas.

— Não tenho não!

— Você ficava histérico quase toda vez que uma chegava perto no último verão.

— Isso foi no verão passado. Quando eu tinha só *nove* anos – diz William, como se fosse décadas atrás.

Viro para Adam e vejo que seus olhos escuros desviaram languidamente para o outro lado da piscina, para uma mulher elegante com short de tênis e um chapéu chique de abas largas. Ela deve ter uns cinquenta anos, mas exibe o corpo rijo e magro de alguém que se mantém com níveis religiosos de comprometimento.

Olho de novo para ele e Adam percebe que estou encarando.

— Desculpe... achei que tinha reconhecido alguém. O que foi?

— Nada – digo eu, pensando como fui me envolver com alguém como Adam, especialmente sem poder afirmar que não tinha sido avisada.

CAPÍTULO 13

A reputação de Adam antes de começarmos a namorar era irrelevante, porque não existe lógica em se apaixonar. Quando o coração canta, a cabeça fica completamente à mercê dele.

Nós nos conhecemos em Edimburgo, onde ambos estudávamos literatura inglesa na universidade. A primeira vez que notei Adam foi em uma aula sobre o Iluminismo, uma semana depois do início do ano letivo. Não foi um momento como se um raio me atingisse, de não conseguir respirar por estar totalmente embevecida por ele. Mas, à medida que as semanas iam passando, toda vez que eu o avistava, mesmo do outro lado da sala de aula, meu corpo todo derretia.

Ele não era o cara mais bonito, mas tinha adquirido certa fama de provocar palpitações no nosso curso, alguém que fazia mulheres inteligentes em outras situações perderem a cabeça. Eu fui uma delas. Sim, durante todo o nosso primeiro ano eu sentei muito tensa na lateral do anfiteatro das aulas, invisível.

Nas férias de verão acabei confessando para Becky o que sentia por ele, quando viajávamos pela Tailândia. Nessa viagem, nadamos nuas no mar à meia-noite, fizemos trios na cama com dois barmen suecos e fumamos maconha no minuto em que acordávamos todas as manhãs, às onze horas. Pessoalmente eu preferia ficar com meu café àquela hora, ou enrolar a saia e bater papo num barquinho com uma mulher muito simpática de Dunstable que conhecemos, que sempre queria gozar depois de assistir a *O rei e eu*.

— Não sei por que você não vai lá e fala com ele — Becky sugeriu, como se fosse tão simples para mim como seria para ela.

Então, em vez disso, quando voltamos para o segundo ano na universidade embarquei num relacionamento de baixo nível de manutenção com um cara muito legal chamado Carl, que hoje em dia é um dos grandes em seguros. Só sei disso porque ele apareceu num programa da TV alguns anos atrás, comentando sobre uma mulher que gastou uma fortuna com uma unha encravada numa viagem de férias porque não tinha lido as letrinhas pequenas dos documentos da política de viagens. O namoro não durou muito e nos separamos logo depois do Natal. Nenhum de nós ficou especialmente arrasado.

Poucas semanas depois, nas horas finais de uma noite de janeiro, eu me vi na pista grudenta de uma boate com a música vibrando no meu esterno, escuridão e luzes piscando no cérebro. A língua de Becky estava quase pregada num cara com camiseta dos Sex Pistols, e eu andava pela beira da pista pensando se devia arrastá-la para casa.

Percebi que tinha alguém ao meu lado, olhei para cima e senti meu peito explodir. Adam não era um dançarino exibido, mas se movia com ritmo instintivo e sem fazer pose. O calor irradiava dele, eu prendi a respiração e tentei não olhar para seus olhos sonolentos, para sua boca carnuda, para a linha daqueles ombros largos que se moviam dentro de uma camiseta. Becky me empurrou para cima de Adam quando os primeiros acordes de "Common People" do Pulp começaram a soar nas caixas.

Depois ele sempre dizia que aquele momento foi a primeira vez que ele reparou em mim, que realmente me viu: sendo jogada para cima dele enquanto Jarvis Cocker cantava uma serenata para ele.

Não dissemos nada um para o outro. Nenhuma palavra. Ele simplesmente me pegou nos braços, meu corpo latejando com a música e com algo bem mais potente. Dançamos e nos beijamos o resto da noite. Tentamos conversar, mas não dava para ouvir uma palavra com aquele sistema de som, só depois que a boate nos expulsou e andamos de mãos dadas à procura de um táxi. A noite era fria e escura e eu pegava fogo.

— Estou fazendo literatura inglesa — ele disse, claramente convencido de que era novidade para mim.

Fiquei constrangida de ter de explicar.
— É, eu sei. Estou no mesmo curso.
Ele ficou surpreso, mas achei que também detectei um quê de preocupação por ter de me ver de novo. Sempre fui catastrofista no que diz respeito ao Adam.
Mas quando entrei na sala da nossa aula na segunda-feira, senti um tapinha no ombro e era ele, sorrindo para mim.
— Oi. Posso sentar ao seu lado? — pediu.
E foi assim que tudo começou.

Nos primeiros três anos juntos, eu fui realmente feliz. Dura, mas infinitamente feliz. Nós dois fomos.
Sem laços de família, Adam foi comigo para Manchester quando nos formamos, e mudamos para um apartamento pequeno, quase sem mobília, em Salford. Dava para o lugar onde hoje está Media City UK, a movimentada metrópole de última geração que abriga a BBC, a ITV e um conjunto de bares e restaurantes cintilantes. Na época era um estacionamento. Mas nós não precisávamos de vista nenhuma. Tínhamos um ao outro, e isso era mais do que suficiente.
Embarquei num curso de um ano para me qualificar como palestrante, e Adam, que tinha saído da faculdade com uma das notas mais elevadas do curso, foi estagiar em uma companhia de eletricidade. Tínhamos um círculo social ótimo. Além de resgatar antigas amizades de infância, eu conheci gente nova no meu curso. Enquanto isso Becky e seu namorado Seb, que imaginei que fossem ficar em Edimburgo, tiveram ofertas de trabalho em Manchester e mudaram para lá também.
Infelizmente o entusiasmo de Adam pelo trabalho não durou muito. Só reconheci isso depois. Na época, mal notei. Nem sei se ele percebeu. A vida naqueles dias girava em torno dele e de mim. Foi um tempo de tesão, eu acordava todo dia com uma xícara de chá recém-feita e com o calor da boca de Adam no meu pescoço.
— Por que não volta para a cama? — murmurei uma manhã de baixo das cobertas.

Ele tinha acabado de fazer a barba e estava pronto para ir trabalhar, animado e com um gosto sublime.

— Porque tenho de estar numa reunião de pessoal às 8h45.

— Ok — eu disse e forcei os braços a ficarem ao lado do corpo.

— Mas posso ser convencido a me atrasar — ele sussurrou e me beijou na boca.

— Não quero que você tenha problemas.

— Bem, os trens *andam* terríveis ultimamente. — Ele deu um sorriso largo, tirou o paletó e voltou para a cama, para os meus braços.

Ele nem saiu em disparada depois, recusou-se a correr e perder o papo pós-transa sonhador que sempre tínhamos entre beijos. Aquelas conversas em que Adam sempre queria falar do futuro. Quase nunca sobre o presente e certamente não sobre o passado, por motivos que só ficaram aparentes mais tarde.

— Onde vamos morar depois que você terminar seu curso?

— Ah, algum lugar charmoso... Burnley? — sugeri.

Ele deu risada.

— Mal posso esperar.

— Mas... Nova York também seria bom — acrescentei.

— Nossa, seria sim. Que tal a França? Ou Itália?

— São muito caras.

— É, mas podemos comprar juntos uma casa caindo aos pedaços e reformar. Em algum lugar negligenciado há séculos e que só precise de um pouco de amor e carinho. Eu adoraria isso. Você não?

— Adoraria, Adam — respondi sinceramente. — Mas eu sentiria saudade dos amigos.

— Ah, ficaremos bem em qualquer lugar, desde que tenhamos um ao outro — ele disse despreocupado.

— Seu velho romântico — murmurei de brincadeira, mas o fato é que achei que ele tinha falado sério.

CAPÍTULO 14

O labirinto das ruas de Sarlat guarda um fascínio eterno que, no auge do verão, parece que todo o mundo deseja descobrir. A cidade medieval borbulha de atividade, os pátios cor de caramelo e a elegante praça central se enchem do cheiro de pão recém-saído do forno, de queijos e café fortes.

William e eu vamos para lá no terceiro dia de excursão, abrindo caminho no meio da multidão, passando por mansões e cafés-terraços.

– Isso parece um pequeno mercado. Em certas épocas do ano eles só vendem trufas – digo, lendo no guia quando tropeçamos numa esquina coberta da cidade que vende produtos gourmet arrumados em inúmeras cestas pequenas, em grandes tábuas sobre cavaletes.

William me lança um olhar cético, e devo admitir que, de todas as coisas que um dia tive vontade de comprar na vida, trufas não constam no alto da lista.

Mas de alguma forma é surpreendentemente fácil, numa caminhada sonâmbula, gastar o equivalente a 22 libras em um único fungo, depois acordar e perceber que podia muito bem ter comprado a metade de uma bola de tênis pela utilidade semelhante que teria na culinária para você.

Mas isso não importa de qualquer maneira, porque quando paramos para um café e dois pedaços grudentos de doce de nozes em um dos belos cafés da rua, eu cometo a façanha de esquecer minha compra embaixo da mesa, em seu pequeno saco de papel pardo. Percebo meu erro dez minutos depois de sair de lá, mas, quando arrasto William de volta, a mesa está ocupada por dois cavalheiros sofisticados, cujo cão degusta alegremente o conteúdo do meu pacote.

Dado que em *nenhum* ponto do meu programa de áudio eles ensinam como dizer "o seu poodle está comendo a minha trufa", resolvo não criar caso e vou embora.

Há algumas outras cidades atraentes que poderíamos visitar depois, mas é óbvio que nem William, cuja brincadeira de salão mais cedo era recitar todas as esposas de Henrique VIII em ordem, tem vontade de encarar mais uma igreja medieval.

– Você está com o meu iPad na bolsa? – ele pergunta distraído.

– Você quer dizer o *meu* iPad. Sim, está aqui.

Ele se anima.

– Vamos almoçar?

– Você quer dizer, vamos a algum lugar que tenha wi-fi para você poder jogar *Clash of Clans*?

– Bem, podemos ir?

– Venha – eu cedo, ponho o braço em seu ombro ossudo e seguimos serpenteando pelas ruas de pedras.

– Que tal aqui? – pergunta William, evidentemente desesperado para começar a jogar.

Mas o café parece bom mesmo – todos eles parecem – com enormes guarda-sóis creme protegendo pequenas mesas do sol.

Não posso negar que a ausência de Adam nesses passeios diários já começou a me incomodar. Suas atividades vagamente prometidas ainda não se concretizaram e não há sinais de que vão acontecer. Ao contrário, ele está sempre correndo de uma parte da propriedade para outra, pegando suprimentos, ou indo a reuniões com pessoas não identificadas, mas *muito importantes*.

William não reclamou disso, o que também me preocupa. Ele se acostumou demais às decepções menores e à falta de esforço da parte do pai. E embora eu entenda que estamos na alta estação, depois de dirigir mais de 1.300 km acho que não é esperar demais. E esse é particularmente o caso por que deixei minha mãe em casa, com papai fazendo tudo que pode, enquanto, aos poucos, ela perde o contato com a própria identidade.

Nada disso me tranquiliza para o futuro. Fico tentando imaginar cenários que envolvam Adam se oferecendo para fazer coisas que outros pais fariam enquanto os filhos crescem. Levar William para a universidade, ou ajudá-lo a se mudar para seu primeiro apartamento. Não consigo ver nada disso.

Realmente sinto que estou abandonando mamãe, ao ponto de me surpreender mentindo para papai quando falei com ele ao telefone ontem à noite.

Foi a primeira ligação que fiz para casa desde que chegamos aqui, apesar de papai e eu trocarmos inúmeras mensagens de texto. Ele fica perguntando se estou "relaxando" e eu respondo: "Sim, estou!" Acho que é mais fácil para nós dois manter a encenação. Mas a noite passada eu precisava ouvir o som da voz dele, mesmo o ouvindo dizer uma dúzia de vezes que nada vai mudar drasticamente pelo fato de eu estar aqui. E ele deve ter razão, o corpo e o cérebro da minha mãe estão sendo destruídos há anos, não semanas.

Quando William e eu voltamos para o Château de Roussignol já passa das três da tarde, e Adam não está em lugar nenhum. Encontro Simone, que me diz que ele foi chamado para uma reunião em Salignac, mas deve voltar mais tarde.

– Quer que eu dê algum recado para ele?

Penso com cuidado antes de responder.

– Seria bom se ele nos dissesse quando vai poder fazer as atividades que prometeu para William.

O sorriso dela falha e meu filho olha para ela ansioso.

– Tenho certeza de que ouvi Adam dizer mais cedo que tinha organizado uma coisa boa – ela diz alegremente, e quase posso ver seu nariz crescendo, ficando alguns centímetros maior. – Enquanto isso, eu organizei uma partida de futebol para as crianças maiores que vai começar daqui a pouco. William, por que você não participa? E Jess, tem hidroginástica na piscina, se você quiser. É bem na sua rua.

– William não curte muito futebol, não é, querido?

Viro para olhar para ele e noto que a cor das suas bochechas ficou um pouco mais vermelha.

– Vou dar uma olhada – ele resmunga. – Vá para a hidrocoisa, mamãe. Eu sei que você gosta disso.

E eu sei quando alguém quer se livrar de mim.

* * *

Pouco tempo depois estou de pé na piscina esperando a sessão de hidroginástica e estimo que sou aproximadamente meio século mais jovem do que a média das participantes.

Há apenas outras cinco, mas têm setenta e oitenta anos, exceto a doce senhora bem na minha frente, que tem uma corcunda e que poderia ter sido vista na Guerra dos Bôeres. Quando a aula começa, o movimento mais atlético que fazemos é quicar suavemente para cima e para baixo sem sair do lugar ao ritmo de uma versão cover de "Eye of the Tiger". Isso tudo é feito enquanto uma mulher, positivamente juvenil aos sessenta, fica na beira da piscina, com seu conjunto rosa-choque capaz de queimar a retina, suando à beça e parecendo que vai adernar a qualquer momento.

Rapidamente decido que vou sair da piscina. Mas quando estou na metade do caminho, a professora aperta a pausa na música e começa a gritar comigo em francês.

– *Pardon?!* – respondo.

– Ela quer a boia dela de volta.

Dou meia-volta e vejo o cara da cabana em frente à nossa, aquele que é *metade da Hampson Browne*. Ele aponta para o macarrão azul de isopor que estou segurando.

– Ah, desculpe. *Pardon!* – eu repito, deixo a boia na beira da piscina e saio aborrecida.

– Acho que você não parecia estar em seu habitat com aquele grupo – diz ele quando eu sento na espreguiçadeira ao lado, onde tinha deixado minha toalha.

Ele está cercado de papéis, mas perdeu a palidez de escritório depois de dois dias ao sol e o efeito era dramático. Estava parecendo quase alguém que vive ao ar livre.

– No futuro, vou me limitar a correr – digo eu, puxando a toalha para cobrir o peito, constrangida.

– Tem uma boa trilha, se você for dar a volta no lago. Deve ter uns cinco quilômetros, não é muito.

Fico imaginando se estou parecendo muito fora de forma.

– Ótimo. Vou dar duas voltas então.

Ele dá risada. Eu me sinto uma idiota. Eu *sou* uma idiota.

– Bom, tenho de ir ver se meu filho já terminou a partida de futebol – explico e levanto. – É bom quando eles levantam a cabeça dos jogos de computador, por isso estou gostando.

– Vou adivinhar: adolescente?

– Ainda não. Ele tem dez anos.

– Bem, você ainda terá muita diversão pela frente. Digo isso como pai de uma menina de catorze anos.

– Eu sou solidária ao seu sofrimento. Mas ontem encontrei sua filha e ela foi muito simpática.

Uma ponta de orgulho de pai aparece no canto da sua boca.

– A Chloe não é de todo má, não é? Especialmente quando sorri, ou tem uma conversa de verdade, o que acontece a cada duas semanas, mais ou menos.

– Sou Jess.

Estendo a mão para ele e ele a aperta.

– Charlie. É muito bom conhecê-la. Dá para ver que você é inglesa, mas de que lugar?

– Manchester.

Ficamos jogando conversa fora uns dez minutos, sobre o desenvolvimento que está realmente ocorrendo na cidade e os shows ou concertos a que assistimos no Etihad Stadium, antes de chegar à conclusão de que o escritório dele fica bem perto de onde eu moro.

– É um bairro bonito – comenta ele. – Bem familiar.

– É. William e eu gostamos.

Passa um segundo.

– Você não é casada?

Balanço a cabeça.

– Nem eu – diz ele.

E meu estômago dá uma cambalhota. Em parte, pelo modo como ele olha para mim. Outra parte é a surpresa de saber que ainda sou capaz de gostar disso.

CAPÍTULO 15

No sábado acordamos com chuva. Eu me encolho no sofá de pijama, abraçando os joelhos contra o peito e bebendo um café enquanto rios de água serpenteiam no vidro da janela. Uma opressiva lembrança da escuridão da minha vida, de coisas que simplesmente não consigo esquecer apesar de estar em um lugar bonito, rodeada de flores lindas, com comida e vinho.

Ouço uma batida forte na janela, olho para lá e vejo Adam. Antes de ter a chance de me mexer, William já saiu do quarto e convida o pai para entrar.

– Quer dar um mergulho? – ele pergunta para William.

– Quero!

– Certo. Vai precisar de tênis, short e uma toalha.

– Tênis? – pergunto, espantada. – Para que ele precisa de calçado numa piscina?

Adam se vira e me dá um sorriso de orelha a orelha.

– Quem falou de piscina?

Duas horas depois, a chuva dá lugar ao que deve ser considerado como o dia mais frio da Dordogne, desde que começaram a registrar. Sob os cuidados duvidosos de um guia chamado Enzo, caminhamos uma curta distância numa trilha na montanha e nos vemos diante de uma cachoeira que cai com velocidade suficiente para cobrir nossos rostos com uma nuvem de spray branco. Estamos com roupas de borracha, caneleiras e capacete e nada disso combina com férias, no que me diz respeito.

— Você lembra que William tem um histórico de asma? — pergunto para Adam.

— Ele vai ficar bem — responde ele, sem dar importância.

Franzo a testa.

— Como você *sabe* que ele vai ficar bem?

Adam chama William.

— Quanto tempo faz que ele usou uma bombinha pela última vez? Ele usava fraldas, não é?

Resolvo não responder, só observo Adam verificando a presilha do capacete de William.

— Mas olhe só para isso. Falo sério, Adam. Isso não pode ser adequado para um menino de dez anos.

Ele se vira para Enzo, que é mais baixo do que eu, tem a pele bem bronzeada e ombros iguais aos de um bonequinho Lego. Os dois conversam em francês e eu não entendo nada.

— Enzo confirmou que está tudo bem — Adam diz.

— Não dá para confiar no Enzo — resmungo baixinho.

Enzo sorri para mim.

— Confie em mim, não se preocupe. Eu cuido do seu filho.

Faço que sim com a cabeça e mordo a articulação do meu polegar.

— Mamãe, não estou com medo — diz William. — Além disso, você vem conosco, não é? Vai poder ficar de olho em mim se estiver preocupada.

Esse é outro problema. Eu não quero ir com eles. Preferia fazer praticamente qualquer outra coisa no lugar disso: declarar renda, pagar uma multa de estacionamento, fazer um exame Papanicolau. Qualquer dessas coisas seria divertidíssima comparando com isso. Porque mesmo sabendo que escalar rochas de quatro e descer de costas por cachoeiras seja a ideia que algumas pessoas têm do paraíso, o tipo de atividade que vemos as pessoas praticando em anúncios de granola, realmente não é a minha praia.

Olho para William, que não parece nem um pouco perturbado com a perspectiva de mergulhar de corpo inteiro na água gelada, ou com a possibilidade de se machucar, ou com... como o documento que eu tinha acabado de assinar enfatizava alegremente... a MORTE. A julgar pela vermelhidão trêmula das suas bochechas que indicavam excitação, a probabilidade de eu conseguir persuadi-lo a desistir de tudo para fazer uma cópia em papel dos metais da catedral do século XIV mais próxima parecia remota.

– *La première chose à faire c'est d'entrer dans l'eau comme ça, tout doucement, pour éviter une crise cardiaque* – diz Enzo.

Adam dá uma gargalhada.

– O que ele está falando? – Faço uma careta e bato no ombro de Adam, enquanto Enzo afunda no primeiro poço.

– Ele disse para entrar na água. Mas que deve estar fria.

Adam senta com água até a cintura e não se abala. Eu vou em seguida e sujeito minhas partes femininas a uma experiência tão horripilante de gelada e tão profundamente desagradável que me convenço de que levarei dias para derreter.

– *Vous me remercierez de vous avoir avertis* – declara Enzo, e olho para Adam querendo tradução.

– Ele disse que você vai agradecer a ele por isso.

Antes que eu tenha a chance de perguntar agradecer *o quê*, Enzo começa a balançar a perna para frente e para trás como um psicopata, espirrando água gelada no meu rosto, que entra no meu nariz, nos meus olhos, e que me faz parar de respirar. Quando ele finalmente para, descubro que se não estivesse tão chocada estaria chorando. William e Adam, que também estavam encharcados, estão morrendo de rir.

– Tudo bem aí? – pergunta Adam, pondo a mão no meu braço.

Ato reflexo, eu tiro a mão dele e tento fazer meu queixo parar de bater.

– Claro – respondo, e tiro uma mecha grossa de cabelo das profundezas da minha cavidade nasal. – Apenas trate de cuidar do seu filho.

Ele olha para mim de novo e franze a testa.

– Jess. Eu juro. Ele ficará *bem*.

Na próxima hora e meia vivenciamos a natureza mais crua, selvagem e violentamente bela. Uma das piores experiências da minha vida adulta.

Não é nem o fato de estar prestes a sofrer de hipotermia que me incomoda. É que, contrariando tudo que Adam e Enzo disseram, esse passatempo é obviamente perigoso e claramente inadequado para uma criança. Ou pelo menos para o *meu* filho. Que ignora completamente esses fatos e parece estar curtindo à beça.

Enquanto deslizamos pelas cachoeiras e caímos em poços profundos, só consigo pensar em ossos fraturados, pulmões cheios de água, ferimentos enormes e todos nós perdidos ali, com pouco mais do que um pacote de frango frito.

— Mamãe, isso é FANTÁSTICO! — declara William.

— Ah... que bom — eu gemo.

Bem quando sinto uma esperança vaga de que aquilo está acabando, Enzo vira e sorri para mim.

— Essa é a prova de bravura. Só para vocês.

Ele pisca um olho. Preciso de muita coisa para não gostar de alguém, mas acho que Enzo deve ter conseguido.

— *Voici comment il faut faire. Si vous ne faites pas comme moi, vous vous ferez mal, donc écoutez-moi bien.*

— Ele diz que vocês têm de fazer *exatamente* como ele faz, senão vão se machucar — Adam me explica.

Enzo fica na beira da pedra com uma vasta quantidade de água passando nas canelas dele.

Então ele pula.

Passa um segundo antes de eu ouvir o barulho que ele faz quando bate na água lá embaixo. Espio na borda da pedra, vejo Enzo finalmente aparecer e levantar os polegares para nós antes de subir na margem.

— Meu filho não vai fazer isso — digo para Adam.

Adam avalia a altura da pedra e retesa o maxilar.

— Está bem.

— Estou falando sério, Adam. Isso é ridículo. Ele tem dez anos.

— Concordo — diz ele. — Acho que está certa nisso...

O barulho na água que interrompe essa conversa lança adrenalina fervente dentro de mim. Percebo que há um espaço vazio onde William estava. Adam e eu corremos para a ponta da pedra e olhamos para a água, para a sombra lá embaixo, com bolhas em cima, onde a força do meu filho mergulhou fundo.

Minhas pernas fraquejam.

Eu sei que não posso confiar naqueles dois para salvá-lo, por isso desço correndo pela margem, escorregando e tropeçando na lama, até encontrar uma abertura. Então faço a única coisa que o instinto maternal permite: desço de costas, agarro tufos de grama e lama e pedras para me equilibrar. Mergulho na água de bunda e não sei descrever a onda branca e cega que me envolve nos cinco segundos em que afundo, de boca aberta, cheia de água gelada. Só posso dizer que me senti como um hamster sendo afogado na descarga da privada.

Bato os braços freneticamente até conseguir me agarrar a alguma coisa que parece ser a perna do William. Estou contemplando o que vou fazer em seguida, com o rosto franzido e os ouvidos cheios de ruído, quando me dou conta de que meu filho está vivo e chutando. ME chutando, para ser mais precisa.

Contra a maré da água furiosa e esticando pernas e braços, eu me iço para a margem, cuspindo e secando os olhos, então o vejo sentado ao lado, balançando a cabeça.

– Você podia esperar até eu subir, mamãe – ele resmunga. – Nem era a sua vez.

Depois trocamos de roupa numa barraca alta, que é tudo que temos de recurso quando estamos tão isolados no campo. William tinha passado a manhã se comportando como uma miniatura de fuzileiro naval – capaz, firme, alguém que consegue negociar qualquer coisa que a natureza apresente – e de repente é incapaz de tirar a meia sozinho.

– Está muito molhada – reclama ele. – Grudou. Não consigo tirar.

Passo os três minutos seguintes tentando tirar as meias dele, meus dentes batendo demais, então ele vai ficar com o pai para eu ter espaço para me despir. Para isso tenho de me contorcer em uma variedade de posições improváveis, com a barraca adejando em volta, e quase desloco meu cotovelo tentando pôr o sutiã. Quando saio da barraca, o sol aparece entre as nuvens e Enzo está empilhando o equipamento na van. Entrego a roupa de mergulho.

– Obrigada – eu digo e me forço a sorrir.

– Seu filho foi muito bom. Bravo – ele diz.

Tenho uma estranha sensação de orgulho.

– Foi mesmo, não é?

Enzo bate a porta.

– Onde ele está agora? – pergunto.

Enzo aponta para o outro lado da estrada, para Adam e William sentados lado a lado à beira do lago. Com raios de luz cortando o cinza do céu, eu vou até eles e desacelero quando me aproximo.

Não ouço o que dizem, mas os dois estão rindo alto, dando gargalhadas. Adam passa o braço pelas costas de William e lhe dá um abraço apertado.

Paro e pego rapidamente meu celular para tirar uma foto deles.

O relacionamento entre o meu filho e o pai dele é muito mais frágil e complicado do que indica a foto, mesmo com o filtro do Instagram para dar mais brilho. Mas ainda assim é uma bela imagem. Uma que espero que minha mãe guarde no coração pelo tempo que ele bater.

CAPÍTULO 16

O problema com Adam é o seguinte: é fácil se apaixonar por ele. Se você não o conhece realmente, quero dizer, se não o conhece bem, suas características terríveis são obscurecidas pelas boas, o fato de ele ser inteligente e engraçado, carismático e bonito. Ele tem a capacidade de fazer com que a gente sinta que é o centro do mundo dele – pelo menos por um tempo – e é assim que William está se sentindo essa tarde.

Mas me preocupa que ele fique magoado e decepcionado, atraído pelo que há de mais maravilhoso em Adam antes da sua jovem alma ser ferida pelo lado mais negligente e egoísta do pai. Conheci aquela versão de Adam em primeira mão, mesmo sem poder afirmar que tenha visto o fim do nosso relacionamento chegando, antes de ser tarde demais.

O primeiro conflito que encaramos foi quando o emprego que Adam tolerava no início se transformou em algo que ele desprezava intensamente.

Eu sabia que ele havia chegado a esse ponto porque ouvia sua chave na porta quando ele voltava do trabalho e eu perguntava, "como foi o seu dia?", com a tensão apertando a minha garganta. Porque eu sabia que o dia dele envolvia estresse, política mesquinha da empresa e um vácuo de realização. O efeito disso deixava um gosto amargo na maior parte das nossas noites.

– Como posso explicar? – ele disse aparecendo na sala uma noite e caindo no sofá onde eu estava com meu laptop e a televisão ligada baixinho ao fundo. – O ponto alto do meu dia foi ganhar três vezes o Bingo de Besteira em uma reunião.

Pus o laptop na almofada perto de mim e passei o braço no pescoço dele, com um beijo rápido na sombra de barba das cinco horas.

– Lamento que seja tão ruim no momento.

– Não quero me queixar. Eu simplesmente detesto aquele lugar.

Não sei se o problema era apenas o fato de Adam estar preso num relacionamento ruim com uma empresa desalmada e uma "carreira" muito monótona. Ou se algumas pessoas não eram feitas para ficar limitadas à vida corporativa. Meu namorado, essencialmente sonhador e aventureiro, era uma dessas pessoas.

– Não vai demorar para meu curso acabar, então poderemos fazer todas as coisas das quais falamos – eu disse. – Mas quero que você saiba que sou muito grata, Adam.

– Grata por quê?

– Pelo fato de você ter me sustentado enquanto eu terminava os estudos. Porque eu sou o motivo de estarmos comendo feijão em lata toda noite. Porque a única contribuição que posso dar para esse apartamento são os centavos do meu financiamento estudantil.

– É, falando assim, você não é um bom partido, não é? – Ele sorriu.

– Ho, ho.

– Não me incomodo com nada disso, Jess. Não vai durar para sempre. Vamos dar outra olhada naquele site de empregos no exterior esta noite?

– Você sabe aproveitar, não é?

Ele se aproximou e afundou num beijo rápido e doce antes de se afastar.

– Ah, por falar nisso, você se importa se eu sair com a Georgina na quinta? Ela vai passar a noite na cidade.

Adam havia namorado Georgina alguns meses quando tinha apenas dezessete anos. Eles terminaram amigavelmente quando ele saiu de casa para ir para a universidade, mas mantiveram contato como bons amigos.

– Claro que não.

– Por que não vem conosco?

– Tenho muito trabalho, Adam. E estou quebrada.

– Eu pago. Ora, vamos, prefiro se você for também.

– Adam, não posso. Vá sozinho – insisti. – Tenha uma ótima noite e diga a ela que mando um beijo.

Não senti nenhum desconforto que muitas namoradas sentiriam com essa ideia de os dois fazerem um programa. Georgina podia ter sido uma velha chama, tecnicamente, mas eu sabia que não havia nada entre eles agora. Além disso, a primeira vez que a vi, lembro que não a considerei tão maravilhosa como eu imaginava, apesar das pernas compridas e seios voluptuosos. O rosto dela era forte em vez de bonito, com lábios grossos que ela fazia brilhar com batom rosa forte e pele de porcelana emoldurada por uma cortina de cabelo preto.

Ela era inteligente e falava como um trem de carga: rápido e alto demais, como se estivesse numa corrida permanente para chegar ao fim da frase. Eu gostei dela. Pelo menos até saber que havia passado a noite com Adam quando ele devia estar comigo no nascimento do nosso bebê. Mas estou me adiantando.

A questão é que eles sempre foram íntimos e eu aceitava isso muito bem. E prometi a mim mesma que um dia compensaria todos os sacrifícios que ele tinha feito por mim e que íamos fazer as viagens que ele desejava tanto.

Então aconteceu uma coisa que não fazia parte desse plano.

Eu engravidei.

É difícil saber como vamos nos sentir com uma gravidez não planejada, até ela acontecer. E a minha reação foi oposta à de Adam. Não era só que ele não estava preparado, que tinha uma vida para viver, o mundo para viajar e a cabeça cheia de ideias.

Ele jamais estaria preparado.

Isso ficou evidente não só pela expressão horrorizada que fez quando mostrei para ele o teste de gravidez, confirmando a notícia de que a náusea que eu vinha sentindo uns dias antes não podia ser atribuída a um frango xadrez esquisito, mas também pelo fato de que uma semana inteira depois, quando ele já tinha tido tempo suficiente para fazer a ficha cair, continuava horrorizado do mesmo jeito.

– Olha, eu sei que isso não é o que nenhum de nós tinha planejado, mas podemos fazer funcionar – argumentei, ouvindo minha voz subir algumas oitavas e vendo Adam sentado no sofá olhando fixo para um episódio de *Fawlty Towers* sem rir nem uma vez.

Eu estava com medo e não tinha ideia do que ia fazer.

Sabia que o momento era todo errado e que havia um milhão de motivos para pensar que aquilo ia ser um desastre.

Mas os dias foram passando e havia também uma leveza nas minhas veias, um rubor no rosto, uma vibração no pulso cada vez que eu pensava na ideia de que ia ser *mãe*. Não me sentia diferente só fisicamente. Alguma coisa já tinha mudado dentro de mim, e, mesmo se eu quisesse, não podia impedir meu coração de se elevar no peito toda vez que pensava nisso.

Adam não compartilhava esses sentimentos.

– Eu entendo por que você não queria que isso acontecesse. Mas aconteceu – continuei, desesperada para que ele dissesse alguma coisa. – Nós não podemos desfazer isso.

Ele levantou a cabeça lentamente, com os olhos vidrados.

– Bem... poderíamos sim.

Um jato de adrenalina percorreu meu corpo enquanto eu decodificava o que ele estava dizendo.

– Você quer dizer fazer um aborto?

– Jess... nesse estágio é só um comprimido. E assim todo esse problema estaria resolvido. Bastaria isso, uma visita a uma clínica e...

– E a linha no teste de gravidez desapareceria e poderíamos voltar a tudo como era antes – terminei a frase por ele.

Os olhos dele arderam desafiadores.

– Será que é tão horrível assim querer isso?

Eu saí da sala, mas ele pulou do sofá e me seguiu.

– Não faça com que me sinta um filho da puta, Jess, só por ter essa conversa.

Virei de frente para ele.

– Mas nós não estamos *apenas tendo essa conversa*, estamos? Você já resolveu e quer que eu me livre de um bebê que está crescendo dentro de mim nesse momento.

— Isso afeta a mim também, você sabe disso, Jess.

A indignação cresceu em meu estômago, mas não respondi.

— De qualquer maneira, pensei que você fosse a favor da livre escolha — resmungou ele.

— *Escolha* é a palavra-chave, Adam. E a minha escolha não podia ser mais clara. Eu não teria saído do meu caminho para conceber, mas o fato é que aconteceu. E... eu vou gerar esse bebê.

Nesse ponto eu estava gritando porque sabia que se parasse ia cair em prantos.

— Certo. Fim de papo, então — ele disse, irritado, antes de anunciar que ia sair para andar e clarear as ideias, algo que aparentemente durou três horas.

O que aconteceu depois disso não foi um começo ideal para a nossa contagem regressiva rumo à paternidade e maternidade. Nós implicamos um com o outro e brigamos semanas a fio. Eu nunca tinha vivido coisa parecida, nem com ele, nem com ninguém. Toda noite havia um confronto de algum tipo, variando de intensidade, toda noite meus sentimentos pelo homem por quem era apaixonada estavam sendo desbastados. A reação dele foi muito irracional, muito petulante.

Sim, eu sei que William não era William naquela época. Adam não podia pensar nele sendo qualquer outra coisa além da linha azul no teste de gravidez e do fim de todas as suas ambições. Mas, para mim, o meu bebê era um coração batendo dentro de mim. Eu o amei e amei a ideia dele, desde o momento em que soube que existia. Por isso não, sinto muito, eu não ia fazer um aborto. Não pelo Adam, nem por ninguém. Não poderia estar mais contente sabendo que o bebê, o útero e a decisão eram meus por um mero acaso da biologia.

Depois de quatro semanas ele disse que aceitava. Supus que não tivesse saída. Ele estava preso. E ficou bem claro que homens como Adam não gostam de se sentir presos.

Nos meses seguintes, ele passou a me culpar por tudo. Nem precisava falar, dava para ver em seus olhos. Além do mais, quando um casal se descuida dos contraceptivos, sempre parece que a culpa é da mulher. Tinha me recusado a tomar a pílula porque me provocava náuseas. Eu tinha feito com que confiássemos na camisinha. Camisinha que faltou numa noite de porre e por isso arriscamos.

Dava para ver claramente Adam perdendo o amor que sentia por mim. Era óbvio por causa da constante distração, do pavio curto que não era do feitio dele. Ele parou de voltar correndo para casa e de fazer do beijo sua prioridade máxima.

Em vez disso, estava mais próximo de uma mulher que passara a ser sua confidente.

– Para quem você está escrevendo mensagem? – perguntei uma noite, deitada no sofá assistindo ao box da coleção completa de *Família Soprano* com meus tornozelos inchados em cima do braço do sofá.

– Tem alguma importância?

– Só estava interessada – resmunguei e acrescentei. – Diga oi por mim.

Ele levantou a cabeça.

– O quê?

– Eu disse para dizer oi. Para Georgina.

Ele me ignorou e voltou para o celular, para ler outro texto. O que a mensagem dizia provocou o primeiro sorriso dele a noite inteira.

Georgina aparecia cada vez mais a trabalho e ele saía para encontrar com ela. Eu era relutantemente convidada, mas costumava recusar. Não aguentava ficar lá sentada com a barriga cada dia maior, bebendo água com gás e ouvindo os dois chorando de tanto rir de lembranças de coisas que "você tinha de estar lá" para entender.

A única pessoa para quem revelei meus medos foi Becky. Não podia contar para a minha mãe. Ela adorava Adam, e eu sabia que se dissesse alguma coisa arruinaria a animação dela de poder se tornar avó pela primeira vez.

Becky achou que eu não devia me preocupar.

– Ele está enfeitiçado por você. Só precisa de tempo para se adaptar à gravidez. Além disso, a fase de meias de seda e cinta-liga pode até estar suspensa, mas não quer dizer que Adam quer ir para a cama com a ex-namorada.

E ela estava completamente enganada.

CAPÍTULO 17

Eu colocava na mala dois shortinhos brancos cortados em todas as férias nos últimos oito anos, e nenhuma vez tive coragem de usá-los.

Mas quando estou trocando de roupa antes de ir pegar Natasha no aeroporto no fim da tarde de domingo, o sol faz uma nova entrada espetacular, iluminando as encostas e os campos, como se quisesse recebê-la. E de repente os shortinhos não parecem uma má ideia.

Nunca fui de usar short. Mesmo quando tinha vinte anos, achava que minhas pernas não eram suficientemente compridas, nem firmes, nem suficientemente Gisele Bündchen. Mas depois que o clínico disse para eu fazer exercícios além de tomar os antidepressivos, comecei a sair de fininho na hora do almoço para uma malhação de meia hora.

Parte de mim gostava do fato de a aula ser torturante, tão puxada que o certo seria eu ter glúteos feito aço. Quando vi o short branco, pensei, que se dane. Estava me sentindo bem naquelas circunstâncias... até Adam aparecer na nossa porta, olhar para mim e exclamar: "Belo short."

Fiz uma careta.

— Ah... cale a boca.

— Desculpe. Mas você costumava preferir um comprimento mais vitoriano. Não que eu queira desencorajá-la.

Tentei esconder o calor no rosto e resmunguei:

— Pode me considerar desencorajada.

Infelizmente não tive tempo para trocar de roupa. Por isso agora estou aqui no aeroporto, atraindo olhares e desejando ter incendiado o short e estar vestindo um kaftan em vez dele.

Natasha sai do portão de desembarque parecendo Grace Kelly entrando no aeroporto internacional de Los Angeles, toda óculos escuros, bolsa grande e cabelo perfeito. Ela acena e desliza até mim, me abraça com tanta força que deve ter deslocado alguns dos meus órgãos vitais.

– Ah, meu Deus, é tão bom te ver... – Ela sorri de orelha a orelha, depois recua e me examina de alto a baixo – Uau.

– O quê? – pergunto.

– Belo short – ela diz, depois completa. – Belas *pernas*.

– Obrigada – respondo, me sentindo muito melhor ouvindo isso dela. – Como foi a viagem?

– Adorável, exceto pelos pés inchados. Olhe só para isso, poderiam ser pés de um hobbit.

Ela estica uma das sandálias de plataforma Michael Kors na minha frente e eu dou risada, mesmo vendo que está exagerando.

– Mas não posso reclamar. Duas horas e um gim-tônica depois da decolagem e estou aqui.

– Nada disso parece tão divertido quanto o vômito incessante que tive de aturar.

Ela faz tsc, tsc, tsc.

– Pobre William. – Então ela para e olha para mim. – Como está sua mãe? E como é que você está?

– Mamãe não está muito bem. Mas eu estou ótima. Sinceramente.

Ela semicerra os olhos, mas eu vou para a máquina de estacionamento e não deixo que me pressione a falar mais. Enfio o tíquete e ela me empurra gentilmente para um lado para poder pagar.

– E aí, já se acostumou a ter Adam por perto? Ele está suportável?

– Eu não teria vindo para cá se achasse que ele não era suportável. Nem com você e Becky me dando força.

– Você merece uma medalha. A maioria das pessoas acharia impossível estar no mesmo cômodo com o ex – diz ela enquanto caminhamos até o prédio para esperar o elevador. – Uma vez vi Stuart em Sainsbury e praticamente me arrastei feito um soldado de elite pela ala dos vinhos para não ter de dizer oi.

Não namorei muitos caras a sério tirando o Adam. Teve Carl da universidade, se é que se pode contar, depois um cara chamado Toby com quem saí durante um ano quando William estava com seis anos. Ele era legal em todos os sentidos, e realmente não tinha nada de errado. Mas apesar de nunca ter tido de me arrastar no chão do supermercado para evitá-lo, eu sabia o que Natasha queria dizer. Eu não sairia do meu caminho para vê-lo de novo. Infelizmente com Adam não posso me dar ao luxo de evitar.

– Esse é o problema quando temos um filho com alguém – digo para ela. – Podemos *querer* ficar a milhões de quilômetros de distância dele, mas esse elo nos une para sempre. Gostemos ou não.

Conheci Natasha quando estava quase no sexto mês da gravidez, num baile de Natal organizado pelo diretor da firma de Adam. Eu me senti completamente deslocada na festa, que aconteceu no pátio de uma mansão em Cheshire, numa noite com neve e ar seco. Estavam lá os maiores clientes da empresa, e a equipe mais qualificada. Foi um evento luxuoso, com muitos coquetéis de champanhe e conversa de negócios. Só fui levada para lá porque alguém na mesa de Adam desistiu na última hora.

Levando em conta que ele detestava o emprego, Adam acompanhou obedientemente os outros jovens prodígios, socializando com os clientes e gerentes mais antigos até que todos viessem comer na mão dele. Na verdade, ele era tão bom naquilo que seu sofrimento mal disfarçado de ter de ficar preso na Inglaterra por causa do bebê foi mais frustrante ainda. Eu, enquanto isso, andava atrás dele, muito cansada e gorda, incapaz de dar qualquer contribuição significativa para as conversas além de informar com quantos meses de gravidez eu estava.

Vi Natasha no início da noite, batendo papo com o diretor. Ela era magra-modelo, usava um vestido de seda azul-escuro, tinha o cabelo lindo, cor de cobre, preso e fofo em um coque. O nariz grosso e as sobrancelhas retas davam um ar inteligente e obstinado até a hora em que ela ouvia alguma coisa engraçada, e então seu rosto se desmanchava em uma gargalhada espontânea e desinibida.

Depois do jantar, quando as pessoas se misturavam, ela sentou na cadeira ao lado da minha.

– Isso deve ser uma chatice para você – cochichou.

– Não é não! – protestei educadamente.

– Tem certeza? Porque eu trabalho para essa gente e até gosto de ficar falando sobre o preço mundial do petróleo... mas sei que pessoas normais não compartilham essa minha paixão.

Dei risada.

– Você deve ser a Jess. – Ela sorriu de orelha a orelha, e apertamos as mãos.

Natasha tinha uma pegada que parecia a de um sargento.

– Ouvi Adam falar muito de você. Mas não acredito que ele nunca tenha mencionado que vocês vão ter um bebê.

Natasha e eu não devíamos ter nada em comum. Ambição e capacidade brilhavam nela, enquanto eu estava convencida de que a lombada na minha barriga de vinte e dois anos dava a impressão de que eu era incapaz ou desinteressada de uma carreira profissional.

Quando as outras pessoas na festa se esforçaram para vir conversar comigo, eu senti que estavam sendo gentis com a senhora grávida, mas prefeririam ir puxar o saco dos clientes. E com Natasha não foi nada disso. Natasha era carinhosa, de fácil convívio e francamente engraçada.

Ficamos lá sentadas à mesa batendo papo sobre tudo, desde natação – que nós duas adorávamos e que eu tinha começado há pouco tempo – até o fato de que uma vez ela terminou o namoro com alguém porque ele tinha comido batata frita Pringles na cama.

– Não costumo ser tão superficial assim, mas não preciso encontrar uma batata barbecue na calcinha muitas vezes para ter de tomar uma decisão.

Então o DJ ligou o som e ela apontou para a pista de dança.

– Venha. Eu estou a fim, se você estiver.

Olhei para Adam, mas ele estava muito entretido na conversa com a mulher ao lado. Então nós simplesmente fomos para o centro da sala e dançamos como se ninguém estivesse vendo, e tenho quase certeza de que Adam logo começou a desejar que isso fosse verdade.

Depois Natasha e eu acabamos indo nadar juntas três noites por semana, passando pelo Natal e até um dia antes de eu ter meu filho. Aquelas noites eram uma bênção. Não só a sensação de leveza em minhas pernas e braços pesados quando entrava na água, mas simplesmente por estar com ela. Num momento em que eu ficava cada dia mais angustiada com meu relacionamento com Adam, ter Natasha para conversar tornava tudo quinhentos por cento mais fácil.

Agora, quando ela senta no lado do carona do meu carro enquanto eu ligo o motor, uma coisa me vem à cabeça: espero que ela tenha o mesmo efeito aqui.

CAPÍTULO 18

O campo está banhado em uma luz cor de mel quando voltamos para o Château de Roussignol. Deixamos a bagagem de Natasha em Les Écuries e vamos direto para a piscina, onde estão organizando um churrasco de família para a noite.

A churrasqueira quase impraticável de tão grande é comandada por Ben (ou Jovem Ben, como é inexplicavelmente conhecido, apesar de ter a mesma idade da maioria da equipe dali). Um pequeno grupo de crianças com idades que variam de quatro a doze anos se juntam em torno da rede de vôlei, onde Simone as organiza em equipes. No gramado ao lado, William termina de montar uma pista de obstáculos com Adam, antes de participar do jogo com Simone.

– Esse lugar é incrível – diz Natasha, evidentemente surpresa.

Claro que tinha visto fotos no website, e lido todas as avaliações, mas, de perto, o château é algo completamente diferente.

– Mas não é Barbados – comento sorrindo.

No ano anterior tínhamos viajado para lá, em férias de solteiras.

– Ora, Barbados é supervalorizado.

– É mesmo?

Ela suspira.

– Bem, não. Não é não.

Natasha ainda trabalha para a mesma empresa de quando a conheci, mas hoje é a nova diretora de negócios, com base em Londres, onde mora em um pequeno apartamento bem central, com torneiras de grife e carpete creme.

Logo que se mudou, parecia aqueles apartamentos de filme adaptado de romance policial, só que Natasha nunca dominou o visual minimalista, por isso em pouco tempo entupiu cada canto com livros e badulaques de viagens.

– Onde está meu favorito de oito anos? – pergunta ela.

– Se está falando do William, está lá jogando vôlei. E tem dez anos.

Ela bufa.

– Quando foi que isso aconteceu?

– Em março.

– Droga. Aposto que significa que passou da idade de curtir *Bob, o Construtor*? – Ela dá um sorriso largo.

Vamos para a quadra e Natasha tenta acenar para chamar a atenção de William, sem se dar conta de que atenção é a última coisa que meninos dessa idade querem. Ele não responde e ela pisa na areia no mesmo instante em que a bola voa em sua direção.

Sem hesitar Natasha salta, dá uma cortada e vareja a bola. Os outros jogadores, cuja média de idade é sete anos, ficam boquiabertos.

Natasha parece quase tão surpresa quanto todos em volta.

– Hum. Ainda levo jeito. – Ela dá uma risadinha. – Toque aqui, William!

William bate fraco na palma da mão dela e se curva encabulado, de modo que parece estar tentando esconder a cabeça entre as próprias costelas.

– Oi, tia Natasha. – Ele sorri sem jeito.

Simone vai até ela, de cara fechada.

– Essa partida é de crianças com menos de doze anos – diz Simone irritada.

– Desculpe. – Natasha dá um sorriso malicioso quando volta para perto de mim, invalidando o pedido de desculpas.

– Ele é um amor, Jess. E agora, que tal um *vin blanc*? Ou *vin rouge*. Ou *vin* qualquer coisa. Passei um mês desintoxicando e perdi a linha durante o voo para cá, por isso posso muito bem continuar assim.

William espera até Natasha chegar ao bar para correr até onde estou.

– Mamãe, posso fazer uma coisa com papai amanhã?

– Ele disse que pode?

– É, ele disse que podemos fazer rafting de manhã.

— Ah, está bem. Vou ver se Natasha quer ir. Tenho certeza de que ela vai querer... ela adora esse tipo de coisa. Podemos levar um almoço para a viagem.

Mas William balança a cabeça.

— Eu quis dizer só ele e eu. Queremos um dia só dos rapazes.

Claro que eu não nasci com o apêndice correto para me juntar àquele tipo de divertimento.

— Tudo bem? *Por favor, mamãe.*

De repente tenho a sensação de que ele está me pedindo para deixar que Charlie Sheen cuide dele. Mas a excitação em seus olhos faz com que eu engula minhas preocupações. Pelo menos agora que Natasha está aqui, vou poder me distrair das visões de William se afogando enquanto Adam se afasta sorrateiramente para fumar.

— Suponho que isso deve mantê-lo longe do meu iPad — digo sorrindo.

— Sim! Obrigado, mamãe. Te amo.

— É, você sempre ama quando consegue o que quer. — Faço uma careta rindo e ele volta para o jogo.

— E, afinal, onde está meu iPad?

Ele parece confuso.

— A-acho que deixei no escritório do papai.

— Você *acha*?

— Tenho certeza que vou encontrar depois desse jogo — ele responde.

Quando Natasha chega com uma garrafa de tinto e duas taças, é impossível não notar que Ben está olhando, mais concentrado na minha amiga do que nos hambúrgueres.

— Você está chamando a atenção daquele lado ali. — Aponto.

Ela olha, o rosto de Ben se abre num sorriso tímido e vejo uma faísca de reconhecimento nos olhos de Natasha. Mas é momentâneo, ato reflexo, então ela pega a garrafa e começa a servir.

— Maravilhoso, sem dúvida. Mas estou empenhada em evitar coisas jovens e quentes no momento.

Enrugo o nariz.

— Por quê?

— Tive casos demais nos últimos anos, Jess. Estou querendo alguma coisa mais... significativa.

— Ah... bom.

— Mas é mais fácil falar do que fazer. E o Tinder não ajuda.

— Ah, não? A última vez que nos falamos você estava muito entusiasmada com ele.

— Isso foi antes de começar a receber mensagens como essa. — Natasha pega seu celular e me mostra sua última troca de mensagens.

Oi, sou muito tímido, mas não me importo de dizer que gostaria de te foder até você desmaiar. Muito tesuda.

O riso explode nos meus lábios quando rolo para baixo para ver a resposta dela.

Muito obrigada, mas vá embora.

— Natasha!

Adam vem andando em nossa direção, de bermuda e camiseta branca justa no peito. Ele se abaixa e beija Natasha. No início ela parece satisfeita de vê-lo, mas se controla e endireita a boca. Então sorri de novo. Não pode ser fácil quando o homem te presenteou com umas boas férias, mas a lealdade a mim impede que ela se entusiasme demais com ele.

— Oi, Adam, tudo bem com você?

— Muito bem — responde ele. — É ótimo ter Jess e William aqui.

— Dá para ver que a vida foi generosa com você aqui, Adam. Você está superbem. — Ela se policia e olha para mim outra vez. — Levando em conta que está bem mais velho agora.

Ele dá risada.

— É, está pegando um pouco... trinta e três agora. O trabalho ainda mantém você ocupada?

— Sim, mas numa boa. Estou louca para pegar um pouco de sol... e passar algum tempo com Jess e William. E acho que você também está a fim disso...

— Definitivamente. — Ele se vira para mim. — William perguntou se pode fazer rafting comigo?

— Perguntou sim, e tudo bem. Ele está empolgadíssimo com a ideia.

— Ótimo. – Adam parece surpreso e satisfeito. – Fizemos canoagem ontem – ele conta para Natasha. – Jess é uma grande fã.

— Ele está bancando o engraçadinho – falo com voz mole.

— Para ser justo com você, Jess, o tempo não estava ideal. Na próxima vez que eu levá-la para descer o rio, será num dia de sol, para seu nariz não ficar azul.

— Caso não tenha ficado perfeitamente claro, não haverá próxima vez. Natasha dá risada.

— Bem, eu fiquei muito orgulhoso de você ter tentado – diz Adam.

Não sei por que essa afirmação ficou esquisita. Como pode ficar orgulhoso de mim se não temos mais nada um com o outro?

Olho para William na quadra de vôlei em tempo de ver Simone olhando para nós. Adam nota também e reage afastando um pé de mim, dando a ridícula impressão de que está tentando esconder alguma coisa.

— Você já deu uma olhada na sua cabana? – ele pergunta para Natasha.

— Adam, é maravilhosa. Obrigada por ter nos acomodado tão bem.

— Natasha está acostumada com mansões luxuosas nas Ilhas Maldivas – explico para ele. – É dureza corresponder a isso.

— Ah, Jess, pare com isso. Eu não sou nenhuma princesinha mimada. Além do mais, se eu ficar cheia de vocês dois, vou para um daqueles quartos que têm cama com dossel no château, que vi na internet.

— Vou providenciar um mordomo de plantão para você – diz Adam. – Certo... eu só queria dizer oi, mas tenho de fazer algumas coisas antes de poder sentar e relaxar. – Ele se afasta. – É *ótimo* ter você aqui, Natasha.

Quando ele desaparece, Natasha vira para mim.

— Como é que ele faz isso?

— O quê?

— Torna impossível odiá-lo.

— Eu não quero que ninguém *odeie* Adam – digo para ela. – Ele é pai do William. E, sim, aconteceram coisas entre nós, mas foi há muito tempo e agora todos nós seguimos adiante.

Natasha olha para Simone, que está de novo olhando para nós.

— Acho que alguém deve estar mesmo torcendo por isso.

CAPÍTULO 19

William chega saltitando no meu quarto na manhã seguinte como se fosse Natal.

– Mamãe, que horas são?

Consulto meu celular com olhos sonolentos.

– Ugh... sete – resmungo, e ele vai para a cozinha.

Já vou chamá-lo para perguntar por que acordou tão cedo, mas consigo me lembrar sozinha. O rafting que eu quase esqueci até ir cobri-lo na cama ontem à noite e descobrir que ele estava dormindo de calção de banho. Ele abriu os olhos um instante e explicou que ia economizar tempo ir para a cama assim.

Afasto o lençol de algodão e esfrego os olhos quando saio da cama para abrir as venezianas e deixar a luz chegar ao armário antigo e aquecer as vigas de carvalho do teto. É um quarto gostoso para acordar. Com a simplicidade despretensiosa do piso de cerâmica, um tapete simpático e uma cama forte de ferro fundido.

Com sono, ainda prendo o cabelo com elástico e sigo William até a cozinha.

– Que horas seu pai disse que vinha buscar você? Eu devia ter pedido mais detalhes para ele ontem à noite.

– Acho que às oito e meia – ele diz.

– Você *acha*?

Volto para o quarto para pegar o celular e enviar uma mensagem de texto para Adam, mas não tem sinal, como de hábito.

Não tenho ideia do que William vai precisar para esse programa, por isso começo a separar duas mudas de roupa, uma toalha extra, tênis, protetor solar fator 50, repelente para insetos, sandálias de borracha, uma garrafa de água e bastante salgadinho sabor frango – William tinha adquirido um estranho vício por esses salgadinhos – para alimentar uma família de cinco.

– Você acha que vou ter chance de usar isso? – ele pergunta, saindo do quarto de pé de pato.

– Acho que não, querido.

William pega meu iPad e bota na mochila.

– E também não pode levar isso.

– Mas eu quero fazer um vídeo.

– E onde vai guardar quando estiver no barco inflável?

– Ah.

Verifico de novo meu celular e vejo um lampejo de sinal. Desde a nossa chegada ali, encontrar um sinal com intensidade suficiente para enviar pelo menos uma mensagem de texto tem sido um eterno desafio. Quando as estrelas se alinham e você fica num pé só, segurando o celular um metro acima da torradeira, parece ter sido o que funcionou melhor até agora.

> Preciso preparar um almoço para essa viagem de rafting, ou você vai providenciar? E vem às 8h30? Ele não se aguenta de tanta empolgação :)

Assim que apertei enviar, eu me xinguei por ter acrescentado o emoticon sorrindo. A carinha sorridente e Adam não são uma combinação apropriada.

Observo William que senta lá fora às 8h20 para esperar o pai, sirvo uma xícara de café e vou me juntar a ele ao sol com névoa do início da manhã. O pátio está tranquilo e quieto, o único barulho é o zumbido de abelhas em volta da buganvília e os passarinhos voando em círculos no alto, piando baixo e anunciando um novo dia. William não fala nada, mas começa a bater o pé na mesa.

Desconfio que não é exatamente o rafting a fonte daquela animação toda. Trata-se do pai dele. William mal aguenta esperar para estar com ele. Sinto a garganta apertar e minha cabeça dá voltas com uma emoção inesperada. Eu nem sei por que esse fato especificamente provocou isso.

– O que foi? – pergunta William.

Pisco para afastar a ardência das lágrimas.

– Nada. Acho que deve ser alergia a alguma coisa. Talvez o protetor solar.

Mas ele não está interessado de verdade. Olha para o estacionamento à procura de Adam.

– Que horas são?

Verifico o meu relógio.

– Oito e trinta e dois.

– Ele devia ter chegado há dois minutos.

– Tenha paciência. Vou preparar um café da manhã para mim. Você tomou alguma coisa essa manhã?

– ELE CHEGOU!

Logo vejo que é só um carro preto, parecido com o de Adam, só que de outra marca e outro modelo.

– Não é ele, querido. Mas não se preocupe, ele vem.

Quinze minutos depois continuamos lá fora. Até agora já disse para William não se preocupar aproximadamente uma dúzia de vezes, tantas que ele parece não estar mais preocupado. Quanto a mim, não posso dizer o mesmo. Olho para o celular, mas não há resposta para a mensagem que enviei. Penso em irmos a pé até o château e procurar por ele, mas, se não formos pela estrada, que leva mais tempo do que a trilha, ele poderá estar a caminho e vamos acabar nos desencontrando. Tento digitar o número dele, mas vai direto para a mensagem de voz na caixa de recados.

– Posso fazer um *quiz* enquanto esperamos? – pergunta William.

– Ahn?

– Um *quiz*.

– Ah, tudo bem.

William adora esses questionários, pelo menos quando acerta todas as perguntas. Ele ainda não tem idade para dominar uma cara de bom perdedor.

— Qual é a capital da Espanha?

— Madri. — Ele faz tsc-tsc-tsc. — Você já sabia que eu sei essa.

Começo a andar de um lado para outro.

— Qual é o rio mais comprido do mundo?

— Essa é outra de geografia.

— E daí?

— E daí que você já fez uma de geografia. Pode ser outra coisa?

— Quer dizer que você não sabe a resposta?

— Sei, sim. É o Amazonas. Pode perguntar outra coisa agora?

Olho para o meu relógio e resolvo que se às nove horas Adam ainda não tiver aparecido, vou acordar Natasha para ela ficar com William e vou procurar Adam.

— É... Está bem. Soletre *hidroclorídrico*.

— Ah, *soletrar não...* — ele geme. — Que tal cinema?

— Certo — suspiro. — Qual era o nome do pai do Super-Homem?

— Jor-El.

— Muito bem.

Natasha aparece na porta com uma camiseta maior do que ela e espreguiça languidamente.

— Que bom que acordou. Pode ficar aqui com William caso Adam apareça?

Ela esfrega os olhos.

— Não vou a lugar nenhum. William e eu podemos ficar aqui sentados e conversar sobre... sobre o que você quer conversar, William?

— Você pode fazer um questionário sobre cinema?

— Ótima ideia! — diz Natasha. — Certo: nome de um dos atores principais na versão de 1966 de *Os pássaros*, de Hitchcock?

CAPÍTULO 20

Saio da trilha da floresta e vou direto para as portas grandiosas do château, protegidas do sol. Não encontro Adam em nenhum dos lugares óbvios, e acabo descobrindo Ben na recepção.

– Ele falou alguma coisa sobre tirar o dia de folga, Jess... e que ia para o vale do Vérzère.

Relaxo os ombros.

– Então ele vai mesmo. William estava pensando que ele ia pegá-lo há quarenta e cinco minutos e eu não consigo encontrá-lo.

– Já tentou na cabana dele?

Adam mora a cinco minutos do château, longe das acomodações dos hóspedes, numa pequena cabana em um extremo da propriedade. Alguns dias atrás ele tentou me mostrar, mas eu só dei uma espiada para ser educada, constrangida com aquele nível de informação sobre a vida que ele leva agora.

A cabana dele é mais precária por fora do que as dos hóspedes, tem telhado de pedra, uma porta azul com a tinta descascada e paredes desgastadas pelo tempo, cercadas de capim e de orquídeas selvagens. Pelo que pude ver, por dentro parecia bem habitada também, com estantes abarrotadas de livros, pilhas de cartas, um bom estoque de vinhos e fotografias antigas brigando por espaço num mantel de lareira que parecia muito velho.

Quando chego na frente da casa, meu coração está disparado muito além do que devia estar com a caminhada. Hesito antes de bater e então percebo que a porta está aberta, destrancada.

— Adam? Sou eu. — Empurro a porta e entro.

Então eu grito. Ou gemo. De qualquer forma mais alto do que esperava. Mas quando se dá de cara com uma mulher com a blusa aberta, exibindo um sutiã de renda diminuto, é difícil saber qual é a reação apropriada.

Adam pula para longe de Simone e ela vira de costas para abotoar a blusa. Então ele começa a bufar e a resmungar, querendo saber por que eu não bati na porta.

— Mas eu *bati*! — protesto, com o rosto todo vermelho — Vocês deixaram a porta aberta!

Cubro os olhos com a mão num ato reflexo, totalmente ineficiente para "des-ver" uma coisa que tinha acabado de ver.

— Acho que fui eu, desculpe.

Simone alisa a saia e dá um jeito no cabelo, adquire um ar tão angelical de inocência que daria para pensar que eu tinha acabado de surpreendê-la lendo a Bíblia em voz alta.

— Está... olha, tudo bem — eu digo e recuo para a porta, incapaz de olhar nos olhos de qualquer um dos dois. — Mas graças a Deus não mandei William vir procurá-lo. Só vim para saber a que horas vai ser o rafting. O pobre menino achou que você ia pegá-lo há quase uma hora.

— Não posso levá-lo para fazer o rafting hoje — responde Adam. — Estou de folga com Simone.

Simone cruza os braços com um sorriso de satisfação, e eu sinto meu peito encher de ar.

— Mas você e eu falamos desse passeio ontem, Adam. Você não pode falar essas coisas para um menino de dez anos e depois mudar de ideia.

— Vou levá-lo para fazer rafting em algum momento, mas hoje não — continuou ele, sem se perturbar. — Hoje eu não posso.

— Mas você *disse* que podia! — argumento.

— Não disse não.

Ele balança a cabeça e a exasperação aperta minha garganta.

— Disse *sim*, Adam.

Mas ele se recusa a entrar numa discussão, apesar da raiva no olhar de Simone.

— Você entendeu errado, Jess. William foi me perguntar sobre esse passeio quando eu estava consertando um vazamento em um cano de um dos quartos. Ia destruir o carpete que tinha me custado os olhos da cara. Eu estava distraído.

Eu só conseguia pensar em William, sentado no degrau na frente da nossa cabana, agarrado à mochila, cansado, mas elétrico depois do sono entrecortado por toda aquela excitação. E em como raios eu ia contar isso para ele.

— Então você está me dizendo que *não* prometeu a ele que ia levá-lo hoje?

— Não prometeu não — Simone interrompe, antipática.

Adam olha de lado para ela.

— Bem, você não estava lá, Simone, sejamos justos.

Ela se apronta para responder, mas resolve calar a boca.

— Olha, Jess, não lembro exatamente o que eu disse – ele continua –, sei que disse que faria o rafting com ele, e podemos fazer, mas não teria dito para ele que íamos hoje, porque estou ocupado. Naquele momento eu só precisava me livrar dele.

Minha incredulidade começa a fervilhar e a se transformar em alguma coisa muito mais forte.

— O quê?

— Não foi isso que eu quis dizer.

— Não importa o que foi dito, o fato é que *ele não pode ir*, Jess – Simone grita.

— Mas Adam *prometeu*, Simone — eu disse calmamente, tentando raciocinar com pelo menos um dos dois.

— Bem, ele vai ter de superar isso, não vai? – ela cospe. – Além do mais, não foi uma *promessa*.

— *Tudo* é uma promessa quando dizemos a um menino de dez anos que vamos fazer alguma coisa com ele – revido.

Um som feito "pfaufff" sai da boca de Simone, como se soltasse ar por um furo.

Adam olha para nós duas e então para em mim.

— Jess. Nós fizemos canoagem apenas dois dias atrás. A ideia que eu tinha era que talvez pudesse levá-lo nesse outro passeio algum dia da semana que vem.

Pensei em William de calção de banho a noite passada e senti uma onda de fúria.

— Então viemos tão longe para ele ter tempo de qualidade com você só uma vez por semana?

— Não dá nem para reservar em tão pouco tempo — Adam continua me ignorando. — Eu não percebi que ele estava falando de hoje. Foi ele que sugeriu mais ou menos 8h30 e pensei que estava falando... em geral. Foi bobagem minha, agora que lembro, mas, como eu disse, estava distraído. Desculpe, mas eu vou levá-lo sim — ele olha de lado para Simone e acrescenta —, só que não hoje.

Faço mais uma tentativa de raciocinar com ele.

— Adam — falo baixinho, com a voz trêmula —, nem precisa ser rafting, pode ser *qualquer* coisa. Ele só quer estar com o pai. Que ele *adora*. É por isso que estamos *aqui*.

Adam titubeia. Por um instante me convenço de que ele fará o que é certo.

— Se quer mesmo saber, Jess, temos reserva num hotel *Mr. and Mrs. Smith* — anuncia Simone. — Custa uma fortuna e leva séculos para se conseguir um quarto lá. Portanto, não existe a possibilidade de não irmos.

Fico lá parada, enfiando as unhas nas palmas das mãos, processando a notícia de que Adam vai passar seu dia de folga na cama com sua namorada de vinte e dois anos em vez de ficar com William. De repente não suporto mais estar no mesmo cômodo com aqueles dois.

Dou meia-volta e saio marchando. Adam me segue até a porta e chama meu nome.

— Vou planejar alguma coisa para fazer com William assim que eu voltar. Prometo.

Paro no fim do caminho com o sangue fervendo nas veias e viro para trás. E acontece que não consigo me conter.

— Pois eu descobri em primeira mão que as suas promessas não valem nada, Adam.

CAPÍTULO 21

Não vou fingir que meu pai era perfeito. Mas teria sido se não fosse um único problema, apesar de ser bem grande. Quando entrei na adolescência, não deu mais para ignorar o comportamento dele quando bebia. Entre as inúmeras vezes em que era maravilhoso, havia outras em que ele era o mais completo desastre. E sempre quando tinha álcool no meio da história.

Houve um dia em que ele bateu com o carro no muro da frente da nossa casa depois de se convencer de que podia ir dirigindo para a loja de bebidas, e a noite em que o encontramos caído na entrada de casa, incapaz de enfiar a chave na fechadura.

Essas coisas não aconteciam o tempo todo. Havia longos períodos de meses entre esses vexames, não eram só dias. Mas eu preciso me lembrar delas às vezes, quando Adam inventa uma das suas e sou consumida pela fúria por conta do meu filho. Mas há uma diferença essencial. Meu pai tinha seus problemas, só que *fazia* alguma coisa para resolvê-los. E fazia por mamãe e por mim.

Meus pais se conheceram logo que ele concluiu o curso de contabilidade e conseguiu um emprego como contador na firma Arthur Mitchell em Manchester, onde ela era secretária desde que largara os estudos aos dezesseis anos. Minha mãe sempre preenchia suas horas vagas fazendo doces, e toda sexta-feira levava para o trabalho uma seleção do que tinha preparado: bombas de chocolate puxa-puxa, biscoitos de café e amêndoas, bolinhos de limão com cobertura crocante de açúcar.

– Eu acabei convidando sua mãe para sair e saborear um bolo battenberg – brincava papai.

Na primeira vez que saíram foram ao cinema, assistir a *Uma noite alucinante: A morte do demônio*, parece que foi ideia da mamãe, e ficaram noivos quatro meses depois.

Não cabe a uma filha se meter no casamento dos pais, mas não há dúvida de que eu supus que fossem felizes quando era pequena. Às vezes olho para trás e fico imaginando como cheguei a essa conclusão. Porque havia momentos em que um bom observador podia considerar tudo, menos isso.

Eu tinha dezesseis anos quando ganhei um papel na peça da escola, uma produção ambiciosa de *Les Misérables*. Era um papel pequeno – de moça da taverna – e tinha apenas uma fala, mas levei muito a sério. E na primeira noite estava muito ansiosa esperando na coxia para ter a minha estreia no teatro, quando ouvi um grupo de alunos da sexta série dando risada.

– Tem vômito em todo o banheiro masculino. O Sr. Jones escorregou nele e quase caiu de bunda. Degsy acha que foi o pai de alguém, completamente bêbado.

Gelei e reconheci o quadro. Eu sabia de quem estavam falando. Quando mamãe me levou de carro para o teatro uma hora e meia antes de começar, papai já havia entornado todas.

Pisei no palco com o terror me comendo por dentro e olhei para a plateia lotada, à procura dos rostos dos meus pais.

Tinha de dizer uma única frase, mas, quando vi meu pai, aquelas palavras secaram na minha boca.

Papai estava caído na terceira fila, dormindo profundamente, e mamãe sentada imóvel ao lado dele, rosto encovado, olhos rasos d'água à luz do palco. Acabei dizendo a minha frase, mas, quando a peça terminou, senti que toda a escola sabia o que tinha acontecido.

Naquele fim de semana, mal nos falamos e eu não conseguia olhar para ele. Fiquei o tempo todo deitada no meu quarto ouvindo a chuva sibilar nas janelas, ainda fervendo de raiva. Mamãe tentou me convencer de que ninguém sabia quem era, mas na segunda-feira ficou óbvio, quando ninguém falava em outra coisa na cantina, que ela estava enganada.

Quando saí do meu quarto para jantar aquela noite, papai olhou nervoso para mim.

— Olha, eu sinto muito, está bem? — ele disse enquanto punha o sal e a pimenta na mesa e mamãe vinha da cozinha carregando uma lasanha feita em casa saída diretamente do forno. — Mas... não acho que o que eu fiz foi *tão* ruim assim.

Mamãe parou, a incredulidade estampada no rosto.

Minha respiração ficou na boca e procurei prever o que ela ia dizer. Mas por alguns segundos ela não disse nada, só deu para ver a fúria borbulhando dentro dela, lutando para sair.

— SEU IDIOTA DE MERDA — berrou ela.

Então ela levantou a assadeira fervendo e atirou na cozinha. Ouvi papai suspirar alto, assustado, e senti a minha boca abrir quando vimos a sujeira do pirex quebrado e do molho de tomate quente e grosso escorrendo pela parede.

Mamãe ficou um tempo olhando furiosa para aquilo, a mão trêmula cobrindo a boca, como se simplesmente não pudesse acreditar que tinha feito aquilo. Então ela saiu correndo da sala.

Olhei para papai num leve estado de choque que põe nosso cérebro no piloto automático. Levantei em silêncio para pegar luvas de borracha. Ele se abaixou para recolher os cacos de vidro numa folha de jornal.

E foi então que percebi que ele estava chorando.

— Desculpe, Jess — sussurrou, sem conseguir olhar para mim. — Eu sinto muito.

Mas eu não estava preparada para deixar por isso mesmo.

— Tenho certeza de que sente, papai. Como em todas as outras vezes. Mas isso simplesmente vai continuar acontecendo, não é? Você se odeia por fazer essas coisas, *mas nunca muda*. Você continua enchendo a cara e deixando isso destruir tudo.

Ele abriu a boca com o rosto encharcado de lágrimas. Parecia arrasado com o que eu estava dizendo, mas eu não ia deixar passar.

— Fico *arrasada* com o que você faz às vezes, papai. Mortificada de ver você se comportar dessa maneira. E tudo por uma droga de bebida. Você não percebe o que está fazendo comigo e com mamãe?

Ele foi à sua primeira reunião do AA três dias depois.

A transição do meu pai de alcoólico disfuncional para alcoólico em recuperação não foi fácil, mas imagino que nunca seja.

Ele foi a todas as reuniões, mas não quero dar a impressão de que ele simplesmente se engajou, sentou no círculo e viu a luz. Ele teve uma relação de amor e ódio com o AA e nunca se interessou pelos outros membros. Mas perseverou, porque lá no fundo sabia que não poderia se controlar sem o AA.

No primeiro ano houve momentos em que parecia que ele ia fracassar. Nos eventos sociais, mamãe e eu prendíamos a respiração ao ver conhecidos oferecendo drinques para ele, espantados de ver alguém bebendo limonada em uma festa. Naquela época, o olhar do papai parecia mudar quando sentia o cheiro de bebida, como se ficasse amedrontado.

Às vezes era difícil saber como apoiá-lo. Não queríamos ficar em cima dele, pressionando-o e perguntando toda hora se estava tudo bem. Mas houve momentos em que tive de dizer que eu estava muito orgulhosa. Aquele "um dia de cada vez" tinha servido para algo que eu antes achava impossível.

Estávamos jogando tênis numa noite de verão cerca de um ano e meio depois de ele ter bebido um drinque pela última vez e lembro que a bola passou direto por mim numa cortada dele. Não me importava de perder para ele. Aquela sua vitalidade redescoberta me deixava contente.

— Quem pensaria que você ia estar tão saudável assim dois anos atrás? — eu disse. — Você está mesmo incrível.

— Para com isso, Jess... sou um homem de meia-idade com um pneu na cintura que nenhum jogo de tênis vai esvaziar.

— Você sabe o que eu quero dizer.

E eu devia estar parecendo um pouco desanimada, porque ele abaixou a voz e disse:

– Claro que sei. Mas incrível não é a palavra. Estou só... determinado a não voltar a ser o que era. Portanto, vocês não precisam se preocupar com isso, nunca mais. Eu juro.

E nunca mais me preocupei. Porque ele tem estado presente para nós três todos os dias, há dezessete anos. Dando apoio. Amando. E fazendo tudo isso completamente sóbrio.

CAPÍTULO 22

Achei terrível ter de contar para William que o rafting de hoje com o pai dele havia sido cancelado. Mas ele não fez drama, nem reclamou, nem gritou, não fez nenhuma das coisas que teria direito de fazer. Simplesmente ouviu em silêncio enquanto eu inventava mentiras em favor do pai dele.

– Ele acabou tendo de ir ajudar uma família que tinha perdido os passaportes – eu disse. – Eles não teriam conseguido voltar para casa se ele não fosse lá ajudá-los. Mas seu pai vai fazer algum programa com você em breve.

William retesou o lábio inferior, abaixou a cabeça, e quando eu terminei de dar a notícia, levantou de um pulo, correu para o quarto e fechou a porta. Eu dei a ele um espaço de cerca de dez minutos, depois entrei em ação e organizei um dia fora com Natasha e ele.

Fomos de carro para o Lac du Causse, perto de Brive, que fica a mais ou menos uma hora de distância, e tem uma praia de areia, água limpa para tomar banho e... pedalinhos.

– Está a fim? Foi isso que vovó sugeriu – eu disse para ele animada.

– Humm. Está bem. – Ele dá de ombros, mas só porque o iPad está sem bateria.

William se anima assim que entramos na água. Em grande parte porque deve parecer hilariante uma mulher adulta pedalar que nem doida toda vez que chega a uns seis metros de algum windsurfista. Depois de uma volta no lago pedalando, meus joelhos estão pegando fogo e, nostálgico ou não, sinto um alívio imenso de estar de novo em terra firme.

Enquanto William se entretém juntando gravetos na beira da água, eu me espalho numa toalha de praia ao lado de Natasha e ela mergulha naquele tipo de sono profundo que tem me deixado intrigada ultimamente. Ficamos assim largadas bem umas duas horas antes de voltar para o Château de Roussignol, no final da tarde.

No caminho da cabana, Natasha me cutuca.

– Alguém está acenando para você.

– Oi, Jess! – Charlie está diante da porta da cabana dele, do outro lado do pátio.

– Ah, oi! – Sorrio para ele enquanto procuro minha chave.

– Ele gosta de você – murmura Natasha, e viro a cabeça para ver se William não ouviu.

– Não seja boba – sibilo para ela. – Como pode saber?

– Para começo de conversa, ele está vindo para cá.

Abro a porta e empurro Natasha e William para dentro. Ele entra imediatamente, mas ela resolve que não vai a lugar nenhum.

– Como vai? – pergunto para Charlie quando ele se aproxima.

– Contente porque o sol resolveu aparecer de novo, depois de ontem.

– Ah, é! Esperemos que tenha sido um fora da curva. Essa é Natasha... que acabou de chegar para ficar conosco.

– Muito prazer – diz Natasha examinando Charlie de alto a baixo como se estivesse num salão de automóveis avaliando a pintura em um novo modelo de carro esporte.

– Igualmente. – Ele sorri para ela e se vira para mim outra vez. – Vocês foram ao churrasco familiar ontem à noite? Nós esquecemos que ia ter e fomos jantar fora.

– Foi bom – respondo. – Não sei se Chloe ia gostar, mas William se divertiu.

Os olhos verdes dele se fixam no meu rosto.

– Gostaria de ter lembrado... teríamos ficado com vocês.

Percebo constrangida o sorriso de orelha a orelha de Natasha.

– PAPAI!

Charlie vira para o lado em que a filha está.

— Ah. Com licença... a adolescente chama. Que a desgraça recaia sobre aqueles que não pulam imediatamente. Vejo vocês logo, espero.

Então ele vai embora, parte para perto de Chloe e fico pensando se Natasha tem razão quando diz que ele gosta de mim.

— Ele não parou de olhar para você — declara ela quando entramos na cabana.

— Ah, cale a boca.

— É verdade. Ainda bem que ele não viu você com aquele short branco ontem. Ele não saberia o que fazer, ficaria atordoado.

Quando entramos, vemos William no sofá, já com o iPad.

— Você se divertiu hoje, querido?

— Foi legal — diz ele.

— Olha... eu sinto muito mesmo seu pai ter te decepcionado hoje.

William levanta a cabeça de estalo.

— Ele *não* me decepcionou. Ele é o patrão, por isso quando precisa trabalhar, não pode evitar.

Controlo certa irritação. Sei que fui eu que disse para William que Adam precisava trabalhar, mas ouvi-lo defender o pai exige um controle que eu nunca imaginei que tivesse. Mesmo assim, acho que vale mais do que ele saber que o pai continua aprontando como antigamente.

CAPÍTULO 23

O cheiro no ar muda no meio da tarde todos os dias. Acontece quando o sol está alto e seu calor penetrante cobre todas as flores e plantas, de modo que o doce perfume de ervas do verão escapa na brisa.

No dia seguinte à nossa ida ao lago, William, Natasha e eu caminhamos até o château para beber alguma coisa gelada. Algumas crianças estavam reunidas na quadra de futebol e uma delas corre até nós. Dois dias antes, o menino estava com William na piscina, apesar de parecer um pouco mais novo do que meu filho, com seu cabelo cor de cenoura e um grande espaço entre os dois dentes da frente.

— Uma partida importante vai começar em cinco minutos e nós precisamos de mais um jogador. Você quer vir?

— Não sei — responde William.

— Ah, vamos lá, William... experimente.

Ele pensa um segundo e acaba meneando a cabeça, meio desanimado. Vai até a quadra e então vejo Ben arrumando cadeiras na beira da piscina. Aceno para ele e ele retribui, pegando outra cadeira. Então para, larga a cadeira e se aproxima de nós.

— Está gostando das férias? — pergunta Ben.

Ele usa pulseiras de couro nos pulsos fortes e bronzeados, e uma camiseta vintage com um slogan desbotado na frente. A pele da testa foi curtida até ficar cor de mel e injetar calor em seus olhos castanhos.

— Muito. Obrigada, Ben. Pena que você está preso ao trabalho com esse tempo maravilhoso — comento.

— Há empregos piores. E pelo menos não estou limpando banheiros hoje.

Lembro que não apresentei os dois.

— Essa é minha amiga Natasha.

— Prazer em conhecê-lo. — Natasha olha nos olhos dele. — Está parecendo sotaque de Cardiff.

Ben se abre em um sorriso.

— Bem observado.

— Minha avó era de lá, por isso tenho o ouvido treinado.

Sete crianças estão jogando, são de várias nacionalidades e se comunicam principalmente pela linguagem universal do futebol. Infelizmente, William não é fluente nessa língua. Os outros correm pela quadra e meu filho fica parado. Parece que alguém lhe disse que o principal objetivo do futebol é evitar a bola a todo custo. De vez em quando ele se empenha, mas, a não ser que alguém introduza uma nova regra que envolva resolver palavras cruzadas, não tem jeito nenhum... e o rosto dele se enruga de desespero toda vez que erra a bola e xinga a própria inaptidão. Meu coração aperta.

Fico assistindo ao jogo e só desvio a atenção quando Ben e Natasha começam a dar risada, olho para eles e vejo Ben completamente embevecido. Depois de um tempo, Natasha pede licença para se arrumar para o jantar e ele recomeça a arrumar as cadeiras saltitante, como se tivesse uma mola quase perceptível nos pés.

— Olá. — Adam aparece ao meu lado.

Viro e o vejo de perfil. Não suporto aquela beleza que só foi aumentando com os anos. É como se todas as coisas que um dia me enfeitiçaram, o cheiro da pele dele, os poços profundos daqueles olhos... só existissem agora para me assombrar.

— Oi — respondo friamente.

Ficamos ali em silêncio, lado a lado vendo nosso filho recuar para o mais longe possível do centro da quadra. Somos os únicos espectadores.

— Ele fez algum gol? — pergunta Adam.

— Não... ainda.

— VAMOS LÁ, WILLIAM! — berra Adam.

Meu filho vê o pai e franze a testa, angustiado. Mas determinação não basta. Ele atravessa o campo correndo como uma fada saltitando nas pedras do caminho e simplesmente não consegue chegar perto da bola.

Adam está com um olhar estranho, como se visse claramente o pior tipo de revelação: seu filho não joga nada.

– Ele...

– Não diga uma palavra.

Ele vira e olha para mim.

– Mas ele...

– Sim, Adam, eu sei. Ele é péssimo. Ele jamais fará um gol. Ele...

– Eu só ia dizer que o cadarço do tênis dele está desamarrado.

Olho rapidamente para a quadra.

– Oh. Ai. WILLIAM!

Começo a acenar para ele, mas ele agita as mãos para me calar, como se tentasse se livrar de um gato vadio.

– AMARRE O CADARÇO!

Quando ele para e olha para mim, é tarde demais. Ele leva um encontrão de uma das meninas holandesas... totalmente por acidente... e voa pela quadra, aterrissando de cara e acabando com a boca cheia de terra. Adam corre para ele.

– Estou bem, papai – ele cospe quando levanta com a ajuda de Adam.

– Tem certeza? Venha sentar um pouco.

Heroicamente, William quer voltar para o jogo. Mais heroicamente ainda, as crianças do time dele dizem que querem que ele volte. Adam e eu retornamos para a lateral do campo.

– Pensei que você fosse reclamar que ele não era bom nisso – confesso.

– Eu não ia dizer nada disso.

– Desculpe.

Fazemos uma pausa constrangedora.

– Ele é... espantosamente ruim.

Olho para Adam de lado e solto o riso.

– Ah, não faz mal. Ainda bem que eu o amo.

Adam olha de novo para o jogo.

– *Nós* o amamos – ele me corrige.

CAPÍTULO 24

Minha cabeça fervilha cheia de objeções à afirmação de Adam depois do bolo que ele deu ontem. Se amasse realmente o William, agiria de acordo. Faria o que dita o amor quando se é pai ou mãe: colocaria o filho em primeiro lugar. Sempre.

— Sinto muito sobre ontem — ele diz.

Não consigo olhar para ele.

— Posso explicar? Era aniversário da Simone. Ela reservou aquele hotel antes de você confirmar que vinha para cá. Meses atrás. Eu devia ter comentado com você, mas achei que não ia atrapalhar porque era um dia só nas cinco semanas que vocês iam ficar aqui. Eu não imaginei que iam querer passar todos os meus dias de folga comigo.

— Eu não quero. Mas como William não vê você há meses, e Simone sim, você não entende que ele devia ter prioridade?

Adam não responde.

— Parece que você acha que por ter ido fazer canoagem com ele uma vez, sua parte está feita. Você brincou de bom pai, publicou fotos no Facebook e agora pode voltar para a sua vida normal. Uma vida na qual William quase não existe.

— Isso não é verdade, Jess.

— É sim!

— Olha, nós moramos bem longe um do outro, isso é uma realidade da vida. Por isso tenho de me contentar com Skype e...

— Você mal o conhece, Adam.

Ele olha para o outro lado, sem poder responder.

— Para você, ele é mais como um... sobrinho de quem você gosta, mas não vê muito. Você nunca teve de lidar com a parte complicada da criação de um filho. Você usufruiu do luxo de estar ausente. De jamais ter de crescer você mesmo.

Ele tensiona o maxilar visivelmente.

— O que vai acontecer no futuro, Adam? Não estou falando só enquanto ele for criança, mas quando ele crescer. Quem vai estar por perto para dar conselhos quando ele for comprar um carro, ou mudar para sua primeira casa? Você supõe que tudo caberá a mim?

Ele parece confuso, imaginando por que eu falo tanto de um tempo que está a anos-luz de distância.

— Jess, eu não quero me indispor com você, não quero mesmo. Mas às vezes você dá a impressão de que esqueceu que foi *você* quem quis a nossa separação.

— Ah, não comece com *isso*.

Adam não tem argumento nenhum para dizer isso. Ele sabe que eu não tive escolha. Posso ter sido tecnicamente a que terminou, mas ele estava desesperado para que o relacionamento acabasse. Deixou isso bem claro nos meses antes e nos anos depois.

Ele tenta olhar nos meus olhos, mas eu não deixo.

— Olha, sinto muito não poder estar lá o tempo todo, não poder fazer mais para ajudar vocês dois no dia a dia. E também peço desculpas, mais uma vez, por ontem, mas foi um mal-entendido, nada além disso. Eu vou compensar para ele.

Sinto meu maxilar apertar quando olho para William e me lembro da cara dele quando contei que o passeio havia sido cancelado.

— Você precisa crescer e se comportar como pai, Adam – digo baixinho.

Ele não responde logo. Apenas sente o coice das minhas palavras no estômago e fica absorvendo.

— Posso falar uma coisa?

Eu me preparo para um ataque, para a briga que sei que iniciei pronunciando uma frase provocativa, só que completamente justa e verdadeira.

– Eu não falo isso o bastante, mas quero que saiba que reconheço e valorizo tudo que você faz. Você é uma mãe maravilhosa. E o que quer que tenha acontecido entre nós, você está criando nosso filho brilhantemente. Eu sei que você faz o trabalho duro. Sei que não é fácil. E você está criando um menino que é surpreendente, sabendo ou não jogar futebol.

Respiro fundo e sinto que estou ficando perigosamente emotiva. Procuro me concentrar na linha do gramado para impedir que meus lábios tremam.

– A outra coisa que eu quero dizer é que... não sei por quê, depois de todos esses anos tentando me evitar, você de repente resolveu vir para cá. Mas estou feliz com isso.

Não posso encará-lo porque uma onda de emoção enche meu peito.

– Foi a mamãe.

– O quê?

– Foi minha mãe que quis que nós viéssemos.

O esforço que faço para não chorar deixa minha cabeça latejando.

– Por mais que ela deteste o que você fez, Adam, ela não gosta da ideia de você e William terem vidas tão separadas. Ela sempre achou isso. Mas desde que foi morar no lar de idosos ficou mais determinada ainda. Ela acha que a família é importante. Não importa o que aconteceu no passado. – Olho para o chão. – Em certo nível, ela está tentando ser prática. Ela e papai praticamente criaram William junto comigo. Dadas as circunstâncias atuais, isso não é mais possível. Ela se preocupa com o fato de eu estar fazendo isso sozinha.

– Você quer mais dinheiro? – ele pergunta.

– Não, Adam. Para ser sincera, quando pedi para vir para cá eu estava só querendo agradar à mamãe.

Adam fica em silêncio.

– Mas a verdade é essa: desde que cheguei aqui vi com meus próprios olhos o quanto William deseja você na vida dele. Você é o ídolo dele. E por mais que eu sofra ao dizer isso, acho que mamãe tem razão. William precisa de você na vida dele. Mais do que tem acontecido ultimamente.

Olho para minhas mãos antes de continuar:

— Eu sei que você nunca vai voltar para a Inglaterra. Sei que sua vida é aqui, mas... quem sabe você podia dar um jeito de voltar para estar com ele mais vezes, ou William podia vir para ficar com você, ou...

— Claro. É claro.

Minhas têmporas latejam, e sussurro a pergunta que está borbulhando nos meus lábios:

— Você algum dia *pensou* em voltar para a Inglaterra? Só curiosidade.

Ele leva um segundo para responder.

— Acho que você já respondeu a essa pergunta, não é, Jess?

Fungo e sorrio cordialmente.

— Eu tinha de perguntar.

Endireito as costas e procuro pensar num jeito de tornar o ambiente mais leve.

— De qualquer forma, prometa que nunca mais vai dar um bolo como aquele no William, senão...

O olhar dele fica mais carinhoso.

— Você está me ameaçando, Jess?

— Estou sim. Saia da linha de novo e escrevo uma crítica sobre você no *TripAdvisor*.

Ele dá risada, depois fica em silêncio.

— Eles estão mais perto de descobrir o que há de errado com a sua mãe, afinal?

Sinto o peito apertar.

— É uma doença degenerativa.

— Eu sei, mas... é o que, esclerose múltipla ou alguma coisa parecida?

— Eles não têm certeza – respondo.

Mas estou mentindo.

Porque ainda é muito difícil contar a verdade para Adam.

CAPÍTULO 25

Quando os sintomas começaram, as mudanças não eram óbvias para as pessoas que conviviam com minha mãe. Porque não estavam *procurando* esses sintomas.

A primeira coisa que mudou foi o humor. Passou de uma mulher que costumava manter o equilíbrio emocional e o bom humor para alguém que perdia as estribeiras com as menores coisas. Mas entenda, não era o tempo todo. Seus acessos de fúria eram raros, mas tão explosivos que ninguém podia ignorar. E eram provocados por *qualquer coisa*. Se meu quarto não estava arrumado. Se a bainha da saia descosturava. Se meu pai dizia que vomitar no banheiro da escola antes da minha peça de teatro não era nada de mais.

Lembro-me de alguns incidentes quando eu estava na universidade, e o significado cresce muito quando penso neles agora.

Uma vez, quando eu estava em casa nas férias da primavera, desci do meu quarto numa manhã de domingo e a encontrei na cozinha cercada de ingredientes.

– O que você vai fazer?

Amy Winehouse cantava no rádio e raios frios do sol entravam pelas janelas.

– Um bolo de Páscoa – ela disse, e mostrou a foto em um de seus livros brilhantes.

Mamãe já tinha criado bolos bem mais complexos, mas esse era bonito, um bolo de coco de uma camada só, com cobertura verde grama e um coelhinho branco saindo da toca em cima.

– Muito bonitinho – eu disse e sentei à mesa para dar uma espiada no jornal e papear enquanto ela trabalhava no bolo.

Mas quando quis contar para ela sobre uma das minhas últimas aulas antes das férias, notei que ela parava a todo minuto para ler a receita e olhava angustiada para a pasta de açúcar. Era como se o seu cérebro a impedisse de resolver como combinar as duas coisas. Ela começava a amassar um pedaço da pasta no formato que queria, então parava de novo e resmungava zangada para ela mesma.

– Está tudo bem, mamãe? – perguntei, dobrando o jornal.

– Sim, é que fui dormir tarde – ela respondeu irritada, soprando a franja para longe do rosto. – Não estou realmente inspirada para fazer isso. Amanhã eu faço.

Ela fechou o livro com força.

Mas nunca terminou o bolo de Páscoa.

Ao olhar para trás percebo que uma montanha de evidências começara a aparecer antes de alguém tomar alguma providência. A agitação dela, os pequenos tiques, movimentos estranhos, mas quase imperceptíveis, tudo isso já acontecia muito tempo antes de algum de nós prestar atenção nesses sinais.

Eu não saberia dizer se minha mãe não percebia mesmo, ou se estava ignorando essas coisas de propósito. De qualquer forma, chegou a um ponto em que eu me dei conta de que precisava levá-la a um médico.

No Natal antes de William nascer, ela e eu tínhamos resolvido ir ao Trafford Centre para fazer nossas últimas compras. Estávamos voltando para casa com a mala do seu pequeno Corsa vermelho abarrotada de presentes e coisas para bebê que ela não tinha resistido e que acabou comprando.

– Você acha que tem bastante macaquinhos para dormir? – ela perguntou quando paramos no sinal perto do final da rua dela.

— Devo ter uns quarenta, espero que sim.

— Acredite em mim, nunca é o bastante. Se esse bebê for parecido com você, ficará eternamente coberto de baba.

O sinal abriu, ela engrenou a marcha e se aproximou do final da rua. Mas passou direto.

— Mamãe, o que está fazendo? – perguntei rindo.

Ela olhou para mim e continuou em frente.

— O que quer dizer?

— Você acabou de passar a nossa rua – eu disse, atônita.

Ela ligou o pisca-pisca e parou. Seu rosto estava lívido, os olhos cheios de pânico.

— Mamãe, qual é o problema?

Ela balançou a cabeça.

— Nada. Só me distraí. Estava pensando no bebê.

Ela esperou os carros passarem e fez a volta de três pontos. Mas quando agarrou a direção, eu vi no mesmo instante que alguma coisa estava errada. Ela não se lembrava de como chegar em casa.

— A próxima à esquerda – eu disse.

— Eu sei, eu sei – ela respondeu zangada.

Mas sem essa instrução simples, não sei se ela teria encontrado o caminho de volta para a casa em que morava havia quinze anos.

Depois disso, fiz mamãe jurar que ia consultar um clínico. Ela me disse que tinham mandado fazer exames, mas que todos disseram que não devia ser nada. Ela escondeu o que realmente estava acontecendo, resolveu que não me daria a notícia terrível enquanto eu estivesse grávida, pois se preocupava com o que o estresse podia provocar no bebê.

Distraída pelo que acontecia comigo e com Adam, concentrada exclusivamente na gravidez, aceitei suas explicações. Porque naquele ponto, antes de saber a verdade, os efeitos realmente devastadores da doença ainda estavam por vir. Eu me convenci de que mamãe era apenas uma daquelas mulheres que não consegue parar quieta e que eu devia ter exagerado na lembrança do que havia acontecido no carro. Foi fácil deixar isso no fundo da minha mente.

Tenho saudade daquele tempo. Quando a doença de Huntington não fazia parte do nosso vocabulário diário. Quando eu não sabia que o que minha mãe tinha era fatal, quando ainda não tinha ouvido dizer que era a doença mais cruel que a humanidade conhecia. E certamente não sabia que eu tinha cinquenta por cento de chance de herdar o gene dessa doença.

CAPÍTULO 26

Antes de descobrir que minha mãe tinha Huntington, minha atitude com meu próprio corpo era a mesma da maioria das pessoas.

Imaginamos que boa saúde é nosso direito dado por Deus, achamos que é garantida, como se fôssemos sempre nos sentir bem. Doenças sérias só acontecem com as outras pessoas. Com pessoas nos jornais ou no Facebook, que compartilham histórias nobres e batalhas pessoais.

Só que da noite para o dia nós nos tornamos essas outras pessoas.

Mamãe e papai me contaram juntos o diagnóstico de doença de Huntington (DH), poucas semanas depois de Adam e eu nos separarmos.

Eles me fizeram sentar à grande mesa de pinho onde fazíamos as refeições quando eu era criança. Lembro que a cozinha deles, normalmente imaculada, tinha sinais estranhos de negligência. Havia rodelas de xícara de café na madeira, uma pequena pilha de pratos na pia, um pano de prato torcido ao lado da máquina de lavar, todo manchado de comida.

Eu estava tentando amamentar o William, mas ele não parava de chorar, e sua agitação constante só cessou quando comecei a andar com ele no colo, balançando de um lado para outro.

— Me dê ele aqui — disse mamãe ao levantar, e botei William nos braços dela.

Ele se aquietou imediatamente. Ela olhava para os olhos dele, segurava meu menino maravilhoso, e parecia tão satisfeita que ninguém poderia prever o que ia me contar quando sentou novamente e ficou balançando em silêncio.

— Os médicos descobriram que eu tenho uma doença chamada doença de Huntington.

Semicerrei os olhos, registrando aquelas palavras.

— O quê?

— Já ouviu falar disso? — ela perguntou em voz baixa.

— Acho que sim... não sei...

— Está bem. Então vou contar tudo o que eu sei.

Quando ela explicou que tinha DH, o que era, e que havia cinquenta por cento de chance de que eu herdasse também, foi em termos diretos, mas sem piscar.

Mamãe tinha quarenta e três anos na época, jovem demais, eu achava, para qualquer pessoa ter uma doença fatal. Ela estava estranhamente calma quando falou, quase serena. E apesar de estar me contando a piada mais chocante e cruel que já tinha ouvido na vida, ela não chorou. Estava guardando as lágrimas para depois. Os efeitos da doença vão matar minha mãe, provavelmente mais cedo do que tarde. Mamãe é uma guerreira por natureza, mas o tempo está acabando para ela.

— Tem muita coisa para entender, Jess — disse ela. — Mas eu quero que você saiba que... que por mais difíceis que as coisas fiquem, estaremos juntos, uns pelos outros.

Comecei a suar. Senti a pele ficar grudenta e a cabeça zonza. Era como se tivesse uma experiência extracorpórea, uma sensação que, bizarramente, levou dias para passar, e depois eu só fiz chorar. Soluços profundos que não acabavam mais.

Passei aquela noite na internet, e provavelmente ainda posso recitar o primeiro artigo que li no site da Huntington's Disease Society of America.

> A doença de Huntington (DH) é um distúrbio genético fatal que provoca a degeneração progressiva das células nervosas no cérebro. Deteriora as habilidades físicas e mentais da pessoa em idade adulta mais produtiva e não tem cura. Toda

criação que tenha pai ou mãe com DH terá cinquenta por cento de chance de herdar o gene defeituoso.

Muitos descrevem os sintomas de DH como sendo de esclerose múltipla, Parkinson e Alzheimer juntos, ao mesmo tempo.

Os sintomas costumam aparecer entre as idades de trinta e cinquenta anos e pioram num período que vai de dez a vinte e cinco anos. Com o tempo, a DH afeta a capacidade de raciocínio do indivíduo, o andar e a fala.

Entre os sintomas estão:

- Mudanças de personalidade, mudanças de humor e depressão
- Esquecimento e prejuízo da capacidade de julgamento
- Desequilíbrio no andar e movimentos involuntários (coreia)
- Fala enrolada, dificuldade para engolir e perda significativa de peso

Para finalizar, o indivíduo enfraquecido sucumbe a pneumonia, parada cardíaca ou outras complicações.

Só algumas pessoas conhecem todos os detalhes da nossa situação, Becky e Natasha entre elas. Para todas as outras evitei dar o nome do que mamãe tem, dizendo vagamente o que eu disse para Adam: que é simplesmente uma doença neurodegenerativa, ao que todos parecem concluir que se trata de doença do neurônio motor.

Não gosto de guardar segredos. Sei que isso devia ser informado para todos. Minha consciência me diz que eu devia ajudar a alertar mais pessoas sobre DH, ou fazer parte de coletas de doações para pesquisa.

Mas até eu descobrir o momento certo para contar para William, é assim que tem de ser.

Pensei muito em quando devo fazer isso. Se é melhor mencionar em uma conversa algumas vezes, ou fazê-lo sentar para ter uma conversa importante. Mas tudo se resume a isso: não suporto a ideia de William saber, aos dez anos de idade, de uma coisa que, potencialmente, nosso futuro, dele e meu, pode nos estar reservando.

Quero que William viva como deve viver uma criança, com animação e otimismo, uma vida na qual a única coisa que deve preocupá-lo é não conseguir dominar um chute decente no futebol.

CAPÍTULO 27

Quando o time de William acabou levando uma goleada de 18 a 3, eu já tinha conseguido ter uma longa troca de mensagens de texto com papai e desfazer quatro meses de malhação, pedindo um prato de delícias cheias de calorias: *saucisson sec* servido com maionese picante de repolho, cenoura e aipo e pão de crosta bem escura.

— Não posso acreditar que perdemos — diz William, caindo sentado desanimado.

— Ah, não faz mal. Vamos beber alguma coisa?

Peço a Delphine, a jovem garçonete de plantão, um suco de maçã para William.

O sol está começando a mergulhar no horizonte, a luz laranja que cascateia banha os ciprestes e forma tons suaves nas paredes de pedra do château. A piscina está deserta a não ser por uma nadadora solitária dando voltas com os óculos de natação apertados no rosto. O calor do dia, que está amainando agora, intensificou o perfume no ar, de ciclame e tomilho.

— O papai achou que eu joguei bem quando ele veio assistir à partida? — pergunta William enquanto esperamos o suco.

— Ele achou você fantástico.

— Ele viu quando eu quase fiz aquele gol no final?

Nem imagino do que ele está falando. Até onde eu pude ver, ele não podia estar mais distante de marcar um gol se estivesse lá em São Paulo.

— Ele não podia perder, William. Muito bem — eu disse animada.

Levanto a cabeça e vejo que Natasha estava vindo, mas fez um desvio, e agora está conversando com um cara sentado mais adiante no terraço.

– Você devia bater uma bola com seu pai – continuo, quando Delphine aparece com o suco. – Ele era bom no futebol. Talvez possa te dar algumas dicas.

– Ótimo. – William dá de ombros e bebe o suco.

Natasha vem na nossa direção, com o cara com quem conversava ao lado, ele segurando uma taça de vinho.

– Jess, esse é Joshua. Mora perto de mim em Islington. Somos praticamente vizinhos.

Ela fixa os olhos nos meus enfaticamente e percebo, com o poder da intuição feminina, ou talvez porque ela não poderia ser menos sutil se jogasse um tijolo na minha cabeça, que ela vê algum potencial nele.

– Ah, que bom. Venha sentar conosco. – Eu sorrio e puxo uma cadeira. – Esse é o William.

– É um prazer conhecê-los.

Os olhos de Joshua são azul-mar e ele tem um bronzeado obtido com esforço, que esconde o rosado das bochechas. É um pouco rechonchudo nos contornos e uns cinco anos mais velho do que Natasha. Mas tem um sorriso simpático e o tipo de cabelo cheio e bem cortado que faria minha avó considerá-lo boa-pinta.

– Vou para o balanço – anuncia William, e parte para se juntar às outras crianças que estão na área dos brinquedos.

– Eu estava tentando convencer Natasha de que ela se sentirá em casa no meu novo apartamento quando voltar a Londres – diz Joshua com um sorriso de orelha a orelha.

Franzo a testa, imaginando o que foi que eu perdi, mas Natasha dá risada.

– Eu trabalho numa empreiteira – ele explica, levantando uma sobrancelha bem desenhada.

– Ah.

– Só que estou muito feliz onde moro – Natasha diz a ele. – E levei muito tempo para encontrar esse apartamento. Não vou para lugar nenhum tão cedo.

Ele torce a boca para o lado.

– Que pena. Vou ter de inventar outra desculpa para poder te ver de novo.

Na meia hora seguinte, eles parecem se dar maravilhosamente bem. Isso apesar do, ou talvez devido ao fato de que Natasha parecia não perceber que o assunto predileto de Joshua é claramente... Joshua.

Depois de um tempo em que esgotamos tópicos que incluíam os dois carros dele, a casa dele, o negócio de antiguidades que o trouxe à Dordogne, seu handicap no golfe e sua viagem para Verbier mais cedo esse ano, para praticar snowboard, ele olha para o relógio.

– Bom, tenho de correr. Mas espero vê-la em breve.

Natasha ergue a mão, acena e ele sai com passadas largas.

– Você acha que ele gosta de mim? – ela cochicha.

– Acho sim. – Bebo um gole do meu suco. – O sentimento é mútuo?

– Bem, ele merece um tique em todos os quadradinhos. Inteligente. Tem liquidez. É bem-educado. Fala cinco idiomas. Cabelo *lindo*. Ah, lá está nosso vizinho de novo.

Vejo Charlie com os olhos fixos em nós. Parece um pouco constrangido por ter sido pego espiando, mas logo seu rosto se abre num largo sorriso.

Natasha abaixa os óculos escuros.

– Esse é definitivamente seu.

– Você vive me dizendo isso.

Ela sorri.

– E o que Adam tinha para dizer depois do fiasco do rafting?

Suspiro.

– Ele pediu desculpas, disse que é muito grato por tudo que eu faço como mãe, que ele ama William e que só foi para aquele hotel porque era aniversário da Simone e ela fez a reserva séculos atrás.

Natasha faz bico e solta um breve "hum".

– Bom, espero que você não caia na lábia dele.

– É claro que não. Você acha que eu sou alguma idiota?

CAPÍTULO 28

Desde a chegada de Natasha criamos uma espécie de rotina que incluía sair da cama mais tarde do que William estava acostumado, tomar um café da manhã maior do que ele é capaz de engolir e depois ir conhecer algum lugar ou relaxar na piscina.

Eu estou de corpo, senão inteiramente de alma, nesses prazeres simples. Assim que abro os olhos todas as manhãs começo a pensar na mamãe, e a série de pensamentos que vem em seguida me acompanha o resto do dia e dificulta minha concentração em qualquer outra coisa.

Mesmo assim fico feliz ao ver a chegada de Becky com a família. E se existe alguma coisa que pode abafar o barulho na minha cabeça é esse bando.

– Talvez tenha de guardar alguns desses trambolhos na sua geladeira. Tudo bem, Jess? Não sei se temos espaço suficiente na nossa.

Becky fala comigo enquanto Seb se arrasta sob o peso de uma caixa de cerveja. Ele tem os mesmos olhos verde-claros e o sorriso maroto que tinha na universidade, mas o tempo e três filhos fizeram seu cabelo ficar mais cinza, a pele mais flácida e a postura mais desgastada.

– O que ela quer dizer – informa Seb – é que compramos tanta bebida no supermercado que, pela suspensão do carro, parece que temos um canguru na mala.

Ele larga a caixa na mesa e vem marchando para me dar um abraço de urso.

– Ah, que saudade que eu estava de vocês dois! – aperto Seb.

– Quando foi que te vi pela última vez?

— Véspera do Ano-Novo — digo a ele. — Festa excelente, aliás. Mas alguém devia ter dito para a sua mulher que, a essa altura, ela já devia ter superado aquela coisa de acordar na banheira.

A cabana de Becky e Seb fica um pouco distante de onde estamos, numa casa de trabalhadores perto do château que foi reformada no ano passado. É bonita, tem paredes antigas de pedra, é suficientemente grande para acomodar os cinco e cercada de madressilvas amarelo-claras. Espio pelo vidro traseiro da caminhonete deles. Está entulhada de carrinhos e todo o equipamento para bebês, fraldas e bonecas Barbie.

— Viajaram leves como eu, então?

— O que nós precisávamos mesmo era de um caminhão de mudança — diz Becky, pegando duas garrafas de vinho, prendendo um trocador de bebê embaixo do braço e segurando uma sacola esportiva. Pego uma mala e vou atrás dela.

Becky tingiu o cabelo de castanho quando estávamos na faculdade juntas, e, depois de flertar com mais ou menos uns dezesseis tons, adotou um emaranhado de ondas louras no último ano. Ela ganhou alguns quilos, mas as curvas caem bem nela, com a cor de pêssego da pele imaculada e os olhos castanho-claros. Ela usa uma calça jeans desbotada e uma blusa cor de vinho marsala, com dúzias de contas prateadas tilintando nos braços.

Apesar de morar numa respeitável casa de quatro quartos em Hebden Bridge, Becky mantém o ar de alguém que não foi feita para se estabelecer. Posso estar baseando isso na menina que eu conheci, que mudou de curso na universidade duas vezes, mudou de apartamento meia dúzia de vezes e cujo único relacionamento longo que teve foi com a firma que fazia empréstimos para estudantes, a Student Loans Company.

Na universidade, Becky e Seb eram amigos meus e de Adam muito antes de começarem a namorar. Seb, aluno da faculdade de economia de Birmingham, era doce, tímido e, depois que a convivência derrubava esse jeito sossegado, também era muito divertido, com aquele tipo de humor inesperadamente seco que faz a gente cuspir o que está bebendo. Ele era muito alto, de olhos verdes e cabelo louro e cheio que às vezes tinha vida própria.

Seb fez amizade com Adam desde que se conheceram nos corredores da residência de estudantes. Quando fui apresentada a ele no segundo ano, rapidamente cheguei à conclusão de que Seb era, e é, um amor: marido leal, grande amigo, boa praça em tudo e o irmão que Adam nunca teve.

O fracasso inicial no relacionamento dos meus amigos não se deveu à falta de motivação de Seb. Ele adorava Becky. O desejo irradiava dele toda vez que ela falava, seus olhos brilhavam de admiração quando ela ria e ele corava quando ela flertava com ele. Infelizmente, naquele tempo, ela teria flertado com uma batata se achasse que o tubérculo estava interessado nela.

Mas Seb não fazia o tipo de Becky. Ela se encantava com aqueles sujeitos perda de tempo. Foi quando ela estava se recuperando do fim do namoro com mais um lindo cabeça oca que um de nós conseguiu entradas para assistir ao Oasis no estádio Cidade de Manchester.

Aquela noite ficamos bem chapados, embriagados com a música e uma vida que, inconsequentemente, pensávamos que seria sempre fácil e boa. Adam me abraçou à meia-luz e, quando os acordes de guitarra de "Champagne Supernova" reverberaram em mim, alguma coisa chamou minha atenção. Seb tinha segurado a mão de Becky. E deu para notar que ele ficava verificando furtivamente se ela ia rejeitá-lo.

Mas uma leve expressão de surpresa despontou no rosto dela. Antes daquele momento ela já devia ter entendido o que ele sentia por ela. Mas aquela ousadia dele o colocou sob uma luz completamente nova. A música encheu nossos ouvidos, os odores sensuais do verão na cidade nos cercaram e duas das minhas pessoas preferidas finalmente se encontraram.

– Becky, vem aqui um minuto? – chama Seb lá de dentro.

Becky suspira e começa a se arrastar mais rápido com o vinho, então vemos James e Rufus num debate aos gritos para saber quem bateu em quem primeiro, enquanto Poppy dava um piti no chão.

– O que houve com Poppy? – Becky pergunta em meio à algazarra.

– Não tem televisão para assistir *Peppa Pig* – responde Seb, esfregando a cabeça.

Becky solta os ombros e se agacha na frente da filha.

– Então, Poppy – a voz dela é calma e tão autoritária que assusta até a mim –, se você continuar com isso vai ficar de castigo.

– É um bangalô – Seb lembra e vira muito sério para os meninos. – Vocês dois: *já chega*.

Eles nem registram a presença dele.

— MENINOS! CHEGA!

Nunca tinha ouvido Seb levantar a voz assim antes.

— Olhem aqui, vocês estão de férias. O que quer dizer que vão em paz um com o outro. Agora eu quero que os dois me digam, calmamente, sem gritar, qual é o problema.

— ELEFEZPRIMEIRO — NÃOELEQUEFEZ — MASELEMEBATEU — EUODEIOELE E...

— PAREM!

Becky intervém, empurra Seb para fora do caminho e manda cada menino ir sentar em lados opostos da sala. Os dois começam a discutir para saber qual é o melhor lado.

— Isso está assim desde que saímos de casa — Becky diz para mim.

— Isso está assim desde 2012 — Seb corrige.

Becky suspira.

— Bem, o lugar parece adorável. E Seb mal pode esperar para ver Adam.

Seb e Adam mantiveram a amizade nesses anos todos, mas não do mesmo jeito que Becky e eu. Ligamos uma para outra várias vezes na semana e nos esforçamos para nos ver pelo menos duas vezes por mês. Seb e Adam só mantiveram contato daquele jeito que os homens fazem: comentando as publicações no Facebook, fazendo aqueles programas de homem e comprando uma cerveja para o outro se a vida os leva para uma mesma vizinhança.

— Adam anda muito requisitado — digo para ela. — Ele está com uma nova namorada.

— Tem sempre uma nova namorada — Becky rebate. — Seb foi apresentado a dúzias delas nesses anos, e não saberia dizer o nome de nenhuma...

— Matilda — Seb interrompe.

— O quê? — Becky resmunga.

— Matilda — ele repete. — Lembro dela.

— Essa era a que tocava violoncelo e que parecia a Jessica Rabbit? — pergunta Becky. — Nem imagino por que ela ficaria na sua memória.

— Você sabe o quanto eu gosto de Stravinsky. — Ele sorri de orelha a orelha.

CAPÍTULO 29

Já que Becky, Seb e as crianças tinham enfrentado aquela longa viagem, Natasha e eu nos oferecemos para fazer um churrasco para o jantar. Por isso fomos à tarde para o supermercado mais próximo para nos abastecer de hambúrgueres, salsichas, dois bifes e outro produto não identificável à base de carne que a senhora no balcão insistia, equivocadamente, que precisávamos levar. Foi difícil demais tentar corrigi-la.

O benefício de ficar na última cabana de Les Écuries é que temos mais espaço do que os outros. Quando saímos da casa e damos a volta nela, chegamos a um campo que ondula com capim verde e macio, e antes dele há um trecho de pedra que podemos fazer de lugar para sentar. Adam levou para lá mais cedo meia dúzia de cadeiras dobráveis e uma mesa extra, e juntamos os recursos de nossas cabanas para conseguir pratos e talheres suficientes.

As crianças brincam de pega-pega na grama e a fumaça quente da grelha sobe para o céu. Becky termina de servir Rioja para todos e vem me ajudar no churrasco.

— O que é isso? — ela pergunta quando pego uma grelha na churrasqueira.

— Carne. É só o que eu sei.

— Não se preocupe, Seb vai comer isso. O estômago dele é como um moedor industrial.

Poppy escapa da mão dela e corre para o pai, que a pega no colo e faz cócegas no pescoço. A menina se acaba numa gargalhada contagiante.

– Adoro ver os meninos se dando bem assim – diz Becky. – William é uma influência calmante. Espero que isso dure.

A confusão entre James e Rufus mais cedo não era uma anomalia. Eu sei que é normal a briga de irmãos, mas esses dois são inimigos jurados que poderiam ter nascido em planetas diferentes. James é persistente, estudioso, fã da banda One Direction, da Barbie e de *A noviça rebelde*. Rufus é um menino de cinco anos bruto e desajeitado, que adora as lutas de WWE, futebol americano e fazer barulho. Os dois são crianças maravilhosas até serem postas juntas. Aí se transformam em psicopatas.

– Tem certeza de que não quer que eu assuma isso?

De repente Adam aparece ao meu lado, tão perto que consigo sentir o cheiro do sol na pele dele. Eu me afasto e pego a grelha.

– Está tudo sob controle – explico, enquanto viro um bife.

Essa noite ele parece totalmente à vontade em dia de folga, de bermuda e camiseta verde-oliva que molda o tórax. Imaginei que fosse trazer Simone para exibir para Seb, mas ele diz que ela resolveu dormir cedo e voltou para o apartamento que aluga com Ben, em Sarlat. Não posso negar que isso é um alívio. Espero que todos nós tenhamos superado o incidente constrangedor na cabana do Adam, mas estar com velhos amigos é mais fácil, mais gostoso, quando temos esses amigos só para nós.

– Eu realmente não me importo de fazer isso – ele insiste.

Becky dá risada.

– Qual é a dos homens com churrasco? – Ela me cutuca. – Jess, você está, evidentemente, no que ele considera que é domínio dele.

Adam sorri de orelha a orelha para ela.

– Só estou me oferecendo para ajudar. Mas já que você tocou no assunto, tenho certeza de que se desse essa grelha para mim...

– Se manda daqui. – Eu rio e dou uma lambada nele com o pano de prato. – Se quer mesmo ajudar, pode fazer a salada.

– Ah, entendi. Você fica aí de pé na churrasqueira virando as costeletas e me manda lá para dentro para arrumar um pote de salada. Essa deve ser a coisa mais castradora que você já disse, Jess.

– É claro que você nunca ouviu o que ela fala nas suas costas – diz Becky.

– Tudo bem. Vou fazer a salada. Mas fique sabendo que será uma salada muito máscula.

Becky ri quando ele se afasta, mas para de repente.

– Desculpe – cochicha ela. – Ele é engraçado, mas continua exibido. Definitivamente um exibicionista.

CAPÍTULO 30

Quando uma noite muito estrelada nos cobre, bebemos vinho e trocamos lembranças com o riso de três crianças cansadas, mas felizes, soando no campo. São nove e meia e Poppy dorme profundamente de pijama em seu carrinho, confortável embaixo de um cobertor. Tecnicamente já passou da hora de dormir das outras crianças também, mas elas insistem em ficar acordadas até tarde e ninguém está a fim de impedi-las, mesmo se Seb e Becky tiverem de bancar os juízes de alguma rara discussão. Nós adultos estamos sentados à mesa com velas tremeluzentes de citronela, todos entupidos de comida e bebida e pela delícia pura de estarmos cercados de pessoas que amamos.

– Estamos bem depois do que eu aprontei ontem? – Adam se inclina para mim, levo um susto e olho para ele, depois para frente para não ver a luz das velas iluminando seu rosto e cintilando em seus olhos.

– Claro que estamos bem.

– Se significar alguma coisa... estou ouvindo tudo que você fala.

Esse pós-barba é novo. Ele costumava usar um Hermès que comprei para ele num Natal, mesmo anos depois da separação.

– Tudo bem, ótimo.

– E vou passar mais tempo com ele enquanto vocês estiverem aqui.

– Muito bom saber disso. Obrigada. – Penso em encerrar a conversa por aí, mas não consigo. – E então... quando?

Ele fica tenso como se eu o acusasse.
— Bom, tenho de ver minha agenda.
Sinto que perco o ânimo.
— Apenas faça o que puder, Adam. É tudo o que peço.
— Papai, quer jogar conosco?
William aparece perto de nós. Ele não pediu nem um minuto da atenção de Adam a noite toda. E também não teve nenhuma. Adam ficou o tempo todo conversando com Seb.
— Boa ideia. Que tal gin rummy? — Adam saca um baralho do bolso de trás.
— Estávamos pensando... quem sabe, críquete? — sugere William.
— Está escuro demais para críquete. Venha, sente aqui. James e Rufus, querem participar também?
Os meninos se aproximam, mais exaustos do que curiosos, e observam Adam dar cartas para todos nós.
— Então, é óbvio que vocês *só* podem jogar apostando dinheiro — diz Adam para eles. — Não serve de outro jeito.
E acontece que isso é uma perspectiva completamente diferente. Os três meninos de repente ficam muito interessados.
— E aí, William, a pergunta é: quanto você tem e quanto está disposto a apostar?
— Tenho alguns trocados que vovô me deu — ele diz, levantando para procurar.
Adam põe a mão no braço de William e empurra para baixo.
— Só dessa vez eu vou bancar você.
Ele pega um punhado de moedas.
Jogamos por centavos e, apesar daquele ar noturno gelar nossos ombros, uma parte de mim não quer que a noite termine, e isso significa alguma coisa, já que estou sendo derrotada repetidamente por um garoto de cinco anos.
Quando Rufus está comemorando sua segunda vitória, noto que alguém acende a luz na cabana de Charlie na frente da nossa.
— Acho que temos de fazer menos barulho — diz Natasha, apontando naquela direção.

— Silêncio, todo mundo — peço a eles.

Mas quando o jogo recomeça, ninguém faz o mínimo esforço para reduzir o barulho, inclusive Adam, que comemora uma vitória sobre os meninos com entusiasmo exagerado.

— Exibido — falo baixinho no ouvido dele, só um pouco alta e meio brincando.

Ele dá risada.

— Ah, que nada. Deixei que ganhassem cinco rodadas, eu precisava recuperar alguma dignidade.

— Detesto ser estraga-prazeres, mas nisso você fracassou.

— Só estou ajudando os meninos a crescerem como indivíduos bem resolvidos. Além disso, estou ficando sem grana.

A essa altura Charlie já está no pátio dele, iluminado por trás pela luz da janela, absorto em alguma coisa no seu celular. Ele levanta a cabeça e eu desvio o olhar, quando Natasha me cutuca.

— Vai lá dizer oi por mim.

De repente me sinto corajosa. Ou meio ébria.

— Com licença — digo meio encabulada, e empurro a cadeira.

Mas Adam já está distribuindo as cartas para mais uma rodada.

Caminho lentamente para a cabana, dou uma parada para combinar com minha encenação e então atravesso o terraço até onde Charlie está terminando sua ligação.

— Desculpe o barulho. Nós acordamos você e a Chloe? Vamos botar os meninos na cama daqui a pouco.

— Nada disso. Chloe ainda está acordada, lendo, e eu nunca durmo antes de uma da madrugada.

— Essa é a hora normal dos advogados? — pergunto.

— É hora normal de quem tem insônia. Tenho coisa demais em que pensar.

O silêncio entre nós é estranho, mas não constrangedor. Ouvimos risos atrás de nós.

— Você quer vir beber alguma coisa conosco? — ofereço.

— Ah, eu não quero me intrometer. Vocês certamente têm muita coisa para atualizar.

— Bem, temos sim, mas não impede que alguém se junte a nós.

Ele não responde logo e me sinto boba de ter convidado. Então ele sorri.

— Está bem. Só um drinque. Vou avisar à Chloe que estou indo.

CAPÍTULO 31

Voltei para a mesa em tempo de ouvir William pedir o jogo de perguntas para Adam.

– Biologia dessa vez.

Adam pensa um pouco.

– Está certo, tenho uma. Qual animal devora o parceiro logo depois que eles... você sabe... "procriam"?

Estalo a língua.

– Só você podia inventar uma dessas...

– O quê? É uma pergunta legítima. A resposta é louva-deus. Ou você poderia dizer viúva-negra. De qualquer maneira, é um encontro muito ruim.

– Você não me deu chance de responder – protesta William quando eu levo Charlie para o grupo e faço breves apresentações.

– Ah. Vocês estavam jogando cartas – diz Charlie. – Quem ganhou?

– Rufus ganhou um monte, mas eu venci a última – responde William.

– Deixei ele ganhar – diz Adam, cutucando o filho.

– Nem sonhando, papai. – William sorri e balança a cabeça.

Ficamos uma hora conversando, bebendo e o frio que senti foi suficiente para ter de vestir o pulôver que tinha posto na mala, mas não achava que ia ter de usar. Estávamos em grupo, mas nas nossas conversas, Charlie e eu nos sentimos distantes do resto, quando ele contou sua vida movimentada e realmente fascinante, de ter percorrido a muralha da China para pedir doações para Asthma UK depois da morte do irmão, que jogava tênis a sério e que já tinha sido semiprofissional, que tinha completado quarenta e dois anos esse ano, e que está pensando em mudar para Devon para ficar perto de Chloe, mas que está dividido porque o pai dele, já idoso, vive em Manchester e que, "para ser sincero, ele precisa mais de mim".

Já passava de meia-noite quando todos os outros foram dormir. Mas Charlie continuou lá, me ajudou a recolher os copos ao som das cigarras em volta de nós.

– Você não precisa fazer isso – digo para ele. – Não o convidei para lavar pratos.

– Mas eu gosto de lavar louça.

– É mesmo?

– Bem, não exatamente. – Ele pega outra garrafa. – É uma desculpa esfarrapada para ficar mais um pouco.

Meu rosto pegou fogo, mas, se ele percebeu, não deu sinal.

– Estava pensando se você teria alguém com quem deixar o William... o tempo de um almoço, talvez.

– Pode ser. Por quê? – eu pergunto, mesmo sabendo aonde ele quer chegar.

Quero que fique cem por cento claro que ele quer sair comigo antes de responder que sim.

– Espero que você se interesse por um almoço comigo.

Prendo a respiração quando vou para a churrasqueira para pegar as grelhas. Não tive nenhuma vontade de pensar nesse tipo de coisa durante muito tempo. Achava que não teria mais espaço para isso na minha cabeça. E talvez fosse o vinho, ou a ardência do sol nos ombros, mas alguma coisa estava me animando a dizer sim.

– Eu adoraria – respondo, e a cambalhota do meu estômago é ao mesmo tempo estranha e bem-vinda.

– Ótimo. Bem, Chloe e eu temos um programa amanhã, mas que tal um passeio até algum lugar para almoçar depois de amanhã? Pego você por volta do meio-dia.

CAPÍTULO 32

Alguma coisa no olhar de Charlie a noite passada me fez lembrar da sensação de ser desejada. Levitei para a cabana depois que nos despedimos, com a cabeça nas nuvens quando deitei só de calcinha. Dormi bem, como não fazia havia meses. Agora o sol entra pelas janelas e estou deitada de olhos fechados, pensando, tentando lembrar de como seria ter as mãos de um homem na pele outra vez.

Então alguém bate na janela.

Puxo a coberta até o pescoço, olho surpresa para o vidro, constatando que deixei as venezianas abertas. Enxergo a silhueta de alguém lá fora me espiando, com o sol radiante por trás, e então a figura se abaixa.

— Ah! — eu grito e levanto para fechar a janela.

Pego um robe, me atrapalho um pouco para vestir, desisto e resolvo me cobrir com uma camiseta e um jeans. Vou trôpega e grogue para a porta da frente.

Adam está lá, sem o menor sinal de ressaca.

— O que você está fazendo aqui?

— Bom dia pra você também.

Ele entra sem ser convidado.

— Por que estava espiando pela minha janela?

— Eu não estava "espiando". Bati três vezes na porta e já ia desistir, mas aí vi as venezianas abertas e imaginei que já tivesse acordado.

— Esqueci de fechar ontem à noite, só isso.
— Bem, não pretendia invadir a sua privacidade – ele disse.
— Ótimo.
— Principalmente porque você estava muito satisfeita.

Cruzo os braços.

— O que você *quer*, Adam?

Ele respira fundo.

— Resolvi dar uma promoção temporária para Ben e deixá-lo no comando essa manhã. Por isso estou com a manhã livre para fazer alguma coisa com o William.

— Ah, bom, ele está dormindo, mas...

— ESTOU ACORDADO! – William entra na sala de pijama, esfregando os olhos.

— Oi, garotão – diz Adam, como se tivesse três anos. – Quer visitar um castelo hoje?

— Ele já viu um castelo comigo. Aliás, já viu alguns. Nesse ritmo, vai virar doutor em arquitetura medieval.

Adam não desanima.

— É, mas esse é bom demais.

— Seria ótimo – diz William entusiasmado. – Você vem também, mamãe?

Lembro da conversa que tive com Charlie na noite passada.

— Hum... está bem. Mas há alguma chance de vocês fazerem isso no sábado? Sem mim?

— Por quê? – pergunta William.

— Posso ter algum outro plano, só isso, e achei que vocês poderiam fazer um programa só de homens.

— Que plano você tem?

— É que... eu disse que daria uma ajuda para o Charlie.

— Charlie é aquele cara de ontem à noite? – pergunta William. – Ajudar em quê?

Sinto que fico vermelha.

— Nada... eu... ele está pensando em fazer uma daquelas aulas de ginástica que eu faço e eu ia explicar para ele como é.

— Ele quer que você mostre os exercícios para ele? — William pergunta.

— Não.

— Ah, isso é bom. Quem sabe você não se anima de novo.

Já vou reclamar, mas Adam fala primeiro.

— Arrumo alguma coisa para fazer amanhã também, se você quiser. Ainda tenho de ficar aqui, mas William pode me ajudar em algumas tarefas.

Por um segundo o clima fica meio constrangedor entre nós. Mas é bobagem. Adam não é exatamente tímido sobre seus interesses amorosos.

— Então hoje você vem conosco, mamãe? — repete William.

— Vamos precisar de alguma roupa de mergulho ou teremos cachoeiras?

— Nada disso — garante Adam. — Será apenas um programa tranquilo em família.

Abro a boca à menção daquela frase. Instintivamente sinto vontade de objetar. Nós não somos uma família. Somos dois fragmentos de um casal separado, unidos pela supercola do erro mais lindo que cometemos.

Deixamos Natasha fazendo planos para passar o dia com Joshua e vamos de carro para o Château de Beynac, que exibe seu austero esplendor no alto das rochas de calcário sobre o rio Dordogne. É uma imensa fortificação medieval, o máximo do teatro de guerra, com uma vasta ponte levadiça e muralhas com torres. Do lado de dentro, um labirinto de masmorras cavernosas se entremeia sob escadas secretas em espiral que exploramos. William fica cada minuto mais fascinado pela história sangrenta. Saímos para a luz do dia lá em cima e somos recompensados com uma vista panorâmica do vale, o azul cintilante do rio serpenteando entre árvores exuberantemente verdes.

— Ricardo Coração de Leão conseguiu conquistar esse castelo — Adam conta para William, apontando para o penhasco à frente. — Ele subiu até aqui.

William franze a testa desconfiado, procurando adivinhar se Adam está brincando.

— Não é possível.

— É verdade.

— Meu período favorito da história é o dos vikings — continua William. — Você sabia que para impedir que as roupas perdessem as cores eles mijavam nelas?

William continua sua associação histórica repugnante, disparando informação de arrepiar em Adam, inclusive o fato de que para endurecer uma espada era bom deixá-la na barriga de uma pessoa morta.

Sigo os dois dando a volta pelo lado de fora do castelo e a falação intermitente de William pontilha o ar quando eles abrem caminho no meio de montes de turistas.

— Venha logo, mamãe!

Ele chega à base de uma escada íngreme e começa a subir, com Adam logo atrás.

— Está bem! — Dou risada, seguro o corrimão e ponho o pé no primeiro degrau estreito, sentindo a queda da temperatura naquela pouca luz. Meu sangue começa a bombear à medida que vou subindo na superfície fria e desigual, e bem quando chego no topo perco o equilíbrio. Não sei bem como aconteceu. Só sei que num minuto estava tentando me concentrar nas palavras do meu instrutor de ginástica, *"contraiam os glúteos!"*, e no minuto seguinte despenco cinco ou seis degraus, com uma dor lancinante nas mãos e nos joelhos, e depois paro. Sinto uma mão no meu ombro e vejo a imagem embaçada do rosto de uma jovem ao lado do meu.

— Você está bem?

— Estou sim — consigo dizer enquanto viro de frente. — Mas obrigada.

— De nada. — Ela sorri, meio desconfiada. — Vá com calma.

Quando levanto, sinto a nuca formigar e um suor frio nas axilas. Olho para as mãos e vejo que uma delas está sangrando, além dos dois joelhos esfolados.

— Jess, você está bem? — pergunta Adam, que desce correndo para onde estou. — O que aconteceu?

Ele põe a mão nas minhas costas e eu olho séria para ele. Seus olhos castanhos estão a poucos centímetros dos meus, cheios de preocupação.

– Só caí, nada demais. Não foi nada. Nenhum osso quebrado – insisto e me afasto rapidamente, enquanto o calor persistente da palma da mão dele faz minha pele arrepiar.

CAPÍTULO 33

Depois caminhamos pela grama da margem do rio, saindo da aldeia para o campo interminável onde passarinhos mergulham e dão voltas no ar sobre nossas cabeças e o sol castiga nossos ombros. Adam e William vão na frente com passos largos, e as pernas magras do meu filho saltitam para acompanhar o pai. Acabamos chegando a um poço de água mansa, com libélulas dançando na superfície e lírios cintilando à luz clara. Um ciclista passa por nós no caminho de pedrinhas e um casal incrivelmente charmoso faz piquenique na encosta.

Jogamos pedras na água tempo suficiente para William conseguir de três a quatro quicadas e para Adam fingir tristeza quando as dele afundam assim que batem na água.

Em seguida ele compra nosso almoço em um café movimentado em Beynac-et-Cazenac. Sentamos embaixo de um toldo vermelho cercado de comensais devorando saladas decoradas com tomates que parecem joias, queijo de cabra Cabécou fundido e morangos com sorvete de mimosa.

– Estou vendo que todo mundo está desprezando as moelas – observo para Adam.

– Vão se arrepender. O que você quer beber?

– Tudo bem, eu peço.

Viro para a garçonete, determinada a falar perfeitamente.

– *L'eau, s'il vous plaît.*

– *Pardon?* – responde ela.

— *L'eau, s'il vous plaît.* — Ela olha para Adam e faz cara de riso quando ele debocha.

— Eu disse, *je voudrais de l'*... Coca-Cola.

— Ah, *oui*!

Adam pede o resto e eu recosto na cadeira de mau humor. E nós três ficamos ali à sombra, o céu azul brilhante e os ruídos da aldeia antiga como eram há séculos.

— O que achou da minha equipe? — pergunta Adam.

— Ótima — digo eu. — Muito profissional. Gostei especialmente do Ben.

— Nosso galã da casa? Ele é ótimo, não é? Parece que gostou muito da Natasha.

— Acho que ela anda de caso com aquele comerciante de antiguidades, o Josh.

Dou uma espiada no meu livro-guia e quando levanto a cabeça de novo Adam está pegando um envelope de papel de cigarro e tabaco. Olho furiosa para ele. O olhar não funciona, então eu o chuto de leve por baixo da mesa.

— Ai!

E então ele entende o que há de errado.

— Ah, é, desculpe, eu esqueci. Mas William já é um menino grande, Jess. Tenho certeza de que tem sensibilidade suficiente para saber que alguns adultos fazem isso, sem ser levado a fazer a mesma coisa.

William olha para nós dois, Adam termina de enrolar o cigarro e acende. Dá uma longa tragada.

— Nunca, jamais faça isso — digo para William com firmeza. — Isso mata. E antes disso, seus pulmões ficam como dois feijões murchos e a boca vira um cinzeiro.

— Isso é verdade. — Adam sacode os ombros. — Boca de cinzeiro, esse sou eu.

Adam solta outra baforada.

— Então por que você fuma? — pergunta William.

Adam abaixa o cigarro.

— Sou viciado. Mas não é legal nem inteligente. Isso é verdade.

— Mas... você não pode *tentar* parar? Não quero que você morra.

Adam fica paralisado, mas logo um movimento no fundo dos olhos suaviza suas feições. Estende a mão para apagar o cigarro no cinzeiro em silêncio e uma garçonete chega com a nossa comida.

William dá uma mordida no seu *croque-monsieur*.

— Ainda bem que nasci no século XXI — ele diz sem mais nem menos. — Aquele castelo é sensacional, mas não gostaria de morar lá.

— Nem eu — comento. — Imagine não ter privada com descarga, aquecimento central ou...

— IPads — completa William.

— Acredite ou não, não existia iPad quando seu pai e eu tínhamos a sua idade.

— Eu sei — ele diz. — E as televisões eram em preto e branco, e...

— Quantos anos você acha que temos? — pergunto, atônita.

Ele dá risada.

— De qualquer forma, você disse que sempre teve tudo que quis quando era pequena.

— Isso é verdade — respondo.

William pensa um pouco.

— Como eram sua mãe e seu pai, papai?

Adam abaixa o garfo e a faca.

— Eram um pouco diferentes da sua avó e do seu avô.

E ele não está brincando.

CAPÍTULO 34

Eu sei que tive um pai que bebia demais, mas mesmo assim cresci me sentindo protegida e nunca fui infeliz. Adam não teve esse luxo, coisa que só descobri uns cinco meses depois de estarmos juntos.

Ele já havia me dito que nunca conheceu o pai e que a mãe tinha morrido num acidente de carro quando ele estava com nove anos de idade. Fora isso, os detalhes eram vagos e eu não insisti no assunto porque sua expressão ficava sombria de tristeza quando falávamos nisso.

Foi a tia dele, Julie, que preencheu as lacunas, depois de nos convidar para um almoço de domingo. Julie não era sua tia de verdade. Era uma prima distante e mais velha, muito próxima da mãe dele, Lisa, e que cuidou de Adam depois que a mãe dele faleceu, apesar de ter três filhos, Mike e Daniel, gêmeos de doze anos, e Stephanie, um ano mais nova do que Adam.

Tia Julie era uma daquelas mulheres que não aparentava a idade. Quando a conheci ela devia ter cinquenta e poucos e, embora as rugas no rosto fizessem com que parecesse mais velha, tinha uma exuberância, um otimismo que fazia seus olhos brilharem.

— Aqui anda tudo muito quieto desde que você e Steph saíram de casa — ela disse para Adam, pondo uma travessa com rosbife e batatas na mesa em que Adam cortava um frango quente e brilhante.

A casa dela com varanda em Leeds era pequena, mas o fato de ser boa dona de casa sobressaía nos enfeites lustrosos sobre o aparador da lareira e no forte cheiro de pinho que subia do banheiro lá embaixo quando alguém apertava a descarga.

— Você lembra como era quando você veio para cá, Adam? Você, Mike e Danny no mesmo quarto. Um verdadeiro caos.

— Mas você fez com que eu me sentisse em casa — comentou Adam.

Ela derreteu visivelmente.

— Ah... obrigada, querido.

Depois Adam foi tomar uma cerveja com Danny no pub naquela rua mesmo e eu fiquei para ajudar a tirar a mesa, apesar dos protestos dela.

— Como era a mãe de Adam? – perguntei. – Ele quase não fala dela.

Ela mergulhou as mãos num pote com água quente e olhou para mim.

— Lisa era... incorrigível e adorável ao mesmo tempo. Tinha um péssimo gosto para homens e era doida de pedra. Mas era muito linda... por fora e por dentro.

Lisa tinha apenas dezessete anos quando teve Adam e, lendo nas entrelinhas, foi uma mãe amorosa, mas disfuncional. Passaram fome e frio muitas vezes e Adam sempre usava casacos com nomes de outras crianças bordados na gola. Ela não só deixava Adam matar aulas, mas incentivava, para poderem ir para o parque brincar ou se aconchegar no sofá para assistir à TV.

— Quando Adam estava com seis anos ela comprou uma van tipo trailer – continuou Julie. – Você devia ver aquela coisa. Era uma carroça enferrujada, Deus sabe onde ela arranjou. Lisa pegou Adam na escola um dia com apenas um mapa, algumas latas de comida e algumas poucas roupas, e lá foram eles numa droga de uma viagem pelas estradas da Inglaterra. Ficaram meses fora e se divertiram à beça.

Ela deu risada.

Ergui as sobrancelhas.

— Ninguém estranhou ele não estar na escola?

— Deviam, não é? Uma mulher com o filho de seis anos farreando no meio da Inglaterra, feito Thelma e Louise. Mas não. Eles só voltaram para casa quando a suspensão da van pifou e ela não teve dinheiro para mandar consertar.

Eu tinha visto algumas fotos de Lisa, por isso sabia que era atraente como Adam: maçãs do rosto marcadas, nariz reto, lábios cheios e olhos escuros e sonolentos.

– Ela se esforçou ao máximo para ser boa mãe – disse Julie, e não foi a primeira vez.

Então ela me contou sobre Warren, vendedor de seguro que Lisa tinha conhecido um ano depois da viagem com Adam pelas estradas inglesas.

– Lisa o admirava. Ele era um profissional com um bom emprego. No início, ele a tratou como uma princesa. Ela não parava de falar que ele cozinhava para ela, comprava presentes e não a soltava o tempo todo. Mas então ele ficou perverso.

– Violento?

Julie fez que sim com a cabeça.

– Eu percebi que alguma coisa estava acontecendo, mas ela decidiu não falar a respeito. Então Adam quebrou o braço e eles inventaram uma história, que ele tinha subido numa árvore... Eu sabia que era mentira. Disse para ela que eu ia à polícia, mas ela implorou para eu não ir. Para ser justa, devo dizer que Warren pelo menos não encostou mais a mão em *Adam* depois disso. Foi ela a vítima de toda a violência dele.

Mas os olhos de menino de Adam continuaram a ver coisas que ninguém devia ver.

– Ele se tornou um menino diferente por um tempo. Sempre foi amoroso e vaidoso, cheio de bom humor. Mas ficou amuado. Foi horrível. Eu ainda não consigo entender por que Lisa não mandou aquele homem pastar. Não havia desculpa. Quero dizer, você faria isso, não faria? Com um filho pequeno?

– Talvez ela tivesse medo dele.

– Tenho certeza de que tinha.

Lisa morreu num acidente de carro quando estava indo pegar Adam na escola. Uma testemunha disse que ela parecia sonhar acordada, que apareceu de repente e bateu de frente num 4x4.

– Lisa ficou no hospital, lutando por três semanas. E então chegou sua hora. Adam dormia numa cama de armar aqui naquela época. Da noite para o dia, o pobre menino ficou sem mãe e sem casa.

— Então você ficou com ele.

— Bem, não ia deixar que ele fosse para um orfanato de jeito nenhum, mas tive de lutar por isso. Não me arrependi um segundo sequer. Era a maior felicidade tê-lo por perto. Sinto muito orgulho dele, de tudo que fez na vida.

Adam foi bem na escola e conquistou vários certificados técnicos secundários muito bem avaliados antes de mudar para Edimburgo, para a universidade.

— Ele simplesmente não parou de trabalhar – disse ela. – Lavou pratos em um café no período de aulas e abdicava das férias de verão para trabalhar numa empresa de construção nas Ilhas Scilly.

Então eu me dei conta de que quando conheci Adam ele já tinha vivido meia dúzia de vidas.

— Ele mal fala sobre tudo isso – eu disse. – Só da viagem dos dois na van tipo trailer. Isso eu o ouvi comentar umas duas vezes.

Ela não pareceu surpresa.

— Acho que foi quando Adam esteve mais feliz. Quando Lisa o pegou na escola, botou sentado no banco do carona daquela coisa e lá foram eles balançando em sua aventura maluca. – Ela sorriu para mim. – Então eu soube que seria a primeira de uma vida cheia delas para Adam.

CAPÍTULO 35

Falei com papai algumas vezes desde que cheguei aqui, mas fazer uma chamada de vídeo para poder ver mamãe é muito difícil. Teria mais sorte me comunicando com a Estação Espacial Internacional do que procurando uma conexão de wi-fi bastante possante para ter o Skype funcionando por mais de dez segundos.

Mas no domingo recebi uma mensagem de texto do papai perguntando se tinha tempo para conversar. A forma com que ele fez a pergunta arrepiou os pelinhos da minha nuca com pânico, e quis fazer mais do que simplesmente telefonar e ficar ouvindo ele dizer que os dois estão bem. Quero ver minha mãe com os meus olhos.

Deixo William e Natasha na piscina e vou para o château. Encontro Simone na recepção.

— Oi, Jess — ela fala com polidez, beirando a secura.

— Oi, Simone. Adam está no escritório?

O sorriso acanhado falha.

— Está. Quer falar com ele?

— Não é com ele que quero falar. Gostaria de falar com meu pai pelo Skype e ele me disse que podia fazer isso do escritório dele, onde a conexão é melhor.

— Ah. Venha comigo então.

Ela me leva para o fundo do saguão da entrada e bate na pesada porta de carvalho antes de abri-la. Adam está ao computador, martelando o teclado.

— Jess está aqui.

Simone fala como se anunciasse quem verifica se as crianças têm lêndeas na escola. Adam olha para nós.

— Posso aceitar sua oferta de tentar falar com meu pai pelo Skype aqui?

— Claro que sim, sem problema. Está tudo bem?

Olho para Simone. Ela entende a indireta e sai da sala.

— Tenho certeza de que estará tudo bem. Papai enviou mensagem perguntando se podíamos conversar e... bem, eu só quero me certificar de que mamãe está realmente bem.

Ele passa a mão no cabelo e começa a pegar papéis na mesa.

— Vou te dar a senha.

Adam pega uma folhinha de Post-it e rabisca a senha nela, levanta e dá para mim.

— Vou deixar você à vontade. Posso enviar esses e-mails em outra sala.

Ele pega o laptop e para quando ficamos ombro a ombro. Vira e alisa rapidamente meu braço. É um gesto de apoio, mas mesmo assim me deixa tensa e provoca um tipo estranho de desconforto.

— Obrigada.

— Dê lembranças minhas para sua mãe e seu pai, está bem? — ele acrescenta e sai da sala.

Antes de tudo degringolar, Adam se dava bem com meus pais, especialmente com papai. Tinham sempre assunto para conversar, era futebol, política ou como reformar uma máquina de lavar (que me lembre, era muita conversa sobre faça-você-mesmo).

Mamãe também gostava muito dele, mas antes da mancada dele no dia em que o neto dela nasceu e minha subsequente confissão de que as coisas andavam muito desgastadas entre nós. Depois disso, ele teve umas duas experiências de primeira mão da mulher-dragão que ela sabia ser.

Ligo meu iPad e espero que capte o wi-fi antes de digitar a senha. Olho em volta da sala enquanto espero conectar. É a única parte do prédio sem nenhuma decoração, apenas paredes brancas, mobília sem graça de escritório e cortinas feias na alta janela de pedra.

É um exemplo típico do sistema de arquivo de Adam, pilhas de papéis e lata de lixo abarrotada. Mas não diria que não existe uma ordem ali, apenas que baste para ele funcionar, com uma parede dominada por ganchos de chaves e um arquivo meio aberto com uma precária pilha de pastas bem usadas em cima.

Clico no ícone do Skype e, quando começa a rodopiar, meu olhar é atraído para o quadro de cortiça na minha frente, com várias fotos, do tipo que as pessoas nem lembram mais desde a invenção do Instagram.

As duas ou três da mãe dele devem ser as únicas que existem. A maior parte é de William, bebê, um pouco maior, e no seu primeiro dia na escola, parado na nossa porta da frente, com covinhas bem visíveis, sorrindo e exibindo dentes de leite perolados. Reconheço muitas como as fotos que enviava para Adam a cada seis meses mais ou menos, para ele não esquecer completamente da nossa existência.

Há também alguns selfies dele com William, um número surpreendente, considerando o pouco tempo que passaram juntos nos últimos dez anos. Em um deles parece que William tinha sete anos, e estão na fila do navio pirata das Alton Towers. Em outro selfie estão tomando sorvetes enormes numa pizzaria. E há outro tirado na praia Formby, William histérico enterrando Adam na areia.

Vendo aquela coleção de fotos daria para imaginar que eles sempre foram inseparáveis aqueles anos todos. Mas acontece que aquelas foram só umas poucas ocasiões, uma gota no oceano, todas um contraste nítido com os dias aos quais me acostumei, dias com dever de casa, exercícios ao piano, levando William para reunião de escoteiros e berrando as palavras "SAPATOS" e "DENTES!" quando tentamos sair de casa na hora todas as manhãs.

Mesmo assim as fotos são um certo consolo, uma lembrança valiosa de que, apesar de Adam ignorar a essência das minúcias da maternidade e paternidade, o potencial existe e está ali, quer ele entenda ou não.

Estendo a mão e toco na foto de William de uniforme, derrubo acidentalmente o alfinete e três fotos caem no chão. Pego as três e ponho de volta no mural, então avisto uma desbotada escondida atrás das outras.

É de Adam comigo, em Nova York.

A viagem foi uma semana depois dele se formar em Edimburgo, e vínhamos planejando havia muito tempo ficar com Steph – a filha mais nova da tia Julie –, que tinha conseguido um estágio de aprendiz como chef de cozinha em algum hotelzinho novo e charmoso do Upper East Side. O apartamento que ela dividia com um colega estagiário, um cara búlgaro chamado Boyan, era tão pequeno que a única maneira de entrar no banheiro era virando de lado e encolhendo a barriga.

Mas foram férias inesquecíveis. Pegamos um barco para Ellis Island, exploramos o Central Park, ficamos no topo do Empire State ao anoitecer, vendo a cidade se iluminando e ganhando vida. Na manhã em que aquela foto foi tirada tínhamos acordado cedo demais como dois bobos, ainda sob efeito dos fusos horários e desorientados pelo voo dois dias antes. Como eram dias antes da maternidade, só tínhamos de nos preocupar com nós mesmos, por isso passamos horas naquele quarto de hóspedes enquanto Steph estava no trabalho, embaixo das cobertas com o sol entrando pelas persianas, explorando cada centímetro um do outro.

Ele sempre disse que aquela era sua foto preferida de nós dois – um instantâneo pós-sexo dele, de mim e do nosso café da manhã gigantesco num lugarzinho gostoso no Meatpacking District. Disse que tinha tudo que sempre quis na vida naquele dia. Perguntei se estava se referindo a mim ou ao bacon sequinho e crocante.

– Alô?

A voz do papai desmancha meus pensamentos e eu o vejo na entrada do Willow Bank com aparência de quem precisava de uma boa noite de sono.

CAPÍTULO 36

— Está tudo bem – papai diz, e eu tinha aprendido que é o que ele diria se estivesse no *Titanic* com violinistas em volta. – Levamos apenas um susto essa manhã.

Meu coração acelera.

– O que quer dizer?

– Não precisa entrar em pânico, mas hoje estivemos no hospital. Por precaução, e já estamos de volta. O que importa é que ela está bem.

Meu pescoço esquenta e meia dúzia de perguntas povoam meu cérebro. O que aconteceu? Por que foram para o hospital? Onde ela está agora?

– Sua mãe engasgou no café da manhã. – Ele olha para cima, mas rapidamente, como se evitasse ver minha reação. – Raheem estava aqui e conseguiu resolver tudo, cuidar dela. Ligaram para o meu trabalho e quando cheguei na emergência estava tudo sob controle. Ela está totalmente bem, de verdade. Um pouco deprimida, mas basicamente bem.

Não é a primeira vez que isso acontece. Antes de começarmos a amassar a comida da mamãe, eu vi com meus próprios olhos. A visão do rosto dela ficando cinza, os lábios azuis e ela se esforçando para respirar não é algo que eu queira ver de novo. O Dr. Gianopoulos acha que ela devia começar a se alimentar por um tubo, mas ela assinou um documento anos atrás, uma Decisão Adiantada de Recusar Tratamento, que significa que isso jamais vai acontecer.

— Está tudo bem, Jess — diz papai, preenchendo o silêncio. — Foi só uma dessas coisas. Temos de tomar cuidado daqui para frente, só isso.

— Acho que eu tenho de voltar para casa — decido naquele instante.

— Não. De jeito nenhum. — Ele balança a cabeça. — Está tudo bem agora. Eu nem ia contar para você, mas achei que você ia ficar furiosa se não contasse.

— Você pensou certo. Vou procurar um voo hoje à tarde.

Papai olha sério para mim.

— O que você acha que sua mãe diria se soubesse que você está pensando em fazer isso? — ele diz suavemente. — Ela já teve um dia ruim sem isso.

Solto o ar bufando e só então percebo que estava prendendo a respiração.

— Ela está aí agora?

— Espere um minuto.

Ele anda pelo corredor e abre a porta do quarto em que mamãe está sentada na cadeira de rodas, sem assistir à novela australiana na televisão.

Papai segura o iPad na frente dela e faço a habitual avaliação da aparência da minha mãe. Objetivamente, ela provavelmente não está melhor nem pior do que quando eu saí de lá. Mas isso não quer dizer grande coisa.

Braços e pernas estão em posições que parecem desconfortáveis, o lábio inferior pendendo um pouco, como se puxado para baixo por um peso invisível. A pele adere flácida aos ossos, o tipo de corpo que aparenta não ter energia suficiente nem para se mexer. Mas ela não para de virar o rosto para o céu.

— Papai contou o que aconteceu, mamãe. Você está bem?

Um segundo e vários espasmos passam antes dela responder com um grunhido.

— Merda de torrada.

Não consigo sorrir.

— Mingau de aveia da próxima vez — ela acrescenta.

— Sim, boa ideia.

Eu quero falar um monte de coisas para a minha mãe. Que eu a amo, que meu coração explode por ela, que faria qualquer coisa para ela ser a mulher feliz e saudável que seria se não fosse aquela doença horripilante.

Mas só de pensar nessas coisas minha garganta se fecha.

— Está... bom aí? — ela pergunta.

Cada palavra exige um esforço e mesmo assim não dá para saber como vai soar. O maxilar dela se move de um jeito diferente de antes, emitindo sons baixos e estranhos.

Procuro me recompor.

— Sim, está, mamãe. Adam fez um belo trabalho no lugar e William está curtindo demais o tempo que eles passam juntos.

Ela fica calada um tempo e olho para as saboneteiras dela, que apontam acima da gola da blusa azul-claro. Eu comprei essa blusa na Oasis para dar de presente de aniversário para ela mais de uma década atrás. Lembro que na época pensei que o tamanho 40 podia ficar pequeno. Agora ela some dentro da blusa, seus seios um dia volumosos são costelas visíveis torcidas em posições torturantes.

— William... aí?

— Não, ele está na piscina, mas posso chamá-lo.

— Não — ela balbucia. — Hoje não.

— Está bem. Então amanhã, talvez.

Mas ela não responde. Simplesmente se contorce na cadeira, os músculos faciais transformam suas feições em algo irreconhecível e exagerado. É uma visão que sei que vai retornar quando eu olhar para meu próprio rosto no espelho do banheiro, e sou assolada por um medo gelado.

CAPÍTULO 37

Saio do château depois da ligação pelo Skype e está muito quente lá fora, aquele calor que queima a sola dos pés e deixa a pele grudenta. A piscina está movimentada, com crianças espirrando água enquanto seus pais tomam conta, abrigados sob guarda-sóis.

Natasha está sentada a uma mesa embaixo de uma copa de flores minúsculas cor-de-rosa e conversando com Ben, de pé ao lado dela. Ele não sabe que tem um rival do afeto dela em Joshua, ou então não se importa. Pelo jeito que olha para ela agora, é o próprio perdedor.

William, James e Rufus estão do outro lado da mesa esperando o almoço chegar. Junto-me a eles no meio de uma conversa sobre o esôfago humano.

– Eu vi num episódio de *Operation Ouch!* – diz William animado. – Foi brilhante. Um garoto tinha arrancado a unha mordendo e engoliu. Só que era uma unha bem grande e tiveram de fazer raios X para verificar se não tinha furado o pulmão dele ou provocado alguma hemorragia arterial séria.

A luz do sol faísca na piscina quando puxo uma cadeira e uma garçonete sai do château com uma bandeja de comida: saladas regadas a óleo de noz, queijos perfumados e carnes salgadas, pães com miolo fofo e casca dura, capaz de deslocar uma obturação.

– Adorei o esmalte da sua unha, Natasha – James diz alegremente.

Ela olha para as mãos.

– Ah, obrigada, James. É novo.

– Fica bem em você – ele acrescenta e ela sorri para mim.

– Olha, vou deixar vocês com seu almoço. – Ben sorri e volta relutante para o trabalho.

Natasha o segue com o olhar por um tempinho.

– Onde está Becky? – pergunto.

Natasha aponta para a piscina.

Becky tentava nadar algumas voltas na piscina e Seb, de pé, estava a postos para pegar Poppy toda vez que a menina mergulhava, puxava para a superfície e ela piscava para tirar o cloro dos olhos.

– OUTRA VEZ! – ela ri.

Então vejo Natasha olhando fixo para o meu rosto.

– Está tudo bem?

Antes que ela responda, a voz de Seb ecoa no pátio.

– Venha cá, filha! Papai está falando sério. POPPY!

Ninguém sabe o que fez Poppy começar a correr. Eu só sei que as perninhas dela aceleraram em volta da piscina e o pobre Seb ficou rodando na água, tentando chamá-la.

– POPPY, PARE COM ISSO!

Ela para um segundo, mas depois dispara na direção das árvores. Seb e Becky sobem na borda da piscina e correm atrás da filha, que ri e se recusa a olhar para trás. E apesar de ganharem terreno, a velocidade daquelas pernas de meio metro é alarmante.

Então James grita e salva o dia.

– POPPY, PODE FICAR COM AS MINHAS BALAS!

Ela para e verifica se foi apressada, e Becky aproveita para pegá-la no colo. Quando volta com a filha para perto de nós, dá para ver o estresse marcando suas feições. Ela senta ao meu lado, seca Poppy com uma toalha e Seb chega um segundo depois.

– Não era óbvio que isso ia acontecer? – pergunta Becky, furiosa.

Seb franze a testa.

– O quê?

— Que Poppy ia sair correndo se você a pusesse na beira da piscina.

— Não, não era. Ela pulou nos meus braços várias vezes antes de fazer isso.

— Você devia ter pensado que, se ela saísse correndo, você ficaria preso dentro da piscina, impotente para pegá-la.

— Impotente não.

— Sim, impotente! Não adianta nada pular para fora como a merda do homem biônico que você é se estiver atrasado para alcançá-la.

A expressão desafiadora aparece numa ruga sobre o nariz de Seb.

— Se achava que ela corria esse perigo mortal, por que não disse nada quando a viu fazer isso na primeira vez?

— Porque você teria me acusado de interferir!

Seb bufa, olha para Natasha e para mim.

— Dá para deixar essa conversa para depois?

— Acho melhor não.

A veia latejando no pescoço de Seb é bem visível. Ele levanta, pensa no que vai fazer e finalmente leva os meninos para jogar Frisbee.

Becky para de secar Poppy e vira para nós com olhos semicerrados.

— Desculpem. Não é sempre assim.

— Claro que não — procuro acalmá-la.

— Mas filhos nos fazem mudar mesmo, não é? — Becky suspira.

— É — concordo. — Percebi isso no dia em que você publicou uma citação inspiradora da Peppa Pig no Facebook.

Becky faz uma careta.

— Como foi a conversa com sua mãe e seu pai?

Olho para a névoa sobre a piscina.

— Mamãe foi parar no hospital essa manhã.

Natasha abaixa o copo.

— Ah, não. Ela está bem?

— Agora sim, mas ela engasgou com alguma coisa.

A frase soa fria, mas sinto as unhas enfiadas na palma das mãos.

— Então ela já saiu do hospital? Você precisa voltar para casa? — pergunta Becky.

— Já. E não. Eles não querem que eu volte. Insistem que não há nada com que me preocupar.

Ela olha para minha boca e me dou conta de que estou mordendo o lábio.

— Parece que você não se convenceu.

E ela está certa. Não me convenci.

CAPÍTULO 38

Fico nervosa de passar a tarde com Charlie, mas não consigo resolver se isso é uma coisa boa, ruim, ou só estranha. Não ajuda nada o fato da nossa sala ser um cenário de devastação quinze minutos antes dele vir me pegar.

– Ei, William, dá para tirar seu calção molhado do meio da sala?

Mas ele está no sofá, incrustado no iPad, por isso qualquer comunicação eficiente cessou algum tempo atrás.

– William?

– Um minuto, mamãe – ele resmunga. – Estou quase terminando esse nível.

Nesse meio-tempo, cometo o erro infantil de comentar que a pele de Natasha está linda, e ela reage pegando sua caixa de cosméticos para me submeter a um "contorno facial" enquanto fico sentada na beira do sofá. E quando olho no espelho, vejo que ela transformou meu rosto numa imitação louca de Picasso, com dois triângulos escuros embaixo dos olhos e círculos rosa forte nas bochechas.

– Você está brincando?

– Ainda não terminei.

– Natasha, ele vai chegar daqui a pouco.

Olho para o sofá.

– Anda, William... tire esse calção daí antes que alguém tropece nele e quebre o pescoço, por favor.

Batem à porta e ela se abre. Meu coração dá uma cambalhota antes de eu ver que é só o Adam. Ele faz cara de espanto, como se tivesse perdido o fio da meada de alguma piada.

— Tenho um nariz de palhaço e calça com suspensórios na cabana, se você quiser completar a fantasia.

— Ainda não terminamos aqui — Natasha explica para ele e corre até a pia para pegar água.

Na volta, a ponta da sandália dela prende no calção de William, ela tropeça e se equilibra de novo no último segundo.

Faço cara feia para meu filho, levanto e tiro o iPad dele com firmeza. Ele me olha chocado e franze o nariz.

— *O que é?* O que foi que eu fiz?

— Você devia ter pegado o calção.

Ele pisca sem a menor ideia do que estou falando.

— Faça isso agora, senão vou confiscar esse iPad.

Foi como se eu dissesse que ia estrangular seu cachorrinho preferido.

— Mas preciso completar esse nível. Estou quase lá!

— Já!

— ESTÁ BOM! — ele retruca desafiador e vai pegar o calção batendo os pés com força no chão.

Fico dividida entre não querer que ele saia dessa com desaforo e precisar desesperadamente me arrumar antes de Charlie chegar. Dou meia-volta e vejo Adam ali parado, só assistindo.

— Quem sabe você pode conversar com ele a respeito disso? — digo para ele.

Adam olha em volta da sala como se pensasse que eu estava falando com outra pessoa.

— Eu?

— É.

Ele pensa um pouco, depois sacode os ombros.

— Claro. Vá se arrumar que eu falo com ele.

— Tudo bem. Ótimo. Obrigada.

Vou para o quarto e começo a limpar a maquiagem do rosto. Natasha vem atrás e faz uma careta quando passo o lenço de papel na pintura.

— Não é para só... esmaecer?

— Não tenho tempo para esmaecimento. Além disso, qual o problema de uma base e um pouco de blush?

Meu rosto fica apresentável, vou pé ante pé até a porta e abro uma fresta. Adam está com o braço no ombro do filho e, apesar de não dar para ouvir a conversa, escuto algumas observações empáticas que culminam com "deixe para lá, cara".

— Meu Deus, como é irritante — reclamo.

— O quê? — pergunta Natasha.

— Adam.

— Não se preocupe com ele. Seu namorado vai chegar daqui a... — Ela olha para o relógio e a porta abre com estrondo.

É William.

— Charlie chegou — ele diz.

Fico com a boca seca.

— Ok. Obrigada.

Ele fica parado na porta.

— Desculpe, mamãe.

Minha irritação se dissolve.

— Tudo bem. Venha me dar um abraço.

Ele me abraça e depois recua.

— Então você disse que ia conversar com Charlie sobre a sua aula de ginástica... isso é verdade?

Natasha tosse.

— Por que pergunta?

— Só pensei que podia ser... um namorado.

Fico imaginando como meu filho de dez anos ficou tão perspicaz.

CAPÍTULO 39

Charlie parece completamente à vontade ao volante do seu carro de luxo. Podia ter sido feito para alguém como ele – um profissional inteligente, seguro de si e nada preocupado com o fato de ser adulto. Que aceita a idade e as camisas Marks & Spencer que vêm com ela.

Pujols, a aldeia que Charlie escolheu para almoçar, fica a mais de uma hora do Château de Roussignol. A estrada é de subidas e descidas suaves e chegamos a uma paisagem de cartão-postal encarapitada tão alto na serra que parece que as nuvens foram rebaixadas. Seguimos por ruas estreitas e sinuosas de cabanas de pedra com venezianas velhas e rosas antigas se retorcendo em volta das portas. Encontramos um restaurante com vista para a pequena praça com prédios creme empoeirados.

Charlie puxa uma cadeira para mim e senta na minha frente.

O garçom aparece com os cardápios.

– O que desejam beber? – ele pergunta.

– *Badoit, s'il vous plaît* – eu digo, consciente de que Charlie está dirigindo.

Charlie fica surpreso.

– Mas você está de férias. E eu é que vou dirigir. Tome uma taça de *qualquer coisa*.

– Ah. Bem, se é assim...

Um pouco de vinho ajuda o encontro a evoluir. Não que tenha começado mal. Mas me faz relaxar um pouco, para apreciar as qualidades de

Charlie: o fato de ser sério e inteligente, mas sem sombra de intimidação. Ou talvez ele apenas entenda o que é ter um filho da idade de William. Eu acabo confessando que perdi a calma logo antes de sair, e ele garante que já passou por isso.

— Esse tipo de batalha sobre coisas assim é normal na idade dele. Pelo menos ele não fica no iPad quinze horas por dia como algumas crianças. — Resolvo não corrigi-lo. — Além do mais, ninguém disse que criar filho é fácil, especialmente sozinha.

— Não tem sido tão difícil para mim — insisto. — Tive muita ajuda da minha mãe e do meu pai esses anos todos.

Ele acaba de mastigar e faz uma pergunta.

— Qual é o trato entre você e o pai de William? Vocês parecem bem próximos.

— Parecemos?

A pele embaixo das minhas orelhas fica vermelha.

— Sim, parecem. Pensei isso naquela noite em que fui lá beber um drinque.

Balanço a cabeça obstinadamente.

— Não somos próximos. Toleramos um ao outro pelo bem de William.

— Talvez seja apenas o fato de você estar aqui. A maioria das pessoas não sonharia em viajar de férias com seus ex. Sei que eu não faria isso.

— Vocês não se dão?

Fico contente de afastar a ênfase sobre mim e Adam.

— Não exatamente. Ela é lunática.

— Minha nossa.

— É sério. É a mulher mais manipuladora que eu conheço. Ela é absolutamente horrível.

Não sei bem o que falar a respeito e só consigo pensar em fazer uma piada.

— É fácil entender por que você casou com ela.

— Todos nós cometemos erros. Mas não vou incomodá-la com o dramalhão. Aliás... Por que estamos falando dos ex?

— Tenho certeza de que foi você que puxou o assunto. — Sorrio para ele.

— Não... fui eu? Bem, que tal isso então: podemos repetir isso antes do fim das férias?

Abaixo a faca e o garfo.

— Ainda nem terminamos de comer. Você pode cansar de mim quando chegarmos à sobremesa.

Ele olha bem nos meus olhos com uma intensidade quase indecente.

— Duvido muito.

O programa me deixa superleve, levitando. E não porque quando chegamos ao château três horas depois me sinto tremendamente excitada. Mas porque há um quê de muito inspirador em sentar diante de um homem que gosta de você. E ele não podia deixar mais claro que sente isso. Nem é questão de qualquer coisa que ele diga. É mais o jeito com que me olha, com uma insinuação de desejo que mexe comigo.

Só depois de andar até ao carro e viajar ao sol até chegar aos portões do Château de Roussignol que alguma coisa se torna óbvia, para nós dois. A oportunidade de um beijo já passou por nós, flutuou para longe sem ser notada, como as nuvens no alto da montanha. Percebo que ele está pensando a mesma coisa quando o carro desacelera e meu pescoço se incendeia quando acaba a conversa.

— Eu adorei essa tarde — ele diz agarrado ao volante e concentrado na estrada.

— Eu também.

— Quer que deixe você aqui ou lá na cabana?

— Qualquer lugar está bom. Preciso pegar William.

Ele para o carro, puxa o freio de mão e se vira para ficar de frente para mim. Uma ideia explode na minha cabeça: esse carro tem vidros escuros.

— Bom. Obrigada de novo. Você não precisava pagar o almoço, mas foi extremamente gentil e... — balbucio.

— Jess.

Ele desliza a mão pelo meu braço e o calor daquele toque me arrepia.

— Sim?

O sangue lateja nos meus ouvidos quando ele se inclina para mim e me beija. Quando seus lábios encostam nos meus percebo que não quero estragar isso de jeito nenhum. Quero ser calma e sedutora e quero que ele me ache tão atraente quanto parece pensar que eu sou.

Também descubro que estou pensando tanto nisso que corro o risco de babar em cima dele, então faço um esforço consciente de relaxar os ombros. De lembrar de curtir a sensação da boca dele contra a minha.

Estou me concentrando em tudo isso, quando percebo vagamente o tagarelar de vozes baixas em algum lugar. No início não dou importância, nem quando começam as risadas, o máximo que penso é que deve ter alguém curtindo um jogo animado de boules.

Então alguém bate na janela, Charlie e eu nos afastamos de um pulo, registramos uma dúzia de crianças emboladas para espiar dentro do carro.

— Pensei que não dava para ver através desses vidros — digo, chocada.

— São escurecidos só na parte de trás.

É então que ouço outra voz, de adulto. Vagamente familiar.

— *Les enfants!* Crianças! Saiam daí!

Simone se abaixa, ficamos olhos nos olhos através do vidro e levo um segundo para registrar a mudança na expressão dela quando percebe que sou eu ali. A cara dela não é bem de satisfação, mas de alívio.

Sei exatamente o que está por trás daquela expressão. Porque já passei por isso também.

CAPÍTULO 40

Quando era namorada de Adam, eu vivia ressabiada. Não que ele fosse constantemente para a cama com outras; simplesmente porque quando nosso coração está irremediavelmente perdido por alguém, o medo é um triste efeito colateral. Preocupada que um dia todas aquelas mulheres que não conseguem tirar os olhos dele, as que são mais bonitas, provavelmente mais divertidas e inteligentes do que você, finalmente consigam virar a cabeça dele.

Nos primeiros dias ele fazia com que me sentisse ótima, mais alta, mais magra, tão inteligente e encantadora que podia falar da limpeza dos ladrilhos do banheiro que ele prestava a maior atenção, olhando para mim com aqueles olhos escuros e infinitos.

Como passamos disso para o desastre que nos tornamos foi complicado, mas ao mesmo tempo objetivo: as coisas mudam.

Apesar dos nossos problemas terem começado assim que descobri que estava grávida, o que realmente mudou as coisas para sempre foi a noite em que William nasceu. Antes disso eu estava convencida de que íamos resolver tudo entre nós. Depois, soube que estávamos condenados. Soube disso no momento em que passamos pela porta do hospital e ele deixou de responder às minhas perguntas com qualquer convicção.

– Onde você estava?

Mamãe tinha pedido licença para pegar um café na máquina do hospital e a essa altura eu já estava longe de ser gentil.

— Tudo bem. É que... eu estava com Jules. — Colega dele. — E ficamos até tarde. Perdi meu celular... e só soube do que tinha acontecido quando encontrei o celular.

— Você não estava com a Georgina?

— Oh, meu Deus, não — ele disse, como se a ideia fosse ridícula.

— Então por que está coberto do batom dela?

Ele pôs a mão no pescoço.

— Isso não é... — Ele respirou fundo, mas logo ficou sem energia para continuar. — Então. Nós nos esbarramos por acaso.

Olhei para ele incrédula.

— É sério que espera que eu acredite nisso? Que de todos os bares de Manchester, você e sua ex-namorada simplesmente estavam nesse, na mesma hora?

Ele ficou mudando o peso do corpo de um pé para outro, os olhos de um lado para outro, angustiado, sem poder me encarar. De todos os talentos de Adam, a farsa não é um deles. Ele é péssimo nisso.

— Está bem — disse ele, com suor brotando na testa. — Ela ficou telefonando dias para mim depois que terminou com aquele cara com quem saía, Johnny. Então combinei de encontrá-la no Bush Bar.

— Então por que mentiu para mim?

— Não menti! Bom, é... mais ou menos.

— E o batom?

Ele engoliu em seco.

— Eu estava dando um... abraço de apoio.

Pus a mão sobre a minúscula orelha de William.

— Ela fez um boquete de apoio em troca?

— Jess, não faça assim — ele engasgou.

— O que você espera quando desliga seu celular por doze horas no dia em que estou parindo nosso primeiro filho?

Ele só ficou repetindo que eu tinha de confiar nele, acreditar quando dizia que Georgina foi sozinha para casa e que ele ficou na casa do amigo Jules. Eu podia estar zonza de analgésico, mas não tinha perdido a capacidade de raciocínio. Isso se confirmou quando encontrei por acaso a mulher de Jules, Suzy, na primeira ida ao supermercado depois de sair do hospital. Ela fez as gracinhas obrigatórias com William e eu perguntei, casualmente:

— E aí? Jules chegou tarde no dia da formação da equipe? Sei que alguns deles ficaram fora até de manhã.

Ela balançou a cabeça.

— Jules pega leve, Jess. Chegou em casa à meia-noite e em cinco minutos já estava roncando ao meu lado.

Assim eu soube com certeza. Adam mentira sobre isso também.

Não sou de ir à igreja, mas sempre acreditei no poder do perdão. Não sou do tipo de guardar rancor, nem me recuso a esquecer as coisas. Não quero que elas me comam de dentro para fora. Mas como se pode perdoar alguém se a mentira nunca acaba? E não acabou mesmo, até Adam não se importar mais nem de inventar mentiras sobre aquela noite. Ele só dizia que eu tinha entendido mal, se recusava a falar do assunto e era isso.

Ficamos juntos dois meses e duas semanas depois que William nasceu, e aqueles dias, quando devíamos criar laços de família, ficaram entre os piores da minha vida. E não foi culpa só de Adam.

Eu posso ter virado do avesso de amor pelo meu bebê, mas ele não foi um recém-nascido fácil. Era lindo, mas exigente demais, inquieto o tempo todo, choramingava e não queria mamar a não ser entre meia--noite e cinco horas da manhã.

A falta de sono e a exaustão completa davam a impressão de que não iriam acabar e me culpei pelo fato de William não ser o pacotinho de felicidade balbuciante que achei que seria. Estava certa de que devia ter feito alguma coisa errada, apesar de ter lido todos os manuais de maternidade que existiam.

Adam voltou para o trabalho depois de uma breve licença de paternidade e eu fiquei em casa cuidando de William, bombeando leite feito uma vaca e cozinhando no próprio desespero. Estava um caco fisicamente, sofrendo de mastite e tão distante da definição de uma mamãe apetitosa que tive vontade de queimar minha tipoia porta-bebê de marca.

Durante o dia desejava a presença de Adam, mas me irritava assim que ele entrava por aquela porta e me lembrava do que ele tinha feito. Duas amigas me perguntaram na época se eu tive depressão pós-parto, e talvez tivesse mesmo. Mas não era só isso, e o pior ainda estava por vir.

Para culminar tudo isso, mamãe finalmente me contou que aqueles sintomas engraçados que tinha nos últimos anos eram algo grande e nada engraçado. Dizer que fiquei arrasada não chega nem perto de descrever o impacto que foi aquilo para mim. Fiquei devastada. Não conseguia enxergar direito. Fiquei zonza com a enormidade dos meus sentimentos, com a ideia de que minha vida estava escapando, indo numa direção que eu não podia mais controlar.

Nesse caldeirão de estresse e sofrimento, minha tolerância com as mentiras de Adam chegou ao fundo do poço. Então talvez eu tivesse, sim, depressão pós-parto, mas tenho quase certeza de que havia também depressão pós-mamãe e depressão pós-Adam, provocadas pelo fato de ter começado a formar uma família com um homem que eu sabia que tinha me enganado e que não era capaz de ser o pilar de força que eu precisava.

Mesmo assim, no dia em que disse para ele que queria me separar, não tinha certeza absoluta disso. Nem lembro o que provocou a briga que tivemos nesse dia. Mas lembro que fui tomada por uma fúria terrível, como se todos os meus medos e ressentimentos e raiva do comportamento dele estivessem concentrados naquele momento.

– Você não merece ser pai do William – disse para ele. – Não está à altura dessa função. Quanto mais o tempo passa, Adam, mais eu me convenço: seria melhor para todo mundo se William e eu simplesmente fôssemos embora.

Fiquei lá parada com essas palavras sombrias pairando entre nós no próprio apartamento em que um dia compartilhamos tanta intimidade e tanto amor. Olhando para trás tenho quase certeza de que, ingênua, eu queria que ele se redimisse e implorasse para eu ficar. Não sei por que achei que ia ganhar essa aposta, mas estava exausta demais para pensar com clareza no que estava fazendo.

Ele nem discutiu.

– Está bem – Adam disse. – Se é o que você quer.

Fiz a mala e fui para a casa dos meus pais, anestesiada, rangendo os dentes, remoendo minha devastação. Chorei a noite inteira, virando e revirando na cama, no mesmo quarto com meus pôsteres de menina na parede, com meu bebê ao lado em seu moisés.

Na manhã seguinte passei horas me torturando, pensando se devia ligar para ele e voltar atrás. E não fiz isso por teimosia.

Instintivamente sabia que precisava ser forte. *Ele tinha ido para a cama com outra, pelo amor de Deus...* Se havia alguém que precisava voltar rastejando, era ele.

Uma longa espera me aguardava.

Adam não apareceu na minha porta com flores ou com uma aliança de noivado, nem para qualquer gesto grandioso que dissesse: *eu vou ser o homem que você e William precisam que eu seja. Que amará vocês dois incondicionalmente. E sim, fiz sexo com Georgina e perdi o nascimento do nosso filho. Mas vou mudar.*

Ele não falou nada que chegasse perto disso.

Ao contrário, ele se afastou sem dizer nada e me deixou impotente com sua ausência.

Nós nos encontramos uma vez depois da separação. Para ver se conseguíamos reatar. Mas sentei na frente dele chorando enquanto Adam executava o ritual mecanicamente. O abismo entre nós não podia ser mais óbvio. Pode ser que eu o tenha empurrado, mas ele estava indo para a porta e agora não ia implorar para voltar. Na ausência de qualquer súplica, eu me agarrei às minhas armas.

– Depois de tudo que aconteceu, como podemos viver juntos? – eu disse.

Eu realmente queria que Adam desse uma resposta convincente, mas ele ficou em silêncio.

– Se temos alguma esperança de fazer o que é certo para o William, acho que é o único jeito, você não acha?

As palavras saíam da minha boca como se eu estivesse escrevendo o script de uma novela. Lembro que estendi a mão para um aperto e desejei que ele a empurrasse para o lado, me abraçasse e dissesse, "Não, não vou deixar isso acontecer porque vocês são o amor da minha vida".

Em vez disso, ele se inclinou, beijou meu rosto rapidamente, deu meia-volta e foi embora.

Fui consumida pelo arrependimento nos meses seguintes. Mas conforme os anos foram passando, acabei entendendo que tinha feito a coisa certa. O que eu fiz foi o mais difícil, e mais corajoso. O fim do nosso relacionamento antes do nosso filho saber dele. Antes de ter o coração partido porque seus pais não conseguiam fazer aquilo funcionar todos os dias.

Adam e Georgina se juntaram oficialmente menos de um mês depois da nossa separação.

Ele foi morar com ela em Londres e foi lá que recebeu a notícia de que o irmão da mãe dele, tio Frank, tinha morrido de falência do fígado. Ele deixou todo o seu patrimônio para Adam e, apesar de se tratar de uma casa modesta de três quartos e uma pensão, a herança bastou para Adam começar a pensar em realizar seus sonhos de viver e trabalhar no exterior. Logo fez planos de emigrar e, embora eu não conheça os detalhes do fim da união dele com Georgina, ela nunca participou desse futuro dele.

Não lembro quantas vezes Adam viu William no seu primeiro ano de vida antes de ir para a França, devido ao turbilhão de prazer e desespero que eu estava sentindo. Mas eu me lembro de sentir espanto e fúria porque era óbvio que Adam não via William como eu via, nosso anjo, a melhor coisa do mundo.

Foi logo depois que eu reconheci isso que alguma coisa estalou em mim e resolvi desafiá-lo, enfrentá-lo. Se Adam queria ficar fora disso, deixar a criação de William por minha conta, eu teria prazer em satisfazê-lo.

CAPÍTULO 41

Um dia depois da minha viagem para Pujols com Charlie, Adam aparece na cabana.

– Acho que seu encontro foi bom, não foi?

Ele está com uma cara estranha e não consigo decidir se está interessado, se divertindo, ou simplesmente não quer perder a oportunidade de me provocar. Procuro parecer neutra.

– Foi bom. Sim, obrigada – digo, com ar de quem foi tomar o chá da tarde com a condessa de Grantham e não de alguém que teve um almoço inebriante que acabou num amasso no banco da frente de um Range Rover.

Ele olha fixo para mim.

– Ótimo. Fico contente.

Uma sensação indesejada começa a formigar na minha pele. Não era a deslealdade exatamente, isso seria ridículo, mas o sussurro de alguma coisa próxima disso. Mesmo que não estivéssemos separados há dez anos, sentiria vontade de estapear meu rosto para lembrar exatamente o que ele fez comigo e que não fazia muito tempo eu tinha topado com ele e a namorada em estado de seminudez.

– O que foi? – pergunto para ocupar o silêncio.

Ele torce os lábios como se tentasse disfarçar um sorriso.

– Nada. Por falar em primeiros encontros... acabei de lembrar do pub The Peartree.

O nome traz uma avalanche de lembranças à minha cabeça, de um tempo bem no começo do nosso relacionamento.

Era uma noite gostosa de julho e tínhamos ficado a tarde e grande parte da noite num *beer garden* de Edimburgo, sob uma luz dourada que aquecia nossos ombros.

Sentamos lado a lado num banco, tão perto que nossas coxas encostavam cada vez que nos mexíamos. Eu via a cabeça dele inclinada quando falava e sentia um calor estonteante quando ele ria.

Aprendi muita coisa sobre ele aquele dia: por onde tinha viajado, sua paixão pela leitura, construí a imagem de um homem que era boa praça com atendentes de bar, dava gorjetas generosas apesar de ter pouco dinheiro. Um homem que se esforçou para fazer amizade com o cão-guia do homem sentado à mesa ao lado e que não criou caso quando alguém derramou a bebida na calça jeans dele.

Apesar de ter enfrentado ansiedade na ida para o encontro, não me lembro de nenhum hiato na conversa. Conversar com ele parecia estranhamente fácil e natural. Quando o véu da escuridão da noite nos cobriu, senti a mão dele procurando a minha. Olhei para ele e me afoguei naqueles olhos, tive certeza de que estava me perdendo completamente por ele.

— Foi um bom primeiro encontro — concordei com o tom mais casual que consegui.

Ele sorriu.

Então nosso filho apareceu à porta e iniciou um monólogo sobre a barriga de Guilherme, O Conquistador, que explodiu no funeral dele.

Nos dias que se seguiram tudo que minha mãe sempre quis que acontecesse entre Adam e William começou a acontecer. Eles não conseguem mais ficar longe um do outro. Continuo procurando algum outro motivo, alguma lógica para Adam — que tinha sido, na melhor das hipóteses, ambivalente sobre suas responsabilidades, e, na pior, um pai ausente — não cansar de ficar com o filho o tempo todo.

E entendo que, tecnicamente, isso é bom. Não porque o fato de poder contar isso para mamãe possa dar a ela um ânimo tão necessário. Mas fico imaginando qual é a pegadinha. Será possível que Adam tenha finalmente se apaixonado por William, assim do nada? Será que ele está realmente notando que, apesar de ter estragado tudo entre nós, que mesmo assim conseguimos fazer aquele ser humano maravilhoso?

Minha única opção é calar qualquer ceticismo e ver o que acontece. Além do mais, não posso negar que é interessante ficar ouvindo as conversas dos dois. William fica atrás de Adam se oferecendo para ajudar, fingindo que saberia diferenciar uma ponta de uma chave de fenda da outra, enquanto faz discursos longuíssimos para o pai sobre tudo, desde a capacidade de um crocodilo de movimentar a língua até que os romanos da Antiguidade vomitavam durante as refeições para abrir lugar para a sobremesa. Dando crédito a Adam, ele consegue não entrar em coma.

Até ouvi dizer para Simone outro dia: "Espere até William contar para você sobre a série *Deu a louca na história*, antes dela receber uma aula sobre mumificação egípcia.

Na manhã de terça-feira, William segue com Adam para cumprir uma série de afazeres em Bergerac, enquanto Natasha passa a manhã jogando golfe com Joshua... parece que se é bom para Catherine Zeta Jones, ela está disposta a experimentar. Tive de me controlar e não perguntar se ela preferia jogar golfe com Ben, porque acho que ela não ia querer admitir a resposta. E não há dúvida de que ela tem razão numa coisa, se está querendo se estabelecer, ou pelo menos ter um relacionamento mais sério, não é com o vinte e poucos recém-saído da universidade que vai acontecer. Por mais lindo que Ben possa ser.

Penso em ir até a cabana de Becky, mas antes junto coragem para bater na porta de Charlie. Só que na hora que finalmente tomo a decisão de fazer isso, o carro dele não está mais lá e ninguém abre a porta. Verifico que estamos sem pão e vou de carro para a aldeia mais próxima, Pravillac, que tem uma padaria pequena, mas com bom estoque.

A porta está aberta e assim que entro sinto o cheiro quente e doce de croissants e baguetes recém-saídos do forno enchendo o ar. Pego uma baguete, um jornal e vou para o corredor de vinhos.

— Meio cedo para isso, não é?

Os olhos cansados, mas belos, de Seb sorriem para mim, sob o cabelo louro despenteado, como se acabasse de levantar da cama, o que, dada a hora que as crianças acordam, duvido muito que seja o caso. Vejo Rufus atrás dele, examinando guloso as balas e os doces.

— Quando estamos de férias nunca parece cedo demais. Mas juro que estava apenas dando uma olhada.

— Acredito em você. — Ele dá risada. — Acho que falta muito para você acabar que nem o velho Richard Potter.

Levo um segundo para lembrar que ele está falando de um amigo dele e de Adam, da universidade.

— O que aconteceu com Richard Potter?

— Você não soube? Ele e Nicky se separaram há uns dois meses.

— É que não tenho contato com ele.

— Bem, ele reagiu mal, digamos assim.

— Ah, meu Deus. Sinto saber disso – respondo.

— Ele saiu um pouco da linha, como os homens fazem depois de uma separação. — Seb dá de ombros. — Bebendo demais. Indo para a cama com qualquer uma que o queira. Você sabe como é.

— Não são só os homens que perdem a linha – faço Seb lembrar.

— É verdade. Mas as mulheres costumam enfrentar melhor esse tipo de coisa, não acha? É o velho clichê... elas sabem como falar sobre isso, descobrir por que aconteceu e cantar "I Will Survive". Os homens, por outro lado... fazem coisas estranhas. — Ele estremece. — Só de pensar, fico horrorizado.

— Ora, acho que você não tem com o que se preocupar.

Solto essa afirmação antes de ter tempo para pensar nela. Assim que a frase sai e fica pairando no ar entre nós dois, percebo que soa presunçosa e não exatamente precisa.

— Claro que não.

Ele aperta os maxilares e não consigo pensar em outra reação, por isso sorrio sem jeito.

— Mas as coisas andam... meio complicadas no momento – ele diz, preenchendo o silêncio.

— É claro que andam. Vocês têm três filhos. Eu sei que a vida não é fácil com tanto trabalho assim.

Ele olha ansiosamente para Rufus, para ver se não vai escutar aquilo. O filho mais novo está enchendo uma cestinha com tantas balas que mal consegue andar de tanto peso.

— A ideia de não ter Becky por perto me dá náuseas.

Fico sem saber como responder, preocupada de entrar numa seara que desconheço. Mas obedeço ao impulso imediato de perguntar.

— Por que diz isso, Seb? Não está preocupado, está?

— Não. Estou. Eu não sei. — Ele enche o peito antes de falar. — Só gostaria que as coisas estivessem funcionando agora. Tem sentido, isso?

Faço que sim com a cabeça.

— Tem.

— PAPAI? Podemos levar isso? Acho que é o que o Hulk bebe — diz Rufus, segurando uma garrafa de absinto 110%.

— Um minutinho, Ruf — diz Seb, e vira para mim de novo. — Não vai comentar isso com ela, vai?

— É claro que não — eu o tranquilizo enquanto ele leva o filho para perto de alguma coisa menos verde e menos tóxica.

CAPÍTULO 42

As crianças quiseram ficar no château hoje, por isso Seb se ofereceu para levá-las em uma grande excursão pela propriedade, liberando a tarde para Becky, Natasha e eu passarmos juntas.

Depois do que ouvi aquela manhã, só podia concluir que dar um tempo para Becky era uma boa ideia. Por isso pulamos no meu carro, Natasha encarregada do livro-guia, e partimos para nossa excursão até um pequeno lugar chamado Sorges. Como tantas aldeias da Dordogne, as casas cor de mel e belas praças dão a impressão de ter entrado no século XXI vindas de outra era.

— Essa é a capital das trufas da Dordogne – anuncia Natasha. – Tem até um museu de trufas.

— E pensar que as crianças queriam ir para a Disneylândia... – murmura Becky.

Passo cinco minutos com ela do lado de fora de uma loja enquanto Natasha vai dar uma olhada lá dentro, e finalmente sai com um vidro de geleia de pera e trufa que custou mais do que a última bolsa que comprei. Em seguida, andamos a esmo e descobrimos um belo *auberge* com varanda e toldo pintado de azul-claro, com toalhas perfeitamente brancas nas mesas e cardápio escrito com giz em uma lousa.

Natasha pede café. Olho para meu celular e vejo uma mensagem nova. Abro com a esperança vaga de que seja Adam dando notícias de

William. Não que eu não confie nele, mas uma confirmação de que meu filho está vivo e não mergulhando em outra cachoeira seria muito bem-vinda. Mas o texto é de Charlie.

Não consigo parar de pensar no nosso beijo

Tamborilo na mesa pensando como vou responder.

Foi delicioso, apesar de acabar de repente!

Abaixo o celular e vejo que Natasha está enviando mensagem de texto também, com um sorriso maroto.
— Ah, vocês duas aí namorando — geme Becky, examinando o cardápio.
— Eu não estou namorando — protesto. — Só estou enviando uma mensagem de texto.
— E eu só estou *recebendo* uma — diz Natasha.
— É do Joshua? — pergunta Becky, e Natasha faz que sim com a cabeça. — Você sabe que está partindo o coração daquele tal de Ben toda vez que ele vê vocês dois juntos, não sabe?
— Não seja boba — responde Natasha, mas acho que nós três sabemos que isso é verdade.
— Tenho saudade de quando recebia textos românticos — suspira Becky. — O último que Seb enviou foi para perguntar onde eu tinha guardado o polvilho para pé de atleta.
Ela olha para Natasha que agora está concentrada em seu celular novamente.
— O texto deve ser bom, o que quer que diga — acrescenta Becky.
— Agora estou vendo outra coisa. Eu não procurei, mas tem um artigo que apareceu no meu Facebook que se chama *Dez dicas de sexo da Cosmo que você deve experimentar esta noite*. Nem imagino por que os algoritmos acharam que eu podia me interessar por isso.
Becky dá uma risadinha e pega o celular da mão dela.
— Dê uma massagem sem mãos no seu homem. Experimente a posição amazona de costas. Faça seu homem escrever uma lista dos três movi-

mentos que o levam à loucura, e faça a mesma coisa. Depois troquem as listas. Ah, essa é velha...

Natasha e eu trocamos olhares.

— Mas não tenho feito ultimamente, por sinal – continua Becky. — A única coisa que me enlouquece esses dias é quando ele não fecha o tubo de pasta de dente.

— Você tem um marido maravilhoso – diz Natasha.

— É, mas experimente fazer a posição amazona de costas quando um dos três filhos está a postos para irromper no quarto querendo saber por que papai geme como se estivesse sendo torturado. Não que isso aconteça muito... hoje em dia nunca temos tempo.

Natasha franze a testa.

— Vocês precisam *arrumar tempo*.

— Gosto quando conseguimos, mas a verdade é que... não tenho um orgasmo desde antes de Poppy nascer.

Natasha olha para mim incrédula.

— Mas ela já está com quase três anos.

— Não é nada demais do jeito que as coisas estão, Natasha. Tenho outras coisas com que me preocupar.

Natasha não parece convencida. Meu celular apita e Becky abre o menu do dela.

— Ah, qual é, Jess... Mostre o que o namorado está dizendo.

— Não posso... – digo com malícia e estendo o celular para ela ver.

Não consigo parar de pensar nos seus lábios

— Bom homem – conclui Becky, olhando para mim. — Eu sei que tudo está difícil para você agora, Jess. Mas prometa que vai se lembrar de aproveitar isso.

Quando voltamos para o Château de Roussignol, peço que Becky me deixe lá para encontrar William. Eu o avisto jogando futebol com um dos meninos holandeses.

– Oi, mamãe – William grita e acena para mim do campo.

– Teve um bom dia com seu pai?

– Ótimo. Batemos bola quando voltamos para cá. Ele me mostrou um monte de truques com a bola. Posso ficar mais um pouco para jogar com Finn? – ele pede, vindo na minha direção.

Finn parece assustado. Desconfio que a tolerância dele chegou ao limite, já que meu filho não conseguiria chutar uma bola na direção certa, nem se sua vida dependesse disso.

– Tudo bem. Vá com sua mãe. Está ótimo.

William franze a testa.

– Está bom. Podemos jogar de novo amanhã, o que acha?

Finn dá um sorriso desanimado e aproveita a chance para desaparecer.

– Onde está seu pai agora? – pergunto.

– Ele tinha de fazer uma ligação – William diz, apontando para o château, e vejo Adam na varanda, falando ao celular.

Ele acena e eu retribuo o gesto sem jeito.

– Vá dizer para ele que estamos indo para a cabana.

William vai e volta logo para me acompanhar no caminho de Les Écuries. Depois de duas semanas e meia de sol praticamente sem interrupção, sinto o ar pesado de umidade e nuvens pretas trovejam lá no alto.

– Papai disse que vai cair um toró – William avisa.

– Acho que ele pode estar certo – resmungo e apresso o passo. – Então, o que mais fez hoje?

– Banquei o "sombra" quando fomos a Bergerac; isto é, fui com ele a um encontro. Quando voltamos, ajudei Simone em alguns afazeres também. Ela é bem bonita, Simone, não é?

– É sim – concordo.

– Acho parecida com a Megan Fox.

– Megan Fox tem cabelo castanho.

– Eu sei, mas fora isso, acho muito linda.

As trovoadas nos fazem apertar o passo.

– Vamos, mais rápido.

Seguro a mão de William e começamos a correr. Chegamos à cabana antes da chuva e me atrapalho com a chave.

– Acho que essa noite vai ser boa para ficar com o iPad – digo para ele. William parece chocado.
– Quer dizer que vai mesmo deixar eu usar?
– Vou. – Dou de ombros.
– Sssim!
Dou risada.
– Onde você botou depois de usá-lo de manhã?
O sorriso se desmancha e ele arregala tanto os olhos que quase estalam. Ele corre para o quarto, volta correndo para a sala de estar, bufa alto e bate na boca com a palma da mão.
– O que foi? – pergunto em voz baixa, mas já sei exatamente por que ele está se comportando daquela maneira.
– Acabei de lembrar onde deixei.

CAPÍTULO 43

Pelo aspecto do céu, eu não tenho muito tempo para chegar ao pátio do château onde William diz que deixou o iPad, do lado de fora, em cima de uma mesa. Quando saio da cabana, fico pensando como foi que conseguimos botar na mala uma pipoqueira e uma pistola de água, e nenhum agasalho à prova d'água.

Passo correndo pelo estacionamento, chego ao caminho entre as árvores verdes e úmidas que emanam uma névoa. Finalmente saio para céu aberto e vejo a piscina abandonada, com as nuvens pretas feito carvão refletidas na superfície. Entro no pátio, olho em volta, mas não há sinal do iPad.

Quando entro para me juntar aos que procuram refúgio da tempestade iminente, avisto o aparelho numa mesa embaixo de uma luminária. Alguém deve ter posto ali quando o tempo virou. Pego o iPad e ponho dentro do blusão quando um relâmpago estala, ilumina a paisagem e os outros hóspedes se assustam.

Depois de ficar meio indecisa, resolvo arriscar, passo correndo pela piscina voltando para o caminho entre as árvores. Mas em pouco tempo o céu desaba e uma chuva pesada castiga meus ombros. A água escorre pelo meu rosto e um profundo rugido de trovão enche meus ouvidos. Então me dou conta de que sair assim no espaço aberto naquela tempestade não era uma boa ideia, e não só porque já estava encharcada. Um estalo elétrico aparece do nada e ilumina o chão na minha frente.

Levo um baita susto e alguém agarra minha mão.

— Por aqui!

Adam e eu aceleramos pelo gramado e vamos para uma pequena construção de pedra. Ele me empurra para dentro quando outro relâmpago ilumina o céu.

— O que vamos fazer aqui? — pergunto.

— Pode acreditar em mim, Jess, não é boa ideia ficar lá fora no meio de uma tempestade. Temos de esperar pelo menos até que os relâmpagos parem.

Encosto numa pilha de lenha abraçando os joelhos e Adam senta ao meu lado.

— O que você estava fazendo lá fora?

Uma gota de água pinga da minha sobrancelha.

— William tinha deixado meu iPad no pátio. Precisava pegá-lo antes desse aguaceiro desabar.

Ele franze a testa, desaprovando.

— Aquele raio caiu perto, você viu. Mais alguns metros e estaria frita.

Estico o pescoço para espiar o céu e vejo mais um relâmpago, mas é menor do que o último. Percebo que estou tremendo. E também percebo que Adam está olhando para mim.

— O que foi? — pergunto.

Ele balança a cabeça e solta o blusão que estava amarrado na sua cintura.

— Não está exatamente quente e seco, mas fique com ele.

— Não precisa — balbucio com o maxilar tremendo.

— Jess, fique com ele.

Resolvo vestir. Mas o espaço é tão exíguo que quando tento me enfiar no blusão a única coisa que consigo é bater no rosto de Adam. Ele morre de rir. Eu sorrio e acabo rindo também. Finalmente consigo enfiar os braços e depois a cabeça. Seco a chuva do nariz e olho para Adam. O olhar dele fica mais terno e ele sorri.

É um gesto minúsculo, mas provoca uma onda de felicidade quente e líquida que deixa minhas pernas bambas.

— Obrigada — digo baixinho.

Mas ele não responde, só fica olhando para mim.

E eu olho para ele também, pelo simples fato de não ser capaz de tirar os olhos dele. Fico examinando suas feições no escuro.

Tudo que aconteceu conosco, de bom e de ruim, se desintegra, e meus ouvidos se enchem com o ruído da minha pulsação, que abafa o som da chuva. Descubro que desejo uma coisa que não desejava havia anos. Quero uma coisa instintiva e animalesca, algo que desafia tudo que sei, e quero tanto que estou quase agarrando Adam pelo pescoço e fazendo. Quero beijá-lo. Desejo isso demais.

Ele inclina o pescoço para espiar pela porta.

– A tempestade está passando – ele murmura.

Mas eu não sigo seu olhar lá para fora. Só olho para ele.

Então a chuva diminui e eu desperto do transe.

– É melhor eu voltar para a cabana.

Ele faz que sim com a cabeça e encosta na parede, mas posso sentir seus olhos em mim, com uma intensidade que desnuda seus pensamentos proibidos.

Estou encharcada e descabelada, mas tão animada por aquele fogo que meu rosto arde. Pego o iPad e enfio dentro do blusão. Então saio de gatinhas do depósito de lenha, dessa vez me controlando para não olhar para trás, para ele, com muito medo do que poderia acontecer se olhasse mais uma vez.

CAPÍTULO 44

Natasha abre a porta da cabana ao me ver chegando.
— O temporal pegou você? — diz ela horrorizada. — Imaginei que fosse ficar no château até passar.

— Esse seria um plano melhor mesmo — resmungo e me sacudo toda, como um labrador molhado.

— Você pegou? — pergunta William humildemente, sentado no sofá.

— Peguei — respondo e lanço para ele um olhar de reprovação. — Mas preciso secar muito bem e verificar se sobreviveu à experiência antes de deixar que você ponha as mãos nele de novo. Só que primeiro vou tirar essa roupa molhada.

Vou para o quarto, seco rapidamente o iPad, deixo na cama e tiro minha blusa, com a pele toda arrepiada de frio. Ainda estou zonza com o que tinha acabado de acontecer. Pego uma calça jeans, uma camiseta e começo a secar o cabelo com uma toalha. Sento na beirada da cama e me concentro no tablet. Ligo e clico no navegador da internet para ver se está funcionando. Só que em vez de abrir uma página em branco, ele carrega a última coisa que eu vi on-line, como se tivesse esquecido de apagar o histórico do navegador.

"Teste genético da doença de Huntington."

Chego a ficar sem ar ao reler aquelas palavras.

Estão entre as que mais pesquiso no Google, um assunto que, pelo bem da minha sanidade mental, eu devia parar de ler.

— Meu Deus... — falo baixinho e clico no link para lembrar exatamente o que o artigo diz.

A náusea sobe para meu peito quando vejo a página, uma lembrança violenta do problema singular que tem dominado minha vida ultimamente.

> Um único gene anormal produz a doença de Huntington. Filhos de pacientes com DH só precisam de uma cópia desse gene do pai ou da mãe para desenvolver a doença.
>
> Um teste genético pode diagnosticar ou confirmar um diagnóstico de DH. Os filhos de alguém que tem DH podem fazer esse teste depois dos dezoito anos para ver se herdaram o gene defeituoso.
>
> Caso tenham herdado, vão desenvolver a doença, mas não é possível saber com que idade.
>
> Usando uma amostra de sangue, é feita a análise do DNA à procura da mutação da DH pela contagem das repetições CAG no gene "huntingtina". Indivíduos que não têm DH em geral possuem 28 ou menos repetições. Indivíduos com DH costumam ter 40 ou mais repetições.
>
> Pode ser difícil tomar a decisão de fazer o teste. Um resultado negativo alivia a preocupação e a incerteza. Um teste positivo capacita os indivíduos a tomarem decisões sobre seu futuro.
>
> Algumas pessoas dizem que preferem não saber porque querem aproveitar a vida antes de começar a apresentar os sintomas, que geralmente aparecem na meia-idade.

O pânico me agarra pelo pescoço enquanto leio, o suor brota nas axilas. William podia ter visto isso e tirado suas conclusões.

E assim, tudo que escondi dele e de quase todas as pessoas que conheço nessa última década estaria ali para ele ler, preto no branco. Largo o iPad com o coração acelerado e corro para a porta, abro e espio pela fresta.

Meu filho está no sofá entretido com um livro, enfiando salgadinhos de frango na boca com a mão livre. Começa a rir de alguma coisa quando vira uma página. Digo a mim mesma que é melhor me tranquilizar.

Ele não sabe. Não pode saber.

E mesmo se viu o que andei lendo, não deve ter feito a conexão, juntado os pontinhos para criar a imagem que encaramos desde o dia em que diagnosticaram minha mãe com DH.

Descobri aquele teste genético logo depois do diagnóstico, mas no início tentei me convencer de que seria melhor não saber. A maioria dos filhos de pacientes com a doença de Huntington decide não saber, e isso não é surpresa nenhuma, se pensarmos bem.

Sim, a ideia de que podemos ter um resultado negativo para DH é uma perspectiva atraente. Ficaríamos livres da angústia sem fim. Livres para curtir a vida e esperar um futuro longo e saudável. Mas um resultado positivo é outra história, completamente diferente. Não há como "ignorar" a notícia de que herdamos esse monstro. Mesmo antes dos sintomas aparecerem, ele arruína qualquer fiapo de felicidade que talvez tivéssemos.

Algumas pessoas enfrentam muito bem o fato de não saberem se são positivas ou não. São capazes de seguir vivendo e de esperar o melhor enquanto se preparam para o pior. Mas, com o passar do tempo, eu comecei a me sentir muito mal por não saber. Eu tentei. Tentei durante anos.

Jamais consegui botar isso de lado na minha cabeça. Estava sempre lá, como um passageiro barulhento à minha frente no trem, cuja voz eu não podia abafar.

E ficou ainda mais ruidoso após ter tido meu primeiro relacionamento depois de Adam, mesmo não sendo tão sério.

Passei muito tempo evitando me envolver com alguém. Mas então conheci Toby alguns anos atrás, ele foi muito persistente, da melhor forma possível. E parecia um cara tão adorável e direto que isso bastou para me convencer de que meu longo martírio não era necessário. Por isso contei para ele logo no início que minha mãe tinha DH e que eu tinha cinquenta por cento de chance de herdar o gene defeituoso.

Ele foi maravilhoso. Deu apoio, simpatia e era sempre otimista. Bem, foi assim no início, pelo menos. O problema é que à medida que o que sentia por mim aumentava, ele passou a dar sinal de que queria se estabelecer e formar sua própria família.

Uma noite saímos para jantar num pequeno restaurante italiano em Didsbury, e ele abriu o coração.

– Eu te amo, Jess. Quero viver com você. Eu nos vejo como uma família... você, eu e uns dois filhos pequenos.

– E William – observei.

– Sim, é claro, William. – Ele estendeu a mão sobre a mesa e segurou meus dedos. – Mas precisamos saber em que pé estamos, não é? Sobre a DH, quero dizer.

A implicação era clara: eu estava no páreo para ser sua futura mulher e mãe dos filhos dele. Mas só se fizesse o teste genético e obtivesse o resultado certo.

Entendi então que o problema não era só que o que eu sentia por Toby não era tão forte quanto o que ele sentia por mim. O problema era que, o que eu decidisse, ou quando decidisse alguma coisa sobre o teste, essa decisão teria de ser minha. De ninguém mais.

Por isso quando Toby martelava que eu fizesse o teste, noite após noite, dizendo que iria comigo, levantei minha ponte levadiça. Eu não ia ser levada para uma clínica para fazer um exame de sangue por um homem que só então resolveria se ia ficar comigo ou me deixar.

Quanto mais ele pressionava, menos eu queria fazer.

De modo que ele me deixou e ficou por isso mesmo. Fiquei triste durante um tempo, mas, para ser sincera, foi um alívio voltar a ser solteira.

Mas os anos foram passando e o problema do teste não saía da minha cabeça. E quando o vento cortante do inverno começou a soprar no começo desse ano, eu chegava em Willow Bank todos os dias e sentia o sofrimento da piora do estado da minha mãe com mais intensidade ainda. Não saberia dizer se eu estava imaginando a aceleração do declínio dela, se o vento uivante de janeiro intensificava sua fala enrolada e a deformidade das mãos.

Só sei que uma tarde que estava com ela, segurando uma caneca de chá já frio, entendi que o que ela estava se tornando ia me rasgando por dentro lentamente.

Eu soube que tinha chegado a hora de finalmente conhecer meu próprio destino.

Por isso lancei os dados e fiz o teste.

CAPÍTULO 45

Papai foi comigo pegar o resultado do exame de sangue, quatro torturantes semanas depois da coleta. Não era a primeira vez que eu via a Dra. Inglis. Ela fez uma avaliação neurológica básica logo depois da minha primeira consulta com o conselheiro genético e concluiu, quando executei com sucesso diversas tarefas, que eu não apresentava nenhum sintoma de DH.

Naquele quadro, eu sabia que esse resultado não queria dizer grande coisa, mas mesmo assim me deu esperança.

Meu pai estava bonito aquele dia. Com um belo paletó azul-marinho e calça nova, vestido para uma ocasião feliz. Sentamos na sala de espera e tive uma estranha sensação de leveza. Eu me controlei para não ficar olhando para o relógio na parede e me concentrei nas unhas brilhantes da recepcionista e na cortina balançando sobre o radiador.

– Desenterrei meu velho DVD de *Frasier* ontem à noite – eu disse para papai. – Já tinha esquecido como era bom.

– Ah, qual episódio?

– Assisti a três, um depois do outro, sem interrupção, incluindo aquele em que eles jogam a cadeira de Marty pela janela.

– Ah! Brilhante – exclamou papai, mas o riso secou na garganta dele. – Brilhante.

Nem ele, nem eu mencionamos o que tínhamos ido fazer ali, desde que saímos de casa. Pensei em falar alguma coisa rápida, mas no último minuto mudei para a prenhez da bassê do nosso vizinho Graham.

Depois de um tempo me vi gaguejando uma coisa em que pensava havia anos.

— Sabe, quando você e mamãe começaram a namorar... você acha que se soubesse... da DH dela, quero dizer. Isso teria mudado alguma coisa?

— Quer saber se mesmo assim eu teria casado com ela?

Sacudo os ombros.

— Acho que é isso.

Ele parece desapontado com o fato de eu ter de perguntar.

— Jess, quando amamos alguém, uma coisa como essa não impede que fiquemos juntos.

Lembro que pensei, *Bom, ele diria isso em qualquer circunstância.*

Mas então ele acrescentou uma coisa que me surpreendeu:

— Eu a amo mais do que nunca agora.

Eu devo ter demonstrado choque.

— É verdade, falo sério. Tivemos muitas provas de fogo para testar nossa determinação.

— Jessica Pendleton.

Papai e eu seguimos a Dra. Inglis pelo corredor até o consultório dela. No caminho, papai estendeu a mão e segurou a minha pela primeira vez desde quando eu tinha oito anos. O arco da palma da mão dele contra a minha dava a sensação de força e maciez, exatamente como sempre foi, e de repente meu coração ficou grande demais para o meu peito.

Já no consultório, sentei na pontinha da cadeira e, antes que ela começasse a falar, eu já sabia o que ia dizer. Ela não se fez de rogada. Foi direto ao ponto.

— Não é a notícia que nós queríamos, Jess — ela começou e, por um segundo, antes de registrar direito aquelas palavras, lembro que senti pena dela, achei que devia ser horrível ter de fazer aquilo.

Foi só quando papai e eu saímos para ir para o estacionamento que percebi que eu tremia toda, fisicamente, meus braços tremiam muito de cima a baixo e as articulações das pernas tinham virado geleia.

Paramos ao lado da caminhonete dele, papai me abraçou e sussurrou no meu ouvido:

— Está tudo bem, Jess. Vai dar tudo certo.

Aquela devia ser a primeira vez que ele mentia para mim desde que parou de beber.

Não contamos para mamãe naquele dia. O terapeuta tinha dito que nem sempre era uma boa ideia, quando emoção e choque estão tão fortes, essa decisão costuma, nas palavras dele, provocar "sofrimento" no pai ou na mãe.

Mas não podíamos adiar para sempre, mesmo sabendo o que ia causar nela. Porque eu conheço a sensação de haver uma *possibilidade* de ter passado um gene fatal para o próprio filho.

A força do amor materno é imensa desde o primeiro minuto em que sentimos os movimentos de membros minúsculos dentro da nossa barriga. Nós inspiramos esse amor junto com o cheiro do recém-nascido quando é posto nos nossos braços. Esse amor só aumenta quando eles crescem, quando seguramos suas mãozinhas no primeiro dia de escola, ou quando beijamos o joelho sangrando depois de uma queda.

E eu sei que há momentos em que uma mãe chega quase à loucura, por privação de sono, ou birras de adolescentes, ou simplesmente má criação e desafio. Mas ela sempre amará os filhos, um amor que nunca existiu antes deles.

O pior dia da vida da minha mãe não foi quando ela descobriu que tinha DH. Foi aquele dia cinzento de fevereiro, quando soube que eu era DH positiva.

Quanto a mim, nem conseguia processar o que passava na minha cabeça na época. Às vezes sinto tanto medo que houve manhãs nesses últimos cinco meses em que mal conseguia levantar a cabeça do travesseiro.

Isso deixou um ponto de interrogação no futuro da pessoa que significa mais para mim do que qualquer outra na face da Terra, meu filho. William é menor de idade e só pode fazer o teste quando completar dezoito anos. Por isso ainda tenho pelo menos oito anos antes de saber se passei para ele, e isso se ele resolver fazer o exame.

Estou com trinta e três anos. Minha mãe começou a apresentar sintomas quando tinha trinta e sete. Posso não ter muito tempo antes de começarem a acontecer comigo as coisas que um dia afetarão a pessoa que desejo ser, a filha, a amiga, a colega. E acima de tudo, a mãe.

Alguém que estará sorrindo nas laterais do campo quando William se tornar um homem, da mesma forma que fazia quando ele era um menininho com luvas sem dedos e gorro de lã.

Sonho com ele na meia-idade, às vezes.

De vez em quando consigo imaginá-lo perfeitamente, às vezes ele é um cientista, outras vezes historiador. Uma ou duas vezes era lixeiro. Penso nele descobrindo o amor, de coração partido, se formando, comprando seu primeiro carro, escolhendo uma universidade, conquistando o trabalho sonhado.

E me pego pensando em qual dessas situações estarei lá para apoiá-lo, se é que estarei em alguma.

Só que, estranhamente, penso mais nas coisas pequenas... se ainda estarei aqui quando seu cabelo encaracolado rarear, ou se verei mechas grisalhas numa barba. Penso se vou poder ouvir a voz dele engrossar com a idade, e aquele hábito de pizzas Domino's aparecendo na barriga.

É impossível aceitar a ideia de que vou perder esse futuro.

E isso me traz ao nosso verdadeiro motivo de estar aqui na França, a razão do desespero de mamãe para que viéssemos. Meu filho precisa de um pai por um motivo muito mais crítico do que deixei transparecer. Um que, à luz do resultado do meu exame, eu não podia mais ignorar. Rezo para que Adam consiga assumir a responsabilidade de ser o pai que William precisará mais do que imagina.

CAPÍTULO 46

Um sol matinal luminoso entra pela janela do meu quarto. Estou deitada de costas em lençóis brancos macios, olhando fixamente para o teto, tendo passado a noite toda me convencendo de que William não podia ter descoberto qualquer coisa sobre a SH. E tentando interpretar o que tinha acontecido no depósito de lenha.

A única conclusão que tiro é a seguinte: preciso fingir que nada aconteceu. Porque nada aconteceu mesmo. Eu estou só... o que William chamaria de "surtando". Toda vez que penso no jeito com que Adam olhou para mim e na reação que provocou em mim, aquilo não parece totalmente real. Parece mais uma sequência de algum sonho curioso.

Nós passamos quase toda manhã na piscina juntas, e Natasha se oferece para preparar almoço para todos. Becky e Seb pararam de implicar um com o outro, mas percebo que, mesmo quando não estão brigando, a comunicação entre os dois é pouco mais do que funcional. Ela pergunta para ele onde estão as boias de braço, ele pergunta se ela levou Sudocrem. Eles falam de eczemas, treinamento de banheiro das crianças, uso de aparelhos eletrônicos e dentes de leite, mas nenhuma das coisas que costumavam fazer quando seus olhos brilhavam de desejo um pelo outro. E não conseguem relaxar de jeito nenhum. Em certo momento, levo James e Rufus para a piscina, para organizar um jogo de vôlei aquático, mas toda vez que olho para a beira da piscina um dos dois está tentando freneticamente aplacar Poppy, enquanto o outro manuseia uma bolsa de fraldas.

Eles são a melhor e a pior propaganda de maternidade e paternidade que sou capaz de imaginar.

Pegamos nossas coisas e voltamos para a cabana uma e meia da tarde, hora em que Natasha prometeu um banquete. Enquanto os outros atravessam o pátio empoeirado, Charlie surge na porta da cabana dele e acena para mim. Deixo minha toalha e bolsa de praia numa cadeira e vou até lá.

— Estavam na piscina? — ele pergunta.

— Estávamos, mas está cheia hoje. Todo mundo querendo aproveitar o sol depois de ontem.

— Olha, será que você e William querem caminhar mais tarde conosco, Chloe e eu?

— Seria ótimo. Tenho certeza de que ele vai querer.

— Nada de caminhada cansativa — diz ele. — Peguei um mapa de trilhas no château, e tem uma rota boa na beira do lago.

— Encontro marcado. — Uma onda de calor sobe pelo meu pescoço. — Bom, não é bem um encontro. Mas estaremos lá.

Ele dá risada e só desvia o olhar quando seu celular toca.

— Com licença, Jess.

Ele pega o celular no bolso para atender.

Charlie tem mãos bonitas, lisas e bronzeadas, ofuscadas por um relógio que mesmo alguém como eu, que só teve de melhor um Swatch, sabe reconhecer que é dos caros.

Fico lá parada sem jeito e sem saber se aquilo era uma despedida ou não.

— Nos vemos mais tarde? — mexo os lábios enquanto me afasto.

Ele cobre o celular com a mão.

— Umas quatro da tarde?

— Certo.

Charlie é simpático. Exatamente o que a médica receitou. Não é nenhum grande relacionamento que, dadas as circunstâncias, jogaria uma dúzia de pontos de interrogação complicados e dolorosos sobre o futuro. Mas é um cara inteligente e gentil que mora perto de mim. Então poderíamos ir a restaurantes juntos, ou ao cinema. Poderíamos nos divertir um pouco e talvez nos beijar sábado à noite. Seria muito *gostoso*. Nem posso enfatizar como essa ideia de prazer é atraente nesse momento. Tive meu quinhão de emoções fortes e adoraria alguma coisa tranquila assim.

Meus pensamentos se dispersam quando entro na cabana e ouço a voz aflita de Natasha.

– Olha, Becky, *não* estou implicando!

– Bem, parece que está. – Becky joga as bolsas na mesa.

– O que está acontecendo? – eu pergunto, mas já dá para ver que as duas estão quase brigando.

E nenhuma tem intenção de recuar.

CAPÍTULO 47

Natasha parece irritada demais e se esforça para se controlar. Ela respira fundo como ensinam nas aulas de ioga, o tipo de coisa que é fácil quando você está num estúdio tranquilo, mas nem tanto quando alguém quer te estrangular.

– Você queria saber por que o almoço atrasou – Natasha diz para Becky. – Eu estava *só* explicando que era porque a pequena churrasqueira que você e Seb pegaram emprestada aquela noite não estava lavada, por isso tive de fazer isso.

– Bem, *eu sinto muito.* – Becky parece não sentir nada. – Experimente cuidar de três crianças, duas das quais estão declarando a Terceira Guerra Mundial, uma das quais está com piriri e a outra que ficou acordada metade da noite na nossa cama porque está tendo pesadelos depois de assistir a *Coraline.*

Natasha franze a testa.

– Aí são quatro.

– O quê?

– São quatro crianças. Vocês só têm três filhos.

– Eu sei quantas drogas de filhos eu tenho!

Natasha cruza os braços.

– Becky, desculpe eu ter mencionado, sinceramente. Mas você perguntou.

— Só perguntei porque tenho um bebê aqui que começa a se comportar feito um gremlin que foi alimentado depois da meia-noite quando passa horas sem comer. Eu não esperava essa reação.

— Não tem reação nenhuma — Natasha diz gentilmente. — Eu só falei por falar mesmo.

Toco no braço de Becky.

— Está tudo bem?

Ela esfrega a testa.

— Então deixe que eu faço alguma coisa, já que você limpou a churrasqueira. O que tem para cozinhar?

— Você não precisa fazer mais nada — continua Natasha, olhando para mim. — Olha só, relaxe. Por favor. Sente aí que o almoço ficará pronto em dez minutos, só isso.

Becky meneia a cabeça e quase chora.

— Está bem. Desculpe — ela resmunga, dá meia-volta e vai lá para fora.

Natasha continua picando uma salada.

— Você está bem? — pergunto.

Ela faz que sim com a cabeça, depois olha em volta, angustiada.

— Becky tem sido um pesadelo ultimamente.

— Ela está estressada.

— Eu sei. Mas nem por isso o resto de nós devia levar bordoada o tempo todo. *Nós* também estamos de férias. Meu Deus, olha o que você está enfrentando.

— Procuro não olhar.

Ela morde o canto da boca.

— E você, *como está*, Jess?

Ergo as sobrancelhas.

— Quanto à saúde, estou perfeitamente bem. Pelo menos por enquanto. Mas fico paranoica toda vez que deixo um copo cair, ou que tropeço numa escada. Levei um tombo quando estava no Château de Beynac com Adam e William outro dia. Sempre acho que é o começo. E ver o estado da mamãe não ajuda nada.

— Coitada dela — Natasha se preocupa. — Coitada de você.

Eu não quero a simpatia de Natasha. Para dizer a verdade, detesto isso. Quando contei para ela e para Becky, logo depois que mamãe deu a notícia para mim tantos anos atrás, elas só queriam falar do problema da minha DH. Toda vez que saíamos para beber, para tomar café, elas ficavam assim, superpreocupadas e cheias de perguntas.

Eu sei que a intenção é boa, mas acabei detestando. É como se mamãe e eu de repente fôssemos definidas assim, *tudo* girava em torno da DH. Não era meu bebê. Nem meu relacionamento por um fio. Nem política, nem *Família Soprano*, nem as cores do novo esmalte de unha Chanel, nem as outras coisas sobre as quais costumávamos conversar.

Depois de uns dois meses fui direta com elas: não quero mais falar sobre isso, não toda vez que nos vemos. Continuo sendo eu, não uma daquelas "valentes" lutadoras vítimas de doenças sobre as quais lemos nos jornais, ainda mais porque não sou nada valente. Sou o oposto de valente. Por isso, chega. Por favor.

E apesar de tudo ter começado de novo, inevitavelmente, depois que recebi a notícia de que era gene positiva, acho que elas finalmente entenderam o recado.

– Olha, não leve o que Becky diz para o lado pessoal – tento acalmá-la.

Natasha endireita as costas.

– Ah, não estou fazendo isso. Quero dizer, sinto pena dela. Mas não estou preparada para ser saco de pancadas.

Pego uma faca para cortar uma baguete e toca uma notificação no celular dela.

– O wi-fi realmente resolveu ser bonzinho com você hoje.

Ela abre a mensagem e examina a tela.

– Joshua botou nossas fotos no Facebook. Acho que ele está curtindo.

Ela mostra uma foto deles brindando com taças de champanhe, outra com tacos de golfe.

– Como foi o golfe?

– Josh foi ótimo, mas acho que não é meu esporte. Levei tanto tempo no sexto buraco que acabamos desistindo e fomos para uma sessão de drinques.

– Então você... – Ergo as sobrancelhas.

— Fui para a cama com ele? Não, estou adiando. Não sei se ele serve para um relacionamento.

Olhei para o celular de novo e dei uma passada no perfil dele. Realmente desejei ter sido mais simpática com Josh. Estou começando a achar que me tornei mais crítica do que era antes. Mas as curtidas no Facebook dele, que incluem várias dançarinas e um site chamado "Chega de repressão aos homens brancos de classe média", não ajudam.

Vou lá para fora e encontro Becky tentando invocar energia para ler *O livro sem figuras* para Poppy, enquanto Seb ensina para James e Rufus a arte do pula-pula.

— Você foi feito para isso. — Sorrio quando ele consegue três pulos antes de se esborrachar num canteiro de lavanda.

Sento ao lado de Becky e dou um pouco de pão para Poppy.

— Obigada, tia Jess. Boa menina.

— Olha só, tive uma ideia — digo para Becky. — Você e Seb saiam à noite, e eu fico cuidando das crianças.

Ela vira para mim e se derrete em uma expressão de gratidão e incredulidade.

— Ah, é por isso que te amo tanto, Jess.

— Então isso é um sim?

— Claro que não. Não vou deixar você com três crianças além de William, de jeito nenhum. Mas você é um anjo por oferecer.

— Becky, as crianças ficarão bem. Eu não perdi o jeito — protesto.

— Claro que não perdeu. Mas Poppy ia chorar a noite toda, James ia dizimar sua coleção de maquiagem e eu passaria a noite preocupada com o que você ia ter de enfrentar.

— Ora, nem precisa.

— Vou pensar — ela conclui, mas dá para ver que já decidiu que isso não vai acontecer. — Mas tem uma coisa que eu preciso fazer.

Ela olha para a porta e suspira.

— O que é?

— Ir lá me desculpar com a Natasha.

CAPÍTULO 48

É claro que Chloe preferia que removessem suas unhas do pé cirurgicamente a estar ali caminhando conosco. Não que estivesse reclamando, exatamente. Reclamar ia exigir a fala, e ela mal tinha pronunciado uma palavra enquanto se arrastava atrás de mim e de Charlie. William, por outro lado, tinha resolvido que ia conversar com ela.

— Vamos bater papo? — ele sugere animado.

Ela entorta um lado do lábio superior.

— Sobre o quê?

— Humm... Que tal a Peste Negra?

Viro para trás e sorrio para ela.

— Essa é uma oferta e tanto, você tem de admitir.

William fica zangado com a minha deslealdade.

— Sinto muito, querido, mas Chloe provavelmente não está...

— O que você sabe sobre ela? — pergunta Chloe.

William se empertiga.

— Bem, ela começou em 1347 e foi transmitida por ratos, e matou um terço da população da Europa.

— Sabia que ela fazia o baço derreter? — ela contribui.

William fica muito impressionado.

— Uau.

Charlie e eu trocamos sorrisos.

— E então, sobre o que nós vamos conversar? Varíola, talvez? — eu sugiro.

Nós nos afastamos das terras do château, entramos no campo vizinho onde o capim é exuberante e o ar se enche do perfume inebriante de orquídeas selvagens. Acabamos chegando a um mata-burro que separa dois campos e Charlie fica de lado.

– Venham, crianças, vocês primeiro.

William e Chloe passam sem dificuldade e Charlie faz sinal para eu ir em seguida.

Estou na metade das barras do mata-burro quando me dou conta de que ele tem uma visão em close do meu traseiro. E essa hesitação é a minha desgraça, perco o apoio, tropeço e me reequilibro com as pernas abertas e um "ufa!" para acompanhar.

– Tudo bem aí?

Faço que sim com a cabeça e sorrio. As crianças já se afastam com passos largos.

Chegamos a um campo aberto salpicado de carvalhos com as copas bem verdes e percebo que Charlie chega mais perto. Olho para ele, que sussurra.

– Você está maravilhosa hoje.

– Pare com isso, está me deixando encabulada – respondo, mantendo meu instinto de uma vida inteira de fazer pouco de cumprimentos com uma piada.

– Estou falando sério – ele insiste e fica sério demais de novo, especialmente se levar em conta a proximidade dos nossos filhos.

Tusso e tento mudar de assunto.

– Chloe está gostando das férias?

Ele entende a indireta e corrige a postura.

– Parece que sim, quando não está reclamando que morre de tédio.

– Ah, meu Deus...

– Para falar a verdade, acho que ela preferia estar em Orlando – diz ele.

– Orlando *é* maravilhosa.

– Você esteve lá?

– Uma vez. William e eu fomos quando ele tinha seis anos, com o meu ex, Toby. Eu não esperava gostar, mas fui fisgada instantaneamente.

Sou uma triste fã da Disneylândia. Toby odiou. Acho que ninguém se sente em casa nesse tipo de lugar em que as pessoas saem cantando em todas as esquinas, não é?

– Devo admitir que me identifico com isso. Então, por que não deu certo com ele?

– Tirando nossas diferenças quanto ao Reino Mágico, você quer dizer?

Ele fica esperando alguma coisa menos engraçadinha.

– Esfriou – explico. – Nós nunca morremos de amores um pelo outro. Foi tudo muito amigável.

– William não se incomodou de ver você com um cara que não era o pai dele?

– Não, acho que não. Adam e eu nos separamos quando William era muito pequeno, de modo que ele nunca teve base de comparação. E Toby nunca foi uma figura paterna para o William. E você e a mãe de Chloe?

– Chloe *definitivamente* tem problema com o fato de não estarmos juntos.

– Ah.

– Infelizmente não há nada que eu possa fazer quanto a isso.

Eu não falo nada e ele continua:

– Gina, a mãe de Chloe, é comissária de bordo. Eu confiava completamente nela apesar das histórias que contam sobre casos nas equipes de voo. Um dia a bateria do meu carro pifou e tive de pegar a dela emprestada para ir trabalhar. Abri o porta-malas e achei uma garrafa de champanhe vazia. Perguntei e ela disse que tinha ido almoçar com as amigas mais ou menos uma semana antes, e que tinha trazido a garrafa.

– Parece plausível.

– Aí encontrei o segundo celular.

– Ah, não.

– É, muito clichê.

E ele continua a contar uma história espantosa, com uma série de revelações sórdidas: um piloto que revelou que ela dormiu com a metade da companhia aérea, festas em Jacuzzi nos hotéis e até um incidente na cabine da aeronave que envolveu uma brincadeira dela com um conjunto de controles que não tinham nada a ver com o avião, segundo outro membro da equipe de pilotos. Ela acabou confessando ter tido um caso porque um amigo que trabalhava na firma de advocacia dele a viu em um pub em Chester, beijando outro homem.

– O que mais doeu foi que ela mentiu – diz Charlie. – Lá no fundo eu sabia que essas coisas estavam acontecendo, mas ela continuou negando, até não poder mais. Ela me fez passar dos limites.

– Até você ficar sem escolha e ter de terminar tudo.

Disse isso e olhei para o lado, porque resolvi que não queria explicar que tive a mesma experiência.

– Só que eu estava preparado para perdoar-lhe.

– É mesmo?

– Sim, mas ela quis a separação de qualquer jeito.

De repente sinto vontade de dizer alguma coisa para tornar o ambiente mais leve. Chego mais perto e sussurro:

– Parece que ela é uma perfeita vaca.

Ele dá risada.

– Obrigado. Isso faz com que me sinta muito melhor.

Pegamos uma subida que vai ficando muito íngreme e minhas coxas pegam fogo quando marchamos morro acima.

– Devemos chegar ao lago logo depois desse morro. Vamos, crianças.

Chloe e William tinham ficado para trás, pararam de falar das doenças transmitidas pelo ar e só resmungavam que não entendiam por que estávamos impondo a eles essa tortura toda. Os últimos passos morro acima fazem minhas pernas queimarem. Charlie estende a mão e agarra a minha, me ajuda a subir.

– A vista é formidável – diz ele.

E é mesmo. O campo ondulado e verdejante, um lago faiscante, a água como vidro até um passarinho dar um rasante na superfície e formar círculos perfeitos. O ambiente está quente e quieto, não há nenhuma brisa e o único movimento é o bater silencioso de asas de uma borboleta que passa por nós. Fico um tempo hipnotizada pela criatura, por suas asas sedosas de um azul-céu que tremulam à luz do sol.

Então registro a figura no cais do outro lado do lago.

Adam deitado de costas, só de sunga, a cabeça apoiada numa camiseta, ou blusão, ou qualquer coisa. Ele está lendo um livro.

A visão dele traz uma onda de lembranças que quase me derrubam: dos dias de verão em que íamos de bicicleta ao parque e deitávamos ao léu, líamos ali, lado a lado, parando entre os capítulos para abraços e beijos.

– Ei, é o papai! – grita William – PAPAI!

Ele desce a encosta para encontrar Adam, que levanta e começa a rir quando vê o filho correndo na sua direção. William abraça Adam como se não o visse há meses e Adam retribui o aperto, depois diz para ele sentar. Fico observando os dois por alguns segundos, enquanto minha cabeça se enche de pensamentos sem sentido e indesejados sobre como seria.

CAPÍTULO 49

Ninguém se torna pai ou mãe esperando gratidão.
Por isso quando William me oferece um pequeno buquê perfumado de lilases no dia seguinte, fico quase sem fala.
– Você comprou essas flores? – Pego o buquê da mão dele, incrédula. – Quando foi?
– Quando estava com papai hoje de manhã. Mas paguei com o meu dinheiro – ele acrescenta logo.
– Mas por quê?
Fico tão emocionada com isso que William quase se preocupa.
– Ele disse que você ia gostar. Disse que eram suas preferidas e que seria uma boa maneira de mostrar meu amor por você.
– Oh, meu querido, isso é *deslumbrante*.
Não resisto e dou um abraço nele, aperto seu corpo ossudo. Ele retribui com um aperto rápido.
– Posso ir agora?
– Ir para onde?
– Lugar nenhum, é que você estava me estrangulando.
Não faço ideia de onde Adam tirou que essas flores eram minhas preferidas – não ganhei flores suficientes para poder me dar ao luxo de ter predileção por alguma, pelo menos não recentemente. William parte correndo para o quarto dele, eu vou até a pia e acho uma jarra

azul e branca esmaltada no armário. Encho de água e arrumo as lilases, depois ponho na mesa.

Mesmo com todos os defeitos, Adam estava sempre dando presentes, pequenos símbolos de amor e amizade que mostravam que ele estava contente de ter você na vida dele. E não se limitava a mim. Lembro-me de uma vez que estávamos em Londres, cerca de um ano depois de começarmos a namorar. Paramos para dar uma espiada numa Liberty no Soho e ele pegou uma das gravatas clássicas, de seda estampada em azul-escuro.

— Essa tem o nome do seu pai impresso — Adam concluiu.

Era verdade que meu pai adorava uma boa gravata. Ele ainda tinha uma imensa coleção que ocupava espaço demais em seu guarda-roupa.

— Olha o preço, Adam — eu disse. — Vou pôr na lista dele de Natal.

— Não, tudo bem. Vou comprar — ele resolveu e marchou para a caixa antes que eu pudesse dizer qualquer coisa.

Isso às vezes me deixava furiosa. Eu perdia o sono pensando como íamos fazer para evitar que cortassem nosso gás e ele aparecia com uma nova pulseira para mim, que tinha visto numa loja de antiguidades. Uma parte de mim queria bater nele, outra parte simplesmente adorava a pulseira e tudo que ela representava.

Adam está oferecendo um churrasco na cabana dele para todos nós esta noite, menos Natasha, que saiu com Joshua. Ele chegou para pegá-la há meia hora e a tirou da cabana numa nuvem de colônia fortíssima, contando uma história de como havia acabado de corrigir a pontuação de um colega no Facebook e salvado o fulano de mais constrangimentos.

Vou para o quarto me arrumar e, apesar de não ser difícil, não acho o que vestir. A ideia de sentar ao lado de Simone com seu short curtíssimo não ajuda nada.

Escolho uma blusa de alcinhas floral e fina, que encontro enfiada na mala. Não encontro um ferro de passar na cabana, então sou obrigada a pensar em outras formas de desamassar. Quando estou passando a chapinha de cabelo de Natasha no tecido de algodão, ouço uma batida na porta.

Desligo o alisador, abro a porta e vejo Charlie no degrau.

– Ah, oi! Tudo bem? – eu digo e me esforço para não olhar para o relógio e ver quanto tempo tenho para chegar na cabana de Adam.
– Tudo.
Olho para ele e seus olhos estão tão carregados de desejo que fico meio ressabiada. É como se ele tivesse pensado em mim e corrido para me ver. É claro que isso me lisonjeia, mas aquele olhar é tão intenso que faz com que me afaste um pouquinho.
– O que você está fazendo?
– Bem, no momento estou vendo se consigo passar minha blusa com um alisador de cabelo.
Ele fica calado um tempo e enruga a testa, perplexo.
– Alisador de cabelo?
– Só estava brincando – resmungo uma desculpa esfarrapada.
Ele estica o pescoço para espiar a sala atrás de mim.
– Tem mais alguém aí?
– Todo mundo.
A expressão dele manifesta claramente decepção. Então ele se inclina e toca meus dedos, segura minha mão.
– Não consigo parar de pensar em você.
– PRONTO! – avisa William, irrompendo na sala.
Livro a mão da dele e Charlie olha fixo para mim.
– Ah, vocês vão sair.
– É só um churrasco na casa do Adam.
– Ah. Esperava persuadir William e Chloe a irem jogar futebol ou qualquer coisa para você e eu tomarmos uns drinques.
– Ah, que pena. Podemos fazer isso outra noite – sugiro.
– Eu gostaria disso – William se anima.
A veia latejante na têmpora de Charlie fica mais saltada.
– Certo. Então vou indo. Tenham uma boa noite.
Ele dá um sorriso forçado que não esconde seu desapontamento.

CAPÍTULO 50

O cheiro defumado do verão enche o ar do lado de fora da cabana de pedra de Adam, velhos amigos conversam saboreando um vinho cor de amora e as crianças jogam Frisbee por pelo menos cinco minutos antes de uma querer matar a outra. Sentamos em volta de três mesas diferentes postas juntas, alguns em bancos, outros naquelas cadeiras em que afundamos, com encosto curvo e almofadas de lona cor creme.

William está grudado no pai, tagarelando, enquanto Adam vira os hambúrgueres. Meus olhos são atraídos para os dois ali naquela luz cor de mel e minha imaginação avança rapidamente dez, talvez vinte anos. Imagino os dois jogando conversa fora, de adulto para adulto, pai e filho, e que isso é a norma em suas vidas, não só o que acontece num verão excepcional.

– Tem uma tirolesa em um parque perto de Loussous, podemos ir lá amanhã – diz Seb, passando o guia para mim.

Folheio o livro e tentamos determinar quanto tempo levaríamos para chegar lá, então percebo que Adam está atrás de mim. Ele pega meu copo e começa a encher.

– Uma dose pequena para mim.

– Por quê? – ele pergunta e enche até a borda.

– Ah, se você insiste... – suspiro, pego o copo e ele afunda na cadeira ao meu lado.

Adam usa uma camisa clara de algodão que adere ao peito, com as mangas enroladas até o alto dos braços bronzeados. Minha cabeça flutua com a lembrança da mão dele na minha no depósito de lenha, e um calor desconfortável sobe pelo meu pescoço.

– Obrigada pelas flores – eu digo, educadamente.
Ele sorri.
– Foi ideia do William.
– Ah, é? Pensei que fosse sua.
– Foi um esforço conjunto.
– Bem, foi uma ideia adorável. É bom sentir que somos valorizadas.
Então Adam abaixa a voz e fala:
– Você está bonita essa noite.
– Obrigada – consigo responder apesar de começar a transpirar.
Ter de sentar assim perto dele de repente me sufoca.
– Deve ser a blusa que acabei de passar com alisador de cabelo.
Ele dá uma gargalhada e me sinto tão grata que rio também.
– Você sempre teve iniciativas inéditas.
– Oi todo mundo!

Paramos de repente e olhamos para Simone. O vestido azul-marinho é salpicado de minúsculas gotas de neve e cortado de um tecido macio que se ajusta de forma atraente aos seios e ao contorno das pernas bronzeadas. Adam pede licença e vai recebê-la. Ela fica na pontinha das sapatilhas de balé, passa os braços em volta do pescoço dele e lhe planta um beijo lânguido nos lábios. Fixo o olhar no meu vinho.

Quando o sol se põe, Adam traz pratos e mais pratos para a mesa: espetinhos de carne com ervas perfumadas, frango marinado em alho e limão, salsichões feitos de carne de porco e de pato. Há potes de batata frita e saladas coloridas, brilhando com tempero vinagrete muito cheiroso e pratos com pão crocante.

Comemos até passar do ponto de satisfação plena e saboreamos cada mordida.

Mesmo com aquele ambiente lindo, eu me sinto estranhamente agitada perto de Simone. Quase culpada. E me surpreendo compensando isso procurando envolvê-la na conversa, cumprimentando pelo vestido e sapatos, dizendo que é muito gentil da parte dela recomendar ao acaso mais um dos cremes rejuvenescedores que a mãe dela usa e jura que funciona.

Comparada com os outros, eu não bebi muito naquela viagem. Raramente bebo. Crescer com papai por perto foi o melhor antídoto para o excesso de bebida que eu tive. Mas aquela noite meu copo de vinho habitual se transformou em dois, em três, e passou muito do que estou acostumada a beber. Isso fica bem aparente quando concordo entusiasmada com os pedidos das crianças de participar de uma corrida de carrinho de mão. E Becky e eu damos risada, de cara na grama, com nossos respectivos filhos de dez e sete anos, na linha de partida.

Não posso afirmar que há alguma dignidade em galopar num campo com seu filho agarrado aos seus tornozelos e berrando "MAIS RÁPIDO!", como se você fosse algum tipo de burrico geriátrico. Mas é engraçado, uma distração da vida real – pelo menos da minha vida –, coisa que tem feito falta para mim ultimamente.

Depois disso pegamos leve por uma hora mais ou menos, mordiscando o que sobrou do banquete, até as crianças ficarem agitadas de novo e resolverem que querem mais participação da plateia. Adam levanta sem precisar de muita insistência.

– Acho que é hora de algum jogo. Críquete ou boules, William? Você escolhe.

William não hesita.

– Boules. Mamãe joga brilhantemente.

Engasgo com meu Bergerac.

– Não acho que sou *brilhante*.

– Tenho certeza de que uma vez você me disse que era – protesta William. – Que era brilhante.

– Devo ter usado esse adjetivo ao acaso.

– Vamos lá, levante daí – diz Adam.

Ele descontraidamente faz menção de pegar meu braço, mas eu o afasto, com medo do que vou sentir com a mão dele na minha pele. Então Rufus se apresenta. Todos os adultos parecem perceber ao mesmo tempo que, comigo, com Adam e Simone, somamos cinco pessoas e que só temos quatro conjuntos de boules, daquele tipo de plástico colorido que vendem nos supermercados daqui.

— Eu fico assistindo — declaro satisfeita.

— NÃO! — William reclama.

— Bom, eu não me importo — Adam dá de ombros.

— Ah, papai, sem essa.

Assim só restam duas crianças e Simone. William e Rufus olham feio para ela.

— Parece que sou eu que vou ficar de fora então — ela diz, sorrindo e fazendo bico, depois volta para a cadeira e cruza as pernas.

Olho logo para Adam.

— Eu realmente não me importo de não participar...

— Vamos logo com isso, Jess — diz Adam. — Venha, mostre do que é capaz.

CAPÍTULO 51

Procuro lembrar exatamente por que eu disse que era brilhante no jogo de boules. Papai sempre disse para a menina de dez anos que já fui que eu jogava naturalmente bem, mas quando peguei uma bola percebi que tinha bebido demais e que não ia conseguir a concentração perfeita necessária para o jogo. Aliás, nem para botar um pé na frente do outro.

– Vamos de cara ou coroa para ver quem joga a bola branca – resolve Adam, tirando um punhado de moedas do bolso.

– Coroa – diz William.

Adam joga um euro e cobre nas costas da mão.

– É coroa.

William pega a bolinha branca e joga, muito concentrado. A primeira jogada dele não é má, fica a uma distância de apenas trinta centímetros. Adam é o próximo e chega mais perto, só que Rufus bate nela e tira do caminho.

Eu me adianto e ponho a bola na palma da mão quando me posiciono, sentindo o olhar de Simone em mim. Isso tem um efeito estimulante na minha adrenalina e eu fico superconsciente dos meus movimentos quando me inclino para trás e balanço o braço, lançando a bola num ângulo louco... que provoca muito riso da plateia.

Mas é apenas o começo. Nos vinte minutos seguintes, sou sempre derrotada pelos outros e Adam se diverte muito.

— Não é *tão* difícil assim, Jess.

— Estou um pouco enferrujada, só isso – retruco. – Além do mais, não fique zombando, senão terei de trazer à baila as pedras que não quicavam na água.

Ele começa a rir e balança a cabeça.

— Tenho um bom truque, quer que eu mostre?

— Eu me viro sem uma aula.

— Como quiser.

— Você sempre pode aprender alguma coisa, mamãe – William diz.

Como eu disse isso para ele inúmeras vezes aqueles anos todos, fico numa posição constrangedora.

— Tudo bem. Venha me mostrar em que eu estou errando.

Adam pega uma bola e vem para perto de mim, sorrindo de orelha a orelha e brincando com a bola na palma da mão.

Fico esperando que ele apenas demonstre algum pulinho idiota, alguma manobra de pé, para que eu role os olhos nas órbitas e o chame de espertinho. Em vez disso, antes de eu ter a chance de reclamar, ele fica bem atrás de mim, passa o braço pela minha cintura e põe a mão embaixo da minha.

Fico paralisada com o toque e minha cabeça lateja. Olho aflita para ver se Simone está assistindo. Mas ela deve ter entrado para fazer alguma coisa.

— Assim.

Sinto a respiração dele na minha orelha.

Penso em empurrá-lo e fazer uma brincadeira sobre ele ser paternalista. Mas quando seu corpo cola nas minhas costas, não consigo. Não sem chamar atenção para o efeito que ele provoca em mim. Por isso fico quieta, meu estômago pula de culpa prazerosa e tento desacelerar a respiração.

Sinto o contorno do peito dele mexendo nas minhas costas quando balançamos e lançamos a bola juntos. Ela bate na terra a quilômetros de distância da bola branca. É o pior lançamento do jogo.

Ele endireita as costas, viro e olho para ele ansiosa. Sua expressão está séria demais, e ele sussurra:

– Deixe para lá.

– Grande coisa você fez... – respondo.

Tento aliviar a barra com uma piada, mas acaba soando tanto como paquera que fico ainda mais vermelha.

– Que tal tentarmos de novo?

Ele dá aquele sorriso que faz o coração parar e somos interrompidos pela voz aguda de Simone.

– Adam, eu vou para casa.

Ela cruza os braços sobre o peito e fico tensa de vergonha.

– Simone, fique aqui e assuma o meu lugar no jogo – aproveito e me afasto de Adam. – Estou péssima nisso. Venha, eu insisto.

– Obrigada, mas estou com enxaqueca – ela diz secamente.

– Ah, não. Essas dores são um pesadelo – respondo, fingindo que não notei seu tom de voz. – Você tem muito isso?

Ela olha furiosa para Adam.

– Ultimamente sim. Vejo vocês todos amanhã de manhã. Aproveitem a noite – ela diz com frieza e vai embora.

Cutuco as costelas de Adam.

– Vá atrás dela.

Ele parece realmente confuso com a sugestão.

– Por quê? Ela está com dor de cabeça.

– Ela está zangada com você, Adam.

– O que foi que eu fiz?

Mas não posso responder porque teria de admitir a mudança silenciosa que está acontecendo entre nós. Que de repente ficou muito difícil combater.

CAPÍTULO 52

Os filhos de Becky e Seb acabam adormecendo no sofá de Adam como peças de dominó, primeiro Poppy, depois Rufus, depois James. Adam e Seb carregam os meninos de volta para a cabana deles, pesos mortos nos ombros, enquanto Becky empurra Poppy no carrinho, os dedinhos gorduchos da menina segurando as orelhas do coelho rosa.

Enquanto isso William resolve provar que *Guardiões da Galáxia* nunca envelhece, encolhido no quarto de hóspedes de Adam para assistir pela décima sétima vez no meu iPad, e eu me ofereço para tirar os pratos.

Ponho a cara na porta, ele olha para mim surpreso, e fecha a tela.

– O que você está vendo aí? Espero que não seja nada impróprio.

Minha cabeça explode com ideias ébrias e fragmentadas sobre o site de DH que esqueci de fechar no dia da tempestade.

– Não, não – ele diz e me dá o iPad para provar que estava tentando e não conseguindo assistir a um vídeo intitulado "Epic Fails".

– Tem palavrão nesse?

– Não muito... – ele responde e abre a boca num grande bocejo. – Estou muito cansado.

– Então venha, precisamos voltar e você está muito grande para eu carregar.

Ele geme, vira para o outro lado e puxa a coberta até os ombros.

– Ele pode dormir aqui essa noite, se quiser.

O calor do corpo de Adam perto do meu faz com que eu estremeça, e me afasto de propósito.

– Tenho certeza de que ele consegue ir andando para casa, mesmo a essa hora.

– Não, eu quero ficar aqui – protesta William.

Olho para meu filho e para o pai dele.

– Está bem, mas tire o sapato e a meia e deite na cama, pelo menos. Venho te buscar de manhã, ok?

– Ok – ele diz animado, entra embaixo das cobertas, tira as meias e joga na minha direção.

– Nossa... obrigada.

Faço uma careta para pegar as meias, vou até lá e beijo William. Deixo meu rosto um tempinho encostado na pele dele e quando me afasto sinto uma pontada no coração, dominada por um daqueles momentos de pura gratidão por tê-lo.

– Eu te amo – cochicho para ele.

– E eu te amo mais ainda.

– Não, eu é que amo mais.

– De jeito nenhum – ele diz, eu dou risada e saio do quarto, esperando que Adam já tenha saído. Mas não, ele está lá nos observando, seus olhos se enchem de emoção inesperada quando ele entra e dá um beijo demorado na testa de William.

Saio da cabana e a luz da lua alta forma sombras na grama, constelações pairando no céu como teias de aranha celestes. Adam começa a empilhar as cadeiras e eu penduro a bolsa no ombro.

– É melhor eu ir. Tem certeza de que ele pode dormir aqui?

Adam para e se empertiga.

– Claro que pode.

Faço que sim com a cabeça e vou saindo.

– Jess?

– Sim?

– Quer um chá? Detesto me gabar de conseguir substâncias ilícitas, mas tenho um Yorkshire.

Sorrio automaticamente.

– Quem é seu fornecedor?

– O nome dela é Maureen. Tem sessenta e seis anos, vem de Shopshire para cá todos os anos e ai de você se pisar no calo dela. Pode sentar, vou botar a chaleira no fogo.

Sento no banco desbotado do lado de fora da cabana e espero ouvindo o ritmo lírico dos grilos rompendo o silêncio.

Adam aparece com um bule de chá e a visão da sua silhueta contra a luz atrás da porta faz ferver minhas entranhas. Ele traz o chá para a mesa, passa a perna por cima do banco e senta bem na minha frente. Olho para o lado e estudo os nós da madeira.

Ele serve duas canecas, levanta a dele e bate na minha.

– Saúde.

O líquido quente desce pela minha garganta e eu respiro o odor de Adam, com a cabeça cheia de lembranças.

– Que cheiro é esse?

Ele olha para mim e brinca, cheirando as axilas.

– Que cheiro?

– Não é *desagradável*. Eu quis dizer... sua loção pós-barba. Acho que reconheci.

Passa um segundo.

– É Terre d'Hermès.

Engulo o algodão seco que se formou na minha garganta.

– Você sempre usava essa.

Ele faz cara de quem foi pego no pulo.

– Bom, não usava há anos, mas vi na Sarlat e lembrei que gostava.

Ele fixa os olhos nos meus e sou invadida por sensações tão potentes que meus dedos chegam a tremer. Ali sentada ao lado dele, do homem que amei e odiei, descubro de repente que é impossível lembrar por que não estamos mais juntos.

Há uma lógica meio vaga murmurando na minha cabeça, dizendo que é hora de ir embora. Mas a sensação de que outra pessoa pode nos virar do avesso só de olhar para nós é tão inebriante que não quero que acabe.

Nesse momento eu o desejo. Olho para os lábios dele e desejo prová-los. Quero passar os dedos ao longo do seu maxilar para ver se a sensação ainda é a mesma.

Uma pressão intensa começa a crescer dentro de mim e reconheço um sentimento que não tinha há anos. Um desejo incandescente que só aumenta quando Adam se recusa a desviar os olhos dos meus.

Acima de tudo me faz lembrar de uma coisa. O que quer que a vida possa reservar para mim, nesse momento é isso: estou *viva*.

Não estou num canto, atormentada pelo meu futuro. Não estou arrasada de medo pelo meu filho, por minha mãe e por mim. Estou vivendo, respirando e sentindo. Ele se inclina para mais perto de mim.

Quando nossos lábios se encontram, o beijo parece novo e velho ao mesmo tempo. Ele move minha perna por cima do banco, segura minha mão e me puxa para ele, faz com que o abrace e molde meu corpo no dele, sua boca mergulha mais ainda na minha.

— Não devíamos fazer isso — murmuro e jogo a cabeça para trás quando os lábios dele encostam na pele embaixo da minha orelha.

— Devíamos — diz ele, passando a mão no meu cabelo, beijando minha boca, minhas têmporas, meu pescoço, e eu penso vagamente que estou bêbada, que foi por isso que permiti que as coisas chegassem tão longe.

Mas não é isso.

Posso estar cheia de vinho, mas eu quero isso.

Quero que ele segure minha mão e fique de pé, que me convide a fazer a mesma coisa. Quero que ele me leve para a cabana, passando pela porta do quarto onde William está, parando só para verificar que ele está dormindo embaixo das cobertas. Quero que ele vá pelo corredor até o outro lado da cabana e que eu entre no quarto dele, que ele feche a porta e me beije de novo, com a mão deslizando nas minhas costas.

Tiramos a roupa um do outro lentamente, saboreando cada momento de pele nova e nua que aparece.

Eu tinha esquecido como Adam era lindo sem roupa. Fico dividida entre tocar nele ou olhar para ele, para a torturante perfeição do seu corpo. Não chego a escolher. Quando o peso dele me preenche, agarro suas costas e sinto meu sangue pulsar na ponta dos dedos. Então ele para e põe a mão no meu queixo.

– Você sabe o quanto eu te acho linda? Sabe o quanto *sempre* te achei linda?

Suas palavras fazem meus olhos se encherem de lágrimas. Mas não quero falar. Só quero o calor dele dentro de mim e aquela sensação imensa que apaga todas as outras, como era no começo.

CAPÍTULO 53

O som de um galo cantando arranha meus ouvidos e acordo de um pulo, levantando a cabeça do peito de Adam. Olho em volta do quarto cheio de luz, examino o ambiente, as venezianas que deixamos abertas, partículas de poeira refletindo o sol, as roupas jogadas no chão, como provas numa cena de crime.

Viro para Adam e meu estômago dá cambalhotas com a visão dos lábios dele entreabertos, o pescoço e a pele dos ombros descoberta.

Então minha cabeça explode.

Há tanta coisa errada ali que minha cabeça lateja com a insanidade do que aconteceu aquela noite.

William está no topo da lista. E ele estava *bem ali*, no outro lado da cabana, quando isso aconteceu! Sei que dormia profundamente e que pais e mães em todo o mundo fazem sexo na mesma casa em que os filhos dormem, mas não quando os pais em questão tinham se separado há uma década.

Ele teve a vida inteira para registrar o fato de que Adam e eu não estávamos mais juntos e que nunca mais estaremos, portanto nem é preciso adivinhar o que isso vai representar na pobre cabecinha de pré-adolescente.

Não ficará apenas confuso, será pior. Ele terá esperança. Terá a terrível e equivocada impressão de que isso pode significar *alguma coisa*.

Eu não seria capaz de tranquilizá-lo com uma explicação viável, porque não existe uma, além de ter sido um erro provocado pela embriaguez. Ele vai tirar conclusões que não existem. Eu não tive muitas aventuras sexuais na minha vida. A coisa mais promíscua que fiz foi imaginar que acariciava o cabelo de Jamie Dornan quando estava na cama com Toby.

Minha única opção seria olhar nos olhos de William e dizer que aquilo era o que era mesmo: transa de uma noite só, com o pai dele.

E isso me leva à outra parte do mau gosto desse caso infeliz: o fato de que eu sou *a outra*. Eu. Passei tanto tempo me sentindo traída que o choque de me odiar pelo que tinha feito com Simone é como um soco no estômago. Não importa se mal a conheço, nem se ela é apenas o último fogo de palha de Adam. Nesse momento, ele é o homem dela.

E sim, houve dezenas iguais a ela, antes da próxima chutá-las do pedestal. Mas eu não quero ser *a próxima*. Como diabos eu me tornei *a próxima*?

Essa ideia faz com que eu pule da cama como se os lençóis estivessem pegando fogo. Adam se mexe. Faço uma careta e olho feio para ele quando muda de posição ainda de olhos fechados.

Abaixo sem fazer barulho e pego minha blusa, desço da cama e começo a andar pelo quarto, recolhendo minha roupa. Então me visto com o coração aos pulos, rezando para não abrir a porta e encontrar William zanzando por ali à procura de uma tomada para carregar o iPad.

Estou quase pronta, sento na beirada da cama e calço a sandália. Pego o outro pé, uma mão agarra meu pulso e me assusto. Fico esperando Adam dizer algo irreverente, mas então vejo a expressão dele.

— Não se arrependa disso.

Na hora não sei o que dizer, por isso faço com que me largue e fico de pé. Então dou meia-volta e digo, zangada:

— Bem, Adam, eu me arrependo sim.

— Por quê?

— Será que tenho mesmo de explicar para você? E a Simone?

Ele faz aquela cara que dá raiva, de quase desprezo, como se aquela questão menor de ter uma namorada fosse irrelevante.

— Jess... não tem comparação. O que você e eu tivemos...

— *Tivemos* é a palavra-chave.

Uma batida na porta cala nós dois.

— Ele jamais pode saber disso — sussurro.

Adam engole em seco.

— Não. Quero dizer, sim. Você deve estar certa.

Angustiada, sento de novo na cama e começo a roer as unhas, prestando atenção em qualquer movimento do outro lado da porta.

— Merda, e se ele estiver acordado?

— Aquilo foi a porta do banheiro. Às vezes bate se a janela está aberta. Tenho certeza de que ele ainda está dormindo essa hora.

Olho para o relógio. São 7h15, uma hora mais cedo do que ele tem acordado desde que chegamos aqui.

— Então eu vou embora.

— Suponho que um beijo de despedida esteja fora de questão, não é? Estalo a língua.

— O que você acha?

Vou para a porta, abro um pouco e espio. O caminho está livre.

— Não esqueça, nenhuma palavra.

— Sim, está bem.

As tábuas do assoalho estalam com cada passo, mesmo quando fico na ponta dos pés, encostada na parede, me esgueirando como uma imitação barata de um ladrão muito ágil desviando dos lasers no Louvre.

Passo pelo banheiro sem fazer barulho e finalmente chego à porta da frente, com o coração na boca. Minha mão está quase na maçaneta... quando a porcaria do galo canta de novo e eu quase pulo de susto.

— Mamãe?

Olho para ele e me dou conta de que se não soltar o ar posso desabar.

— William! Você dormiu bem? Eu quis vir cedo para pegar você. Acordou agora?

— Não, aquele galo me acordou há séculos. Estava assistindo *Guardiões da Galáxia*. Então ouvi você e achei que papai devia estar acordado.

— Humm... não, ele ainda deve estar dormindo. Eu acabei de chegar, por isso nem sei ao certo.

— Você acabou de chegar?

– Sim!

– Como entrou aqui?

– Eu... abri a fechadura.

Vai saber por que escolhi essa explicação em vez de alguma coisa mais simples como "a porta estava destrancada"...

Ele arregala os olhos exageradamente.

– Você sabe abrir fechaduras?

– Hum... É que estava meio aberta. A verdade é que estava aberta. Rá!

William esfrega os olhos.

– E então, está pronto para ir? – pergunto.

– Ainda não me vesti.

– Bom, então vista-se rápido. Há muita coisa para fazer. Vamos, vapt-vupt.

Eu nunca falei "vapt-vupt" antes, em toda a minha vida.

Aí vejo a porta do quarto de Adam abrir e ele sair bocejando e espreguiçando, só de sunga Paul Smith. Fico rubra até a raiz dos cabelos. Ele sorri de orelha a orelha. Parece que acabou de ganhar na loteria.

– Bom dia, raio de sol – diz ele, despenteando o cabelo do filho e puxando-o para um abraço.

Mordo minha mão em pânico, achando que Adam deve cheirar a sexo.

– Dia espetacular, não é?

– Bom dia, papai. – William sorri para ele. – Você está de bom humor.

– Só estou contente de estar vivo, filho – diz Adam, olhando para mim.

Rolo os olhos nas órbitas.

– E aí – diz Adam –, que tal sanduíche de bacon no café da manhã?

– Nós temos de ir para a nossa cabana – vou logo dizendo.

Adam abre a boca para protestar, mas resolve não fazê-lo.

– Está certo. Mas pode passar a noite aqui sempre que quiser... vocês dois.

Ah, eu tenho vontade de estrangulá-lo.

– *Você passou a noite aqui?* – William vira para mim.

– É, mas no chão. – Adam sorri e evidentemente acha que está me fazendo um favor. – Espero que tenha ficado bem, Jess. Se tivesse avisado, eu teria posto lençóis melhores na cama de ar.

Adam precisa muito desistir de mentir. Ele é péssimo nisso.

– Você disse que tinha acabado de chegar aqui – diz William em tom de acusação.

– Vá se vestir.

William olha para nós dois.

– O que está acontecendo?

– Nada!

Adam e eu respondemos em uníssono.

William vai para o quarto se vestir enquanto eu espero do lado de fora, tamborilando na mesa totalmente incapaz ou sem disposição de conversar com Adam.

William e eu voltamos para a nossa cabana com a mesma roupa da noite anterior quando a névoa matinal dá lugar ao sol escaldante e famílias aparecem nas portas bem-dispostas, descansadas e prontas para o dia que começa.

E me dou conta de que devo ser a primeira mulher da história que faz a caminhada da vergonha junto com o filho de dez anos.

CAPÍTULO 54

Becky reage à notícia de que dormi com Adam com a previsível discrição.

– *Você fez o quê?* – ela engasga com o café.

Estamos do lado de fora da cabana dela e seus dois filhos mais velhos inventam formas originais de quebrar as pernas um do outro.

Vou responder, mas Seb grita de dentro da casa:

– BECKY! ISSO É UMA EMERGÊNCIA.

Ela suspira.

– Ele quer dizer que Poppy está com a fralda suja e ele está sem toalhinhas umedecidas – ela diz e corre para dentro.

Sai três minutos depois para separar Rufus e James, antes de voltar a conversar comigo.

– Por que será que os homens trocam fraldas como se executassem cirurgias de peito aberto? Você tem de ter à mão todo o equipamento para dar para ele quando o chefe está trabalhando. Mas e aí... Adam. Meu Jesus Cristinho.

– Não conte para ninguém, está bem?

– Para quem eu contaria?

– Para o Seb, por exemplo.

– Nós mal temos tempo para conversar sobre de quem é a vez de fazer o café ultimamente. *Que loucura*, Jess... – Então ela sorri. – E como foi?

– Terrível.

Ela fica consternada.

— Sério?

— Quero dizer que fazer isso foi terrível. O que eu tinha na cabeça? Não estava nem tão bêbada assim.

— Acho que estava. Jogando boules você quase decapitou Seb com a bola branca uma hora. Falando sério, foi horrível?

Mordo a bochecha.

— O que você acha?

O rosto dela se ilumina.

— Foi maravilhoso, não foi? Aposto que você teve meia dúzia de orgasmos. Aposto que você foi à lua e passeou nas nuvens e...

— É, está certo, foi bom — reconheço baixinho. — Aliás foi fantástico. Deve estar entre as dez melhores experiências da minha vida.

— Meu Deus. Você nadou com um golfinho uma vez, não foi?

— Eu sei — choramingo.

— Rá! Sensacional!

Um gemido baixo escapa dos meus lábios.

— Por que está preocupada com isso, Jess? Comparado com tudo em que você precisa pensar... como é que sexo ultragratificante pode prejudicar alguém?

Abro a boca para responder, mas ela continua:

— Eu daria qualquer coisa para sentir isso de novo. Não que Seb não seja bom de cama, ele é. A técnica dele não mudou, mas agora toda vez que ele transa comigo fico querendo que acabe logo porque tenho muita roupa para passar. Tenho certeza de que ele sente a mesma coisa.

— Duvido, Becky. Tem certeza de que está tudo bem com vocês?

— Ah, sim — ela diz com os olhos marejados, bebendo um gole de café. — A verdade é que não sei.

Becky larga a xícara.

— Pensei que umas férias fossem fazer a diferença. Mas está tudo na mesma. As crianças continuam brigando. Poppy, maravilhosa como é, não dá sossego. Seb e eu estamos exaustos com tudo isso e... acho que estamos descontando um no outro.

Quando ela olha para mim, vejo que está com os olhos vermelhos.

— Às vezes sinto que não sou muito boa nesse negócio de estar casada e ter três filhos. No fundo, ainda sinto o que sentia aos vinte e dois anos, mas tudo mudou em volta de mim. É como se não soubesse como tudo isso aconteceu comigo.

— Becky, muita gente se sente assim. Nós todas amamos nossos filhos, mas quem não acharia atraente a ideia de ser jovem e livre de qualquer responsabilidade? Aquele tempo era ótimo. E você transava todo fim de semana.

— Não estou falando isso para parecer dramática, Jess. Mas há momentos em que fico pensando se... se Seb e eu vamos acabar nos separando.

Tenho de admitir que fico chocada.

— É isso que você quer?

Ela franze a testa.

— Não, é claro que eu não quero. Mas também não quero sentir o que ando sentindo. Eu costumava ser boa companhia. Era engraçada, as pessoas gostavam de mim. Agora, olhe só para mim. Fisicamente sou um desastre, passo a vida toda gritando com as crianças, até briguei com Natasha outro dia sem que ela merecesse. Amo a minha família mais do que tudo. Mas às vezes eu não... curto tudo isso. — Ela fecha os olhos e funga. — Sinto que sou um fracasso completo e uma megera consumada, até por falar isso. Que tipo de mãe eu sou?

— Uma mãe cansada — eu respondo e aperto a mão dela. — Becky, você *pode* se sentir exausta e saturada de tudo às vezes. Tudo bem sentir que está tudo desmoronando em cima de você de vez em quando. Você é humana.

Ela respira fundo e meneia a cabeça.

— Mas a primeira coisa que você precisa fazer é aceitar ajuda. Deixe Natasha e eu tomando conta das crianças — continuo.

Ela geme.

— Nós já falamos disso. Vocês também estão de férias aqui.

— As crianças não são problema.

Ela bufa.

— Eu adoro os três, mas ninguém pode dizer isso deles.

— Ora, eu não me importo — insisto. — Vamos fazer isso. Sem discussão.

Ela hesita de novo e olha para mim desconfiada.

– Está bem, se você está realmente falando sério. Só espero que não pare de falar comigo depois.

Eu sorrio e pego minha xícara de café. Mas em vez de segurar a asa, minha mão escorrega, a xícara vira e derrama o líquido quente na mesa. Pulo na hora e começo a secar com lenços de papel que tenho na bolsa, enquanto Becky corre lá para dentro para pegar um pano de prato. Ela volta, estende o pano na mesa, seca tudo, eu afundo na cadeira, ergo a mão trêmula e não paro de olhar para ela, em desespero.

Às vezes sinto que, se olhar com bastante atenção, serei capaz de ver o que acontece por baixo da pele nas minhas articulações. De ver com meus próprios olhos se alguma coisa já está acontecendo no meu corpo, se a DH está me dominando.

– Você está bem? – sussurra Becky.

Faço que sim com a cabeça.

– Estou, tudo bem.

Mas continuo revirando a mão, analisando, buscando a resposta para a pergunta conhecida: esse acidente é do tipo que todo mundo tem, ou é alguma coisa além disso?

Olho para a pilha de lenços de papel encharcada de café frio e percebo que Becky está olhando para mim.

– Foi só um acidente, Jess. Não foi nada.

Meneio a cabeça muito tensa e pisco para afastar as lágrimas porque resolvi que não vou chorar, cerro os dentes e engulo as emoções que crescem dentro de mim. É claro que ela pode estar certa. Eu já derrubei coisas antes. Qualquer pessoa pode ser desajeitada.

Tive dúzias de sensações estranhas nos últimos dois anos: formigamento no rosto, pernas bambas como se não fossem minhas. Poucas semanas atrás parei o carro no Tesco, fiz compras e quando saí não lembrava onde havia deixado o carro. Levei cinco minutos para localizar e nesse tempo andei pelo estacionamento clicando minha chave eletrônica, procurando dar a impressão de que caminhava ali embaixo de chuva porque queria. Depois disso tive certeza: era isso. Exatamente o mesmo tipo de coisa que aconteceu com minha mãe no início, e que os pacientes com DH nos fóruns relatam como seus primeiros sintomas.

Então Becky insistiu que tinha feito a mesma coisa várias vezes nos últimos cinco anos, e uma vez ela até telefonou para Seb ir socorrê-la, convencida de que tinham roubado o carro. Ele passou pelo Ford Focus deles quando chegou, no lugar que ela deixou, perto das caixas de recicláveis.

A Dra. Inglis diz que atualmente ela acredita que esses incidentes não passam de ansiedade. Ela diz que não apresento nenhum sinal clínico de DH, minha última ressonância magnética confirmava isso e que, com ou sem gene mutante, estou saudável. Por enquanto.

O problema é quando o seu futuro envolve o que minha mãe tem enfrentado, isso não é fácil de ser ignorado. Então não deixo de fazer a mesma pergunta inúmeras vezes. Quando é que essa doença vai se espalhar embaixo da minha pele e tirar tudo que existe que me define? Meu modo de pensar. Como me movimento. Minha aparência. Todas as coisas que me fazem como sou.

CAPÍTULO 55

Consigo falar com mamãe pelo Skype aquela manhã. Enquanto a imagem vai carregando, faço a habitual avaliação do seu estado físico e tenho uma onda de otimismo indevido quando ela está imóvel. Então vejo que a tela congelou. Quando ganha vida, o ombro dela sobe e meu estômago aperta com uma agonia bem conhecida.

Sorrio.

– Oi, mamãe! Como vão as coisas?

Meu pai segura o iPad para ela. Há um momento em que ela tenta responder, mas não consegue pronunciar as palavras corretamente.

– Foi uma manhã movimentada – papai acaba explicando. – Gemma apareceu e ficou mais ou menos uma hora.

A amizade dela com mamãe vem desde a adolescência. Elas eram inseparáveis. De certa forma ainda são.

– Além disso, recebemos a visita de crianças de uma escola e vamos ver o Dr. Gianopoulos mais tarde.

– Ah, sim. Que bom.

O Dr. Gianopoulos tem dado consulta à mamãe desde o início e ela gosta dele, principalmente porque ele é inteligente e solidário, mas também porque, ela disse uma vez, parece com Rob Lowe.

– William tem jogado futebol, mamãe. Desculpe. Devia ter esperado a partida terminar para ele vir para cá. Ele está gostando muito do jogo ultimamente. Não tenho certeza se será tão bom quanto Cristiano Ronaldo, mas pelo menos pegou gosto.

Ela não responde. Hoje seus olhos parecem vidrados, ela não consegue olhar para mim na tela. A blusa fina pende solta dos ombros. Papai se inclina, tira um lenço de papel do bolso e seca um pouco de saliva do canto da boca de mamãe.

– O que as crianças da escola foram fazer aí? – pergunto para ela.

Ela procura a palavra certa um longo tempo. E acaba dizendo.

– Cantar.

– Ah, que bom.

– Desafinados – ela me corrige e eu consigo rir.

– William tem passado todo tempo que pode com Adam esses dias. Está se divertindo muito. Tive minhas dúvidas no começo, você sabe, mas devo isso a você. Eles estão se dando muito bem.

Ela grunhe. E eu consigo entender: "Ótimo."

– Achei que você ia gostar. Estou contente também.

– Não, você. Bonita hoje.

– Ah, é? Verdade? Obrigada.

Depois de outra longa pausa, ela acrescenta:

– Feliz.

Não tenho dúvida de que o rosto corado e o ar de satisfação podem ser atribuídos a ter ido para a cama com Adam, mas essa não é uma informação que desejo compartilhar.

– Ando comendo muita fruta fresca – resmungo.

Um tempo atrás eu teria contado para ela o que tenho sentido em relação a Adam. Sei que papo de relacionamento às vezes é avançado demais para algumas mães e filhas, mas foi sempre natural entre nós.

Descrevi a felicidade enorme que senti quando o conheci e o sofrimento quando terminamos. Foi então, naqueles meses depois do rompimento com Adam, que entendi o quanto contava com ela. Ela era forte. Conseguia raciocinar quando eu não pensava direito. E ela me ensinou que, por mais arrasada que estivesse, eu ressurgiria das cinzas e viveria sem ele.

Uma noite logo depois de voltar a morar na casa dos meus pais, antes de saber o que mamãe estava enfrentando, ela me deu o que só posso descrever como um bom sermão.

— Jess, você é forte, inteligente, e será uma excelente mãe. As coisas não funcionaram com você e Adam, mas você tem muitas coisas boas pela frente. Você consegue superar isso.

Essa era a postura dela para tudo na vida: não reclame, não se amofine, apenas siga em frente e faça o melhor com o que tem. Ela sempre viveu assim.

No último ano de William no jardim de infância, ele representou numa peça de Natal e levei mamãe e papai para assistirem comigo. Isso foi antes de mamãe precisar da cadeira de rodas, mas a coreia — os movimentos involuntários — já era tão pronunciada que chegou a provocar um silêncio na sala, quando ela entrou com passos tensos e trêmulos.

— Venha, mamãe. Tem um lugar aqui — eu disse, cumprimentando dois casais e o presidente da associação de pais e mestres.

— Jess, posso vender uma rifa para você? — Diana, mãe de Oliver, amigo do William, apareceu com um talão de rifas. — Há prêmios fantásticos: três garrafas de espumante Bucks Fizz, uma tábua de carnes e frios, e um spa elétrico para os pés. Não se assuste com a embalagem manchada, juro que é novo em folha!

— Sim, claro — respondi, peguei minha carteira e ela olhou logo para a desconhecida ao meu lado.

Dei o dinheiro e notei que ela não olhou mais para mim. Só olhava para minha mãe, para o rosto deformado por caretas. Para os que não conheciam a doença, devia ser uma visão monstruosa. A reação de Diana era comum, mas nunca me habituei. Apesar de ter certeza de haver mencionado vagamente para ela um dia que minha mãe não estava bem, ficou óbvio que não estava preparada para aquilo. Não teve tempo de preparar o semblante com uma expressão tranquila.

— Obrigada, querida — ela respondeu sem jeito, e eu decodifiquei o espectro de emoções em seus olhos: espanto, susto, nojo.

Papai segurou mamãe pelo braço e fomos sentar em três lugares lá atrás, abrindo caminho na onda de gente.

– Afaste-se – sussurrou uma mulher puxando a filha pequena para perto dela, evidentemente com medo, achando que mamãe estava bêbada ou era maluca.

Ou então, como mais tarde uma criança perguntou para William, sua avó saiu do hospício?

A peça começou e, mesmo nos nossos lugares discretos, os sons não humanos que escapavam da boca de mamãe eram audíveis. Eu rezava para tocarem logo outra música para abafar aqueles ruídos. Depois serviram tortinhas doces e vinho quente na cantina. Eu quis ir direto para casa, mas William estava louco para ficar.

– Não, vamos para casa, meu amor.

– Tudo bem – interrompeu mamãe. – Podemos ficar mais um pouco.

Só passou um minuto e mamãe derramou a bebida na professora nova de William, que distribuía copos plásticos com vinho até a metade.

A Srta. Harrison era gentil, bondosa e se espantou de num minuto estar conversando com os pais sobre o desempenho entusiasmado do rei Herodes e no minuto seguinte ter o líquido vermelho e quente escorrendo em sua blusa.

Mamãe enfrentou com seu humor tipicamente fleumático.

– Desculpe, querida, minha coordenação está horrível.

– Ah, não faz mal – insistiu a Srta. Harrison, rubra.

– Pagarei com prazer a lavagem a seco – mamãe acrescentou. – Tenho sido a cliente mais fiel deles de um tempo para cá.

Desperto das lembranças e olho de novo para a tela do Skype.

– Bom, mamãe, agora eu vou.

Minha mãe olha para mim, a cabeça não para de tremer enquanto ela tenta focalizar. Então o rosto dela se contorce no que pode ser um sorriso ou não. Saio do quarto resolvendo acreditar que foi. Que na confusão sombria em que seu cérebro se transformou, às vezes ainda é possível acender uma luz.

CAPÍTULO 56

Depois da ligação pelo Skype, vou para a quadra de futebol e encontro Natasha cuidando de William e dos meninos.

— Muito boa a sua ideia de ficarmos de babá das crianças — ela diz. — Estou adorando. E já pensei em atividades para essa tarde.

— Não precisamos pensar muito. Eles têm jogos aqui. É só jogar com eles.

— Eu consegui baixar uma cópia de *Domar as crianças* — continua ela. — Só dei uma espiada rápida, mas é bem útil. Você está bem? Parece distraída.

Concentro a atenção em William quando ele tenta driblar um menino alemão com a metade do tamanho dele, que parece que seria facilmente derrubado por um espirro forte. Meu filho não chega nem perto da bola, consegue tropeçar nos próprios pés, quase cai e acaba se equilibrando no último minuto.

— Aconteceu uma coisa ontem à noite.

Quanto menos gente souber, melhor, mas é contra as leis da amizade eu contar para Becky e não contar para Natasha.

— Uma coisa que não devia ter acontecido.

Ela pisca incrédula e diz:

— Você e Adam?

— Quem contou para você?

— Ninguém. Previ isso séculos atrás. Não falei nada, mas sabia que ia acontecer.

Não consigo decidir se o que sinto é incredulidade ou indignação. De qualquer forma, somos interrompidas.

— Olá, senhoras.

O sol faz brilhar as ondas suaves do cabelo de Simone. A pele lisa e firme também brilha, livre de maquiagem. Ela sorri diretamente para mim e meu rosto arde de calor.

— William está melhorando muito no futebol, Jess. Ele está progredindo bem rápido.

— Ah... muito gentil da sua parte dizer isso, Simone.

Sorrio sem jeito e fixo o olhar no meu filho, que se aproxima do gol. O espaço entre ele e o fundo da rede está completamente livre, mas mesmo assim ele consegue desviar a bola para escanteio.

— Ah, ele quase conseguiu! — exclama Simone.

Ansiedade borbulha dentro de mim e tento desesperadamente inventar alguma desculpa para sair dali. Natasha percebe e inicia uma conversa.

— Simone, nós estávamos falando de lugares para visitar amanhã. Você pode recomendar algum?

— Vocês já foram a La Roque Gageac? Lá tem um jardim botânico. Adam me levou lá para um piquenique muito romântico uma vez.

Ela fala bastante animada sobre pontos turísticos locais e também sobre infinitos gestos de devoção de Adam quando estavam lá. Enquanto isso eu me esforço para não morrer ali mesmo, de vergonha, de sensação de culpa, de arrependimento.

A única coisa positiva que se podia dizer sobre tudo isso era que estava claro que ela não sabia o que Adam e eu tínhamos aprontado na noite anterior. Qualquer suspeita que pudesse ter surgido durante o jogo de boules tinha se dissolvido por completo, e eu achei bizarro, porque a sensação é de que estou com uma placa luminosa enorme no peito piscando minha traição.

— Você não acha, Jess? *Jess?*

Percebo que Natasha perguntou alguma coisa.

— Hum... deve ser maravilhoso — respondo entusiasmada.

— Eu estava reclamando das larvas que havia nas latas de reciclagem que vi na rua essa manhã.

— Ah, desculpe. Estava viajando.

— Eu também ando assim ultimamente — continua Simone bem-humorada. — Não estou concentrada agora que sei que vou embora.

Olho rapidamente para ela e vejo seus olhos azuis me fitando intensamente, os lábios formando um meio sorriso.

— Você vai embora?

— Só no fim da temporada. Temos mantido segredo, mas já está planejado há algum tempo.

— Para onde você vai? — pergunto, tentando processar essa notícia.

Acho que seria um recorde se ela continuasse namorando Adam depois da temporada.

— Dar a volta ao mundo. Uma parte dele, pelo menos. Estou planejando tudo agora.

— Nossa. Você tem sorte. Isso é ótimo.

A adrenalina acelera no meu peito.

— Que países vai visitar?

— A primeira parada é no sudeste da Ásia. Adam conhece alguém com quem já trabalhou que vive na Tailândia e ele vai nos hospedar uma semana. Depois vamos para o Vietnã, que dizem que é lindo, só que vi um cardápio on-line com rato campestre assado semana passada. Não sei se vou curtir isso. — Ela dá risada.

Simone continua a falar e sinto que estão tirando o ar de dentro de mim quando entendo o que está dizendo e procuro registrar. Depois de um tempo é Natasha que faz a pergunta de um milhão de dólares.

— Desculpe, mas você disse que *Adam* vai com você?

— Sim! — Ela sorri de orelha a orelha, curtindo o momento.

Então arregala os olhos teatralmente.

— Meu Deus, Jess, *desculpe*! Ele devia querer contar para você pessoalmente, com William e tudo. Mas os dois não se veem muito em condições normais mesmo, não é? Nem vai fazer tanta diferença… podem se ver depois de um ano, em vez de a cada seis meses.

— Mas e esse hotel? — pergunta Natasha. — Quem vai administrar?

— Os Blanchard.

— O casal de quem ele comprou?

– Sim. É um arranjo temporário, mas eles conhecem o lugar até pelo avesso, Adam confia totalmente neles e os dois mal podem esperar para assumir o timão, já que o château está na família deles há muitas gerações. Adam vai manter contato quando estivermos viajando.

Minhas pernas ficam bambas.

– Desculpe, Jess. – Os olhos dela cintilam, a expressão é de felicidade. – Mas você ia saber mais cedo ou mais tarde. E nem deve estar surpresa. Se tem uma coisa que todos sabemos sobre Adam é que ele detesta ficar amarrado.

CAPÍTULO 57

Não consigo engolir essa notícia de que Adam vai escapar com Simone em uma viagem pelo mundo. O fato de ele ter recuperado a familiaridade com as estrias do lado interno das minhas coxas poucas horas atrás é só parte do problema.

Nas dezenas e mais dezenas de conversas que tivemos desde a nossa chegada aqui, sobre nosso filho, sobre ele, sobre onde comprar o melhor sorvete em Domme, ou como tirar a tampa de uma garrafa de cerveja sem abridor, parece que ele nem imaginou que valia a pena mencionar isso.

Mas o que está me incomodando mesmo é o seguinte: a razão de eu estar aqui não existe. Vou ter de voltar para a Inglaterra e revelar para mamãe que fracassei. Que Adam não mudou. Aliás, que nada mudou.

Estava me iludindo de pensar que ele tinha virado a página e que tinha se tornado de repente um pai dedicado ao filho que havia negligenciado anos. Mas pelo jeito ele não fez nada disso. Simplesmente passou algumas semanas divertidas conosco, fez com que William o idolatrasse e agora vai desaparecer da vida dele pela segunda vez. Só que agora William não é mais um bebê que não entende o que está acontecendo.

Dessa vez ele está com dez anos de idade e adora o pai. Além disso, William precisa dele, muito mais do que qualquer um dos dois pode imaginar.

A enormidade disso dilacera meu peito, e tenho de me afastar antes de Simone notar minha reação. Natasha percebe minha aflição e diz que vai ficar de olho em William enquanto eu vou fazer... sei lá o quê.

Nem sei o que é que vou fazer, só sei que vou com passos largos para o château e procuro o refúgio temporário do banheiro, longe de todos. Acabo saindo com a cabeça cheia de raiva e com uma necessidade premente de voltar para casa naquele instante.

A sensação não diminui quando William e eu retornamos para a cabana e o perfume doce de ervas e capim sob nossos pés não combina nada com meu estado de espírito.

— Eu evitei um gol, mamãe — ele conta, animado.

— É mesmo?

— SIM! — Ele ri. — Queria que você tivesse visto. Foi incrível!

— Que bom, querido — resmungo. — E você fez algum?

Ele fica sério.

— Bom, não... — ele lamenta, mas logo se lança numa explicação detalhada sobre fazer gol ser coisa supervalorizada.

— Tenho muito orgulho de você — eu digo e passo o braço no ombro dele. — Como foi que ficou tão bom nisso?

— Papai — William diz simplesmente. — Ele é um excelente professor.

Sinto os músculos das costas enrijecendo.

— Ele dribla bem demais, mamãe — ele continua. — Ele é bem forte, não é?

— Acho que é.

— E corre muito também.

— Corre? — murmuro, e uma visão em tecnicolor de Adam beijando meu pescoço explode na minha cabeça.

— Mamãe?

— Sim.

— Você está tendo brancos? Parece a Sra. Garrett da escola. Ela sempre tem brancos. Ela disse que isso acontece quando a gente passa dos cinquenta.

— Não estou tendo branco nenhum. E falta muito para eu chegar aos cinquenta. Dá para falar de outra coisa?

– Tudo bem, de quê?

– Qualquer coisa que queira.

Ele pensa um pouco e chegamos ao pequeno estacionamento atrás de Les Écuries.

– Que tal o período jurássico?

Charlie está prendendo uma prancha de surfe na capota do carro. Sei que não estamos exatamente juntos, mas o fato de eu ter transado com um terceiro – e não importa se esse terceiro é Adam – é tão constrangedor que mal consigo olhar para ele, que dirá reconhecer.

– Oi, Charlie – cumprimento sem jeito.

Ele olha para mim, acaba de prender uma fivela e vem falar comigo.

– Oi, tudo bem?

– Tudo, obrigada – respondo.

– Gostou do churrasco? Chloe disse que viu você chegando hoje de manhã.

Ele examina meu rosto como se buscasse uma explicação.

– Hum... é, nós passamos... *sim*.

Ele dá um sorriso tenso.

– *Sim?*

Meneio a cabeça.

– Nós... passamos a noite na casa do Adam.

Charlie fica um segundo tentando decodificar essa frase.

– William dormiu, então eu tive de dormir lá no quarto de hóspedes – minto.

De repente desejo ter atrasado o relógio para alguns dias atrás, quando eu tinha um romance de férias que talvez não levasse a nada além do fim desse verão, mas que poderia resultar em algumas idas ao cinema, ou a alguns bons restaurantes.

– Você quer sair para jantar outra vez? – balbucio.

No mesmo instante percebo que essa é uma débil tentativa de punir Adam, de provar para mim e para ele que a noite passada não significou nada. É uma jogada de adolescente, eu sei, mas agora é tudo que tenho.

Charlie fica visivelmente atônito.

– Mesmo?

– Sim.

– Eu tive a impressão de que havia alguma coisa entre você e... – Mas ele não termina a frase e olha para William. – Desculpe. – Ele sorri. – Eu adoraria.

CAPÍTULO 58

Percorro o terreno do château à procura de Adam e minha raiva aumenta a cada minuto que não o encontro. Depois de um tempo, vou até a recepção e vejo Ben lá. Ele sorri com aqueles doces olhos castanhos e o salpico de sardas no nariz bronzeado parece ressaltar sua juventude.

– Nada de William hoje, Jess?

– Hum... hoje não. Você viu o Adam? Ele não responde no celular e fui até a cabana, mas não o encontrei.

– A última vez que eu o vi estava indo para o barracão à procura de uma serra. Posso ajudar em alguma coisa?

Fico tocada com a preocupação no rosto dele.

– Acho que não. Mas obrigada.

Encontro Adam na frente do barracão, inclinado sobre um banco, movendo a serra para frente e para trás, a pele dos braços brilha com suor. Ele olha para mim quando me aproximo e abre um sorriso. Então ele registra a minha expressão.

Ele larga a serra com cuidado e vem na minha direção, limpando as mãos em um pano. E engole a água que tinha na boca antes de falar:

– Fui procurar você mais cedo.

Desejo brilha nos olhos dele, mas fico insensível a isso, arrasada com as revelações de Simone. Ele estende a mão e eu a empurro.

– Gostaria que você explicasse uma coisa.

– Claro, o que houve? Quer ir beber alguma coisa?

— Não.

As palavras brigam por espaço na minha cabeça até que finalmente consigo me expressar.

— Estive com Simone hoje cedo.

Ele passa a mão no cabelo, aflito.

— Isso deve ter sido chato para você. Sinto muito, Jess. Vou falar com ela hoje.

— Adam, ela me disse que você vai viajar pelo mundo com ela – digo irritada. – Que você combinou com os Blanchard para que eles cuidem do château por um ano, e depois vai simplesmente partir. Isso é verdade? Você está planejando alguma grande viagem com ela?

No mesmo instante percebo que sim, pela expressão dele.

— Certo. Isso é complicado...

— Não, Adam. É simples. É verdade? Você reservou os voos, planejou ficar fora um ano inteiro, como Simone disse? Ou ela está mentindo?

Ele faz uma careta antes da confissão começar a sair.

— Ela não está mentindo. Mas isso foi antes...

— Antes do quê? Não foi antes de você saber que tinha um filho que não via havia mais de um ano porque você estava longe e se comportava como se ainda tivesse dezoito anos. Alguém sem responsabilidades. Nenhuma preocupação na vida.

Fico parecendo uma chata. Estraga-prazeres. Por um momento fico pensando se estou com inveja por Adam poder fazer uma coisa que não posso nem me dar ao luxo de sonhar.

— Eu ia contar assim que vocês chegaram aqui.

— E por que não contou?

— Porque mudei de ideia.

— Ah, sim, que beleza. Então você ia ser honesto e depois achou melhor mentir para nós.

— Não foi isso que eu quis dizer. Mudei de ideia sobre a viagem.

Eu já ia continuar reclamando, quando registro o que ele disse.

— O quê?

— Mudei de ideia sobre ficar fora tanto tempo assim. E sobre... tudo.

— Ahn, sério, Adam? – digo, irônica. – E eu devo acreditar que você não vai, mas ainda não deu essa notícia para a Simone?

Ele franze a testa.

— Estive adiando isso. Queria esperar até passar o aniversário dela para ver como as coisas iam ser com você e William aqui.

— Então estava espalhando as apostas?

Ele para bem na minha frente e cruza os braços.

— Claro que não, Jess. Eu entendi que não estive muito com William no passado, que não fui o pai que devia ter sido.

— Certíssimo.

— Mas você teve sua parte nessa história também.

— Eu?

A adrenalina dispara no meu corpo agora que percebo que ele quer engolir aquelas palavras. Mas é tarde demais.

— Como pode dizer isso, Adam?

Ele fecha os olhos por alguns segundos e respira fundo.

— Jess, eu sempre tive certeza de que seria um péssimo pai. Mas o que eu devia ter feito, e agora vejo isso, era ter seguido em frente mesmo assim. Como fazem os pais e as mães, sentindo-se qualificados ou não.

Eu sei o que vem agora.

— Não estou culpando você, Jess. Mas você deixou absolutamente claro que me queria fora da sua vida – e fora da vida do William. Você me disse que ele ficaria melhor sem mim. Eu nunca mencionei isso até agora porque... bem, porque eu já tinha me convencido de que você tinha razão.

Engulo em seco e minha respiração acelera.

— Eu devia ter lutado mais – ele continua. – Devia ter tentado provar para você e para mim mesmo que eu podia ser um pai melhor do que aquele que eu tive. Em vez disso, segui essa ideia.

Eu me perco, sem palavras, e ele continua a falar.

— Mas havia sempre um pedaço de mim que esperava que as coisas pudessem ser diferentes. Não tinha ideia de como seriam, mas pensava muito nele passando as férias aqui comigo, como está sendo agora.

Adam tinha me perguntado uma vez se eu iria visitá-lo com William, quando era bebê. Não lembro exatamente o que eu disse para ele, mas tenho quase certeza de que foi uma versão educada de "vá se catar". Fico sufocada com essa conversa.

Ele seca o suor da testa e senta num tronco.

— Quando você enviou aquele e-mail do nada, dizendo que vocês vinham para cá, fiquei eufórico. E estou falando sério. Então quando aconteceu e passei mais tempo com ele, uma coisa começou a me incomodar lá no fundo. Eu soube que não podia sair pelo mundo com Simone. Eu não *queria* rodar o mundo com ela. Mas Simone é uma boa pessoa. Uma pessoa legal. E eu tenho sido uma merda com ela. Para começo de conversa, transei com você.

Olho para o chão.

— Por isso estava tentando encontrar um momento para dizer a ela que não posso ir. Mas você está certa. É agora. Na verdade, foi semanas atrás.

Fecho os olhos e faço um apanhado de tudo, de como a fúria fervente que senti minutos antes estava desfeita, substituída por algo completamente diferente. Lágrimas salgadas enchem meus olhos e tento piscar para me livrar delas antes de Adam perceber.

— Preciso acabar logo com isso — ele diz.

— Ah, meu Deus, agora tenho a sensação de estar mancomunada com você — choramingo.

Ele levanta e toca na minha mão. Depois me puxa para perto e me abraça. Eu me debato com a dor no peito. E o empurro suavemente.

— Preciso ir — sussurro, mas ele segura minha mão de novo.

— Antes quero dizer uma coisa.

— O que é?

— Jess... ontem à noite. Realmente teve significado para mim.

Olho para o chão.

— Não faça isso, Adam.

— Por que não? Pode ter sido um erro de bêbado para você, e se foi isso, então... meu Deus, não posso discutir com você. Mas preciso que saiba que para mim não foi. Você significa mais para mim do que...

— Pare — eu falo baixinho e puxo a mão. — Por favor, não faça isso.

Então dou meia-volta e corro para a floresta escura, o capim arranha meus tornozelos, tropeço nos próprios pés e desejo poder correr sem parar até em casa, até Manchester.

CAPÍTULO 59

A questão de saber se eu podia ou devia marcar uma saída adiantada da França domina meus pensamentos o resto do dia. Mesmo estando distraída com a cabana cheia de crianças para tomar conta.

– E então, Poppy – diz Natasha, na ponta do sofá –, que tal uma história?

Poppy levanta a cabeça.

– Eu fome.

– Ah. Tudo bem, você quer uma banana?

Natasha pega uma do pote.

– Quero bala.

– Ai, não tenho nenhuma. Que tal isso então? Mmmm... delícia.

Natasha ajoelha e descasca a banana, depois dá para Poppy. Poppy olha para a fruta como se tivesse sido raspada na sola do sapato dela.

– NÃÃÃOOO! – Ela devolve para Natasha. – Põe de volta!

– Põe o que de volta?

– DE VOLTA DE VOLTA DE VOLTA!

Poppy se joga no chão.

– O que ela quer? – pergunta Natasha atônita.

James desvia o olhar da imagem que está colorindo.

– Ela quer que você ponha de volta a casca na banana.

Passam-se dez minutos até Poppy se acalmar e Natasha servir uma taça de vinho para cada uma de nós.

— Posso perguntar uma coisa? — digo quando ela me dá a taça e senta.

— Isso parece sério. — Ela sorri, mas não consigo retribuir.

— Como você se sentiria se William e eu voltássemos para casa mais cedo?

Natasha respira fundo e solta o ar como se aquilo não fosse surpresa.

— Eu me sentiria péssima, porque fui eu que a convenci de vir para cá — continuo —, mas você ainda teria Becky e Seb, e poderia se dar bem com Joshua sem a gente aqui para atrapalhar. A última coisa que eu quero é deixá-la para trás, mas...

Ela balança a cabeça.

— Você não vai me deixar para trás, Jess, eu sou bem crescidinha. Está preocupada com o que aconteceu com Adam? Ou será que quer voltar para perto da sua mãe?

— As duas coisas. Sei que mamãe tem papai lá com ela, mas mesmo assim... Além disso, é verdade: não acredito no que fiz com Adam, bêbada ou não. Está tudo muito complicado aqui.

Ela olha para as crianças e verifica que estão fora de alcance, então se inclina para mim.

— Entendo a sua preocupação, Jess. Adam troca de mulheres como eu de calcinhas, e você se preocupa que a mesma coisa possa acontecer com você, e que seria horrível para William. Mas...

— Mas o quê? — cochicho.

— Você não é *qualquer mulher*.

— Tecnicamente sou.

— Você sempre foi mais do que isso para ele.

Fico imaginando aonde ela quer chegar.

— E se a coisa funcionasse para vocês? — ela continua. — E se vocês conseguissem resolver as diferenças que levaram à separação...

— Não foram diferenças que nos separaram, Natasha. Foi o tesão incontrolável de Adam. Além do mais, não ia funcionar. É ridículo até pensar nisso.

Ela se recosta e desafia:

— Por quê?

— Por onde começo? O fato de não termos conseguido ficar juntos na primeira vez. O fato de Adam e eu transando por aí ferrar a cabeça do William.

— É, mas...

— E mais do que tudo isso junto... vezes um milhão – continuo convicta –, é que... estou encarando um futuro com uma doença fatal.

Ela afunda no sofá.

E em vez de reclamar, de tentar me convencer a entrar de cabeça porque não tenho nada a perder, ela entende que não pode fazer isso comigo. Outras amigas, sim. Mas não comigo. Quase consigo ver a cabeça dela cheia de pensamentos sobre o que a próxima década reserva para mim.

— Não é uma coisa que eu possa sequer contemplar, Natasha – continuo falando baixo.

A vontade de chorar parece crescer dentro dela, forte e rápida.

— Por isso acho que seria melhor para todos se eu fosse para casa.

Ela vira para a parede e bebe o vinho em silêncio.

— Não é justo, Jess.

Aperto os dedos dela, que ainda estão frios de segurar a taça.

— Não é não. Mas foi o que me deram.

Olho para as crianças e Natasha engole as lágrimas para se recompor antes de elas perceberem qualquer coisa.

— Tudo bem, eu entendi – ela continua. – Mas não fuja, Jess. Você vai acabar em casa, sozinha, sem mim e sem a Becky para dar apoio. E nós queremos fazer isso, você sabe. Foi por isso que viemos.

Olho para a luz faiscando na borda da minha taça.

— Além disso, William ficaria arrasado.

Sorrio para ela.

— Jogo baixo.

— Mas é verdade – ela argumenta.

— Você tem razão, mas ele supera.

Nós duas viramos para olhar para William, que agora brinca com Poppy, ensinando a ela como soletrar "GATO".

— B-C-T-R-P-E-D-G – declara ela.

— Ah, muito bem! – diz William.

Natasha e eu damos risada, depois ficamos em silêncio. E aí ela fala uma coisa que deixa meu coração apertado:
— Você ainda ama o Adam, não ama?
Abro a boca, mas depois não digo palavra.
Porque nós duas já sabemos a resposta.

CAPÍTULO 60

No dia seguinte, perguntei para Becky:
— Por que vocês voltaram para casa tão cedo?
— Bem — ela se remexe —, eu fiquei preocupada com o que acontecia lá.
— Não aconteceu nada! Foi um passeio. As crianças foram maravilhosas.
— Ninguém deu piti?
— Não, a não ser que você conte a Natasha, quando não conseguiu encontrar o saca-rolha. Olha, a ideia era que você e Seb realmente se distraíssem e tivessem uma noite maravilhosa.
— Nós tivemos, mais ou menos — ela protesta, mas não me convence. — Mas preferia não ter comido aquela sobremesa enorme. Vou começar um regime amanhã.
— Não precisa, você está ótima desse jeito — responde Seb, aparecendo na porta.
— Obrigada, mas minha jeans velha não pensa assim.
Dou risada e ouço um berro agudo lá de fora, seguido por um grito: "MAMÃEEEEE!"
Becky olha cansada para Seb, que suspira e diz:
— Eu vou.
— Vamos deixá-la em paz — diz Becky para mim, segurando a mão de Poppy, à porta da cabana. — Tenho de contar que encontrei Adam quando estávamos saindo. Ele pareceu... meio esquisito.
— Esquisito como?

– Meio agitado. Por falar no diabo...
Adam está vindo na nossa direção. Meus ombros ficam tensos.
– Oi, Becky. Foi bom o programa ontem?
– Muito bom, obrigada – ela responde.
Adam sorri e me pego olhando para a boca dele.
– Bom, preciso ir ao supermercado para alimentar essa tropa, senão o mundo vem abaixo. Venha, Poppy, vamos pegar suas passas e ir ao shopping. Vejo vocês mais tarde.
Ela olha séria para mim antes de ir para o carro.
– Quer dar um passeio? – sugere Adam.
– William vai voltar para a cabana depois da partida de futebol e quero estar lá quando ele chegar.
– Que tal irmos para lá então?
Faço que sim, com a cabeça meio ressabiada.
– Tudo bem.
Vamos para a floresta e pegamos a trilha onde riscas de luz do sol salpicam o tapete de samambaias escuras. Olho para o chão e Adam revela que contou para Simone que ele não pode viajar.
– Eu disse que não queria me afastar de William por tanto tempo. E... que gostava de outra pessoa.
Eu me forço a olhar para frente.
– Ela perguntou quem era?
Sinto o olhar de Adam.
– Acho que nem precisava dizer.
Engulo em seco.
– E então, como foi que ela reagiu?
– Ela pediu demissão e disse que ia pegar um voo para voltar para a casa dos pais dela hoje à tarde. Então disse que o advogado do pai dela ia entrar em contato comigo para me processar por ter sido forçada a pedir demissão.
Respiro fundo.
– Deu tudo certo, então.
Chegamos à cabana, sentamos nas cadeiras do lado de fora e sinto um nó no estômago. Viro o rosto para cima e fecho os olhos em silêncio

para sentir o calor forte do sol nas pálpebras enquanto fantasio por um segundo que seria capaz de fazer isso funcionar. Que poderia consertar os fragmentos partidos da nossa família, botar as peças do quebra-cabeça em seus lugares de novo.

Quem sabe seja por isso que sinto necessidade de falar uma coisa que talvez tenha chegado tarde demais, infelizmente.

– Eu sinto muito.

Ele fica confuso.

– Por quê? Você estava certa sobre Simone e a viagem.

– Não é isso... Estive pensando no que você disse. Que eu levei você a achar que não seria bom pai para o William. Sinto muito ter dito que ele ficaria melhor sem você. Isso foi um erro.

Registro a emoção no rosto de Adam.

– Isso não era verdade, e você provou desde que chegamos aqui. – Examino o rosto dele. – Ele adora você, Adam, muito mesmo. E desde que chegamos aqui, acho que você conquistou o amor dele. Você merece.

Ele aperta os olhos, constrangido com a própria reação.

– Jess – diz ele aflito –, agora pode dar certo, sabe? Pode mesmo. O que eu sinto por você... mudou. Não, não foi isso, apenas ficou muito claro.

Adam continua falando, como se participasse de um debate na escola, diz que faz sentido ficarmos juntos, tentar de novo.

Mas eu não consigo me concentrar nas palavras dele. Só no que eu ainda não disse. No que passei dez anos escondendo.

– Por que você está chorando?

Ele vira para mim e o olhar dele me dá um aperto no coração.

– Não vai funcionar, Adam. Nós não podemos ficar juntos.

Sei que preciso contar tudo. Devo isso a ele. Devia ter contado anos atrás.

– É que...

Mas minha voz some, não quer fazer parte dessa revelação. Como é possível contar uma coisa dessas para o homem que nunca desocupou meu coração? Se eu sei que vai modificar tudo que ele pensava de mim? Se sei que ele nunca mais vai poder olhar nos meus olhos e ver uma mulher que ele deseja, só alguém de quem sente pena? Abro a boca para tentar falar, mas ele se adianta.

– É aquele seu vizinho, não é?

Quase engasgo com o riso, chocada.

– *O quê?*

– Aquele cara, Charlie. É evidente que ele está louco por você.

Balanço a cabeça, incrédula.

– Não é ele. – Adam cruza os braços em posição defensiva. – Adam, eu nem gosto dele. É apenas um cara que conheci na viagem.

Os olhos dele se enchem de lágrimas.

– Eu entendo.

– Não entende não!

Quero encher os pulmões e gritar: *não é aquele cara, o Charlie. Como poderia ser, com você aqui, fazendo com que eu me sinta viva quando estamos juntos? Provocando em mim um desejo insuportável toda vez que sinto o cheiro da sua pele?*

Só que isso não ajudaria em nada. Então eu falo, fazendo graça:

– Adam, o cara usa cardigãs. Com gola. Garanto que *não é ele.*

Vejo Charlie olhando para mim com raiva, depois de ouvir tudo que eu tinha dito. Ele desvia o olhar, dá meia-volta e vai para sua cabana com passos largos, batendo a porta quando entra.

CAPÍTULO 61

Uma hora depois estou encolhida no sofá, envergonhada demais para sair à luz do dia e dar de cara com Charlie. Fico pensando se devia ir lá me explicar ou pedir desculpas. Enquanto isso, William anda tristonho, fala pouco e parece perdido em seus pensamentos.

– Por que você voltou mais cedo do futebol? – pergunto.

Ele sacode os ombros e se recusa a responder.

– Você caiu outra vez?

Ele olha zangado para mim, espantado com a ideia de ter um desempenho abaixo do padrão de um jogador do Real Madrid.

– Não, eu fiz um gol.

– Ah! – Devo parecer chocada demais com isso. – Nossa, que maravilha, William! Então por que está tão triste? – Ele balança a cabeça e franze o cenho. – Conte para mim.

– Os outros garotos chamaram James de gay. Eu disse para deixarem ele em paz e eles disseram que eu sou gay também. Mas não sou.

– Oh, William – suspiro, fico aborrecida e orgulhosa ao mesmo tempo. – Fez muito bem em defendê-lo. Só que... mesmo se você fosse gay, não teria problema nenhum, você sabe. Só para registro.

Um lado do lábio dele sobe, como se eu não tivesse entendido nada daquela situação.

– Eu só não queria que eles fossem maus com o James.

– Sim, eu sei. Onde estava Seb quando isso aconteceu?

– Ele estava lendo um jornal perto do banco, longe demais para ouvir o que estavam falando.

– Querido, você fez a coisa certa.

Vou até ele, passo o braço em seus ombros ossudos e tento abraçá-lo, mas ele me empurra.

– Agora não tenho mais ninguém para jogar futebol. Bem quando eu estava bom.

William levanta e vai para o quarto dele.

Deixo que vá, mas só até a vontade de segui-lo ficar irresistível. Vou até lá, abro a porta e o vejo deitado de barriga para baixo no beliche de cima.

– William – chamo baixinho.

Se fosse na cama dele, em casa, eu sentaria nela e massagearia suas costas em sinal de apoio, até ele se aborrecer com o gesto e sentir-se forçado a falar comigo.

Ponho o pé no primeiro degrau e começo a subir. Só quando chego no terceiro percebo que aquela coisa é muito instável. Talvez não tenha sido feita para duas pessoas, uma delas uma mulher adulta que comeu queijo demais nas últimas três semanas e que está pensando em queimar a calça jeans. Mesmo assim chego ao topo e tento me içar para cima do colchão.

– O que você está fazendo? – pergunta William, vira de barriga para cima, senta e esfrega o nariz.

– Só vim ficar com você – respondo depois de conseguir escalar o beliche e sentar de pernas cruzadas, como um colega que fosse dormir na casa dele. – Tem mais alguma coisa te incomodando?

Ele reage com uma daquelas caras de pré-adolescente, que indica que está confuso, mas só porque eu fiz uma pergunta idiota.

– Não.

– Bom, olha só... acho que tenho uma solução para o fato do futebol não estar dando certo – digo para ele.

– O que é?

– Andei pensando.

William olha para mim como se aquilo soasse horrivelmente perigoso.

— Acho que seria uma boa ideia irmos para casa mais cedo. Talvez amanhã. Dei uma espiada no horário da barca e só custa um pouco mais para trocar o horário que já reservamos. Assim você poderá ver seus amigos em casa e jogar *Garden Warfare* com Jake, e...

— O quê?

— Só estou dizendo... que achei que podíamos ir embora. Amanhã.

— NÃO! — A reação dele é tão violenta que endireito as costas, chocada.

— Olha... pense nisso.

Ele cruza os braços apertados contra o peito.

— Já pensei e não quero ir.

O rosto dele está completamente branco. Ele passa de tristeza para fúria num intervalo de dez segundos. Quase treme de tanta raiva.

— Eu sei que você tem passado um tempo ótimo com seu pai, mas ele está muito ocupado com o trabalho. E não seria bom estar com seus amigos? — insisto.

Ele me fuzila com o olhar e cerra os dentes.

— Isso é porque você não consegue se dar com o papai?

Não sei se rio ou se choro de alívio com o fato de ele não ter descoberto o que aconteceu na outra noite.

— Bem, não. Não é isso.

— É sim, não é? — retruca, furioso. — Você *odeia* ele. Você não consegue nem ficar aqui *por mim*. Justamente quando viramos bons companheiros e ele está me ensinando a jogar bola melhor e...

— Não é isso, William — interrompo. — Seu pai está com muito trabalho, mas ele já disse que vai organizar uma viagem para ir ver você em casa.

Como explicar que não é William que quero longe de Adam e sim eu mesma? Só percebo como estou apavorada com a ideia de ficar quando William provoca o assunto.

— Bom, eu não vou a lugar nenhum — ele declara. — Você pode fazer o que quiser.

Pisco incrédula diante daquele tom novo e indesejado na voz dele.

— O que disse?

— Falei que eu não vou.

Não sei se foi o jeito dele falar, quase rosnando, mas de repente sou dominada pela sensação de que tudo está sem controle. Tudo errado. Dá vontade de gritar.

— Acho que você vai se dar conta de que sou *sua mãe* — eu digo, com firmeza suficiente para disfarçar meu abalo. — Por isso... por isso, se eu disser que você vai, você vai. E NÃO fale comigo dessa maneira de novo. Você tem dez anos, não vinte e cinco. E mesmo se tivesse vinte e cinco, não ia falar comigo desse jeito. Nem com ninguém.

— De que *jeito*? — ele berra. — Não posso acreditar que estou levando uma bronca, e eu nem fiz nada. É você que está desistindo dos planos e estragando tudo. De propósito.

Alguma coisa no tom rabugento de mártir da voz dele aperta um botão em mim. De repente não estou nem aí para tudo que li nos livros da *Supernanny* sobre perdermos a briga quando gritamos com a criança. Não dou a mínima para ser racional. Não aguento mais o que a vida está jogando em cima de mim, e essa foi a gota d'água.

— Certo, então chega, William! — eu grito. — Você *não* tem a menor ideia do que eu estou enfrentando. Não sabe de nada. Porque se soubesse daria um tempo e me ajudaria nisso. E certamente não ficaria aí falando comigo como se eu fosse lixo na sola do seu sapato e não a mulher que criou você sozinha.

— Você só me criou sozinha porque não deixava papai chegar perto de mim!

Sinto o esmalte dos dentes cortando a parte de dentro da boca.

— Isso não é verdade, William. Não é.

— Não importa. Eu não vou para casa.

— Duas coisas. Primeira, fale comigo desse jeito mais uma vez e só vai chegar perto daquele iPad quando tiver setenta anos. E segunda, nós vamos para casa amanhã. Se não gostou, problema seu. A vida é uma droga, às vezes, William. Acostume-se com isso.

William afasta a coberta, pendura as pernas no lado do beliche e pula para o chão. Então sai do quarto e bate a porta, deixando um medo terrível no meu peito.

Nunca tive uma discussão assim com ele antes.

Parte de mim não entende o que me deu. Outra parte continua furiosa com ele por ser tão insolente. De qualquer forma, a sensação de culpa me envolve como um cobertor, eu tenho vontade de voltar no tempo e impedir que os últimos sete minutos aconteçam.

Cansada, começo a descer devagar a escada, mas faz muito tempo que não subo numa dessas e não existe a possibilidade do pulo da minha parte. Em vez disso, cometo o erro de tentar descer de frente e, quando me atrapalho, o quadril para o alto e os joelhos feito um peru antes do recheio, percebo que não vai dar certo. Por isso me arrasto para cima de novo, viro e desço de costas. Paro para organizar os pensamentos antes de seguir William até a sala.

Só que ele não está lá.

– Para onde foi o William? – pergunto.

Natasha olha para mim lá da pia.

– Imagino que deve ter saído. Você está bem? A briga pareceu feia.

– E foi.

Vou para a porta, abro e espio lá fora. Não tem ninguém no pátio, só dois rouxinóis saltitando na mureta, e abelhas em volta da buganvília.

– Ele não disse para onde ia?

– Não. Desculpe. Está tudo bem?

Esfrego a testa com a palma da mão.

– Não sei.

CAPÍTULO 62

Natasha e eu nos separamos para procurar William. Combinamos que eu vou conferir no château e ela vai para a casa de Adam, e, o que quer que aconteça, nos encontramos na nossa cabana em vinte minutos, porque a comunicação pelo celular é uma incógnita.

Meus pés pesam na trilha da floresta e grito o nome de William, mas só ouço o silêncio e o ruído errático dos batimentos do meu coração em resposta. Quando saio do meio das árvores e corro para o château, Adam aparece na porta e no mesmo instante percebe que há algum problema.

– O que houve?

– É o William. Tivemos uma briga e ele foi furioso para algum lugar. Deus sabe onde está!

Adam fica processando a informação.

– Olha, não se preocupe, ele é um garoto sensato. Vou procurá-lo também. Vou pegar o carrinho de golfe.

Adam começa no outro lado do terreno e eu pego o outro caminho, gritando o nome de William sem parar, perguntando para todos que encontro se o viram.

Quando volto para a cabana e vejo Natasha parada do lado de fora, ouço meu próprio gemido. Começo a correr mais depressa, desesperada por notícias.

– Não entre em pânico, Jess – é tudo que ela consegue dizer. – Tenho certeza de que ele não pode estar longe.

Vamos procurar no barracão, na casa de Becky e Seb e nas outras perto dela. Acabamos voltando para Les Écuries, andando de um lado para outro e sinto o suor frio nas costas. Um minuto depois, Adam ainda não apareceu. Então ficamos lá fingindo calma e procuro me convencer de que ele vai surgir com o meu filho sentado ao lado no carrinho de golfe e que ele estará bem. Natasha levanta a cabeça, sigo o olhar dela e vejo Adam. Sozinho. Corro para ele, que desce do carro.

– Nada.

Não é nem uma pergunta.

Ele balança a cabeça e sua expressão me assusta. Adam também parece preocupado.

– Procurei em todo lugar que pude nesse carrinho. Mas ele não pode ter ido longe.

– Espero que não tenha feito alguma besteira – digo.

– Ele *não* faria – insiste Natasha.

– Você não viu como ele estava furioso.

– Olha, Natasha tem razão – diz Adam convincentemente. – Ele deve ter ido para algum lugar clarear as ideias. Eu vou para o château pedir para Ben ajudar a procurar.

Adam vira para mim, seus olhos vasculham os meus.

– Por favor, não se preocupe.

Então ele estende a mão, aperta meus dedos e num breve segundo as coisas parecem um pouquinho melhores.

– Certo, então vamos. Por que vocês duas não experimentam a floresta para o leste, por ali, e eu vou na direção oposta. Encontro vocês aqui em meia hora.

– E se não o encontrarmos nesse tempo?

Adam aperta o maxilar.

– Atravessaremos essa ponte quando chegarmos nela.

Natasha está mais em forma do que eu. Sei disso porque ela também faz musculação e gosta, ainda por cima. No que me diz respeito, cada aula é igual a um parto. Tão horrorosa e dolorosa que só quando acaba é que esquecemos aos poucos como foi ruim e cogitamos repetir a experiência.

Mesmo assim, ela mal consegue me acompanhar na corrida pela floresta, gritando o nome de William.

Depois de um tempo, ela berra:

— Jess!

Viro para trás e a vejo dobrada ao meio, cotovelos nas coxas, recuperando o fôlego.

— Jess... precisamos... voltar.

Olho para o meu relógio e vejo que é hora de conferir com Adam e seu grupo de busca. Na volta percebo que estamos mais lentas, que *eu* estou mais lenta, com o peso de uma onda de negatividade. Não sei se aguento atravessar o descampado no caminho e ver Adam na porta da nossa casa sem William.

Voltamos antes dos outros.

— Isso deve ser um bom sinal.

Não confio muito na lógica de Natasha, mas faço que sim com a cabeça para impedir que meu queixo trema.

Então Adam aparece com alguém e meu estômago dá uma cambalhota.

— Ele o encontrou.

— Ah, graças a Deus.

Minha cabeça se entope de orações misturadas, agradecimentos a Deus e promessas de que serei uma pessoa melhor, então levanto a cabeça e minhas esperanças implodem. A pessoa que está com Adam usa calça comprida, William estava de short. Ele é alto demais, velho demais...

Adam está com Ben. Não é William.

CAPÍTULO 63

Uma hora e meia depois do desaparecimento de William, eu quero ligar para a polícia. Por mais que queira acreditar que Adam está certo, que ele deve estar emburrado e escondido em algum lugar, isso é totalmente sem precedentes.

Mas o fato de Adam estar convencido de que William está bem ajuda.

Eu preciso dessa certeza, fico pedindo para ele repetir sem parar que tudo vai acabar bem, que ele vai voltar assim que sentir os efeitos da abstinência do iPad. Mas depois de um certo tempo até ele concorda que devíamos ir para o château para usar uma linha fixa e fazer a ligação que nenhum pai ou mãe deseja fazer.

Adam está com a mão na porta da sala dele quando Julien, da equipe da cozinha, passa por nós e nos cumprimenta.

– *Est-ce que tout va bien?*

Adam abre a porta e vai sentar à mesa dele.

– *Nous ne pouvons pas trouver William* – ele diz distraído, começando a apertar os números no telefone.

– William? – diz Julien, olhando para mim. – Eu o vi na beira do lago agora mesmo. Fomos pescar antes de eu vir trabalhar.

– O quê? O *meu* William?

– Sim, ele estava conversando com um cara.

Adam bate o fone no aparelho.

– Vamos para lá.

Pegamos o carrinho de golfe e seguimos até o terreno ficar intransitável para ele. Deixamos o carrinho e nós três saímos correndo, Natasha, Adam e eu. Não lembro quanto tempo levamos para caminhar até o lago com Charlie e Chloe aquele dia, só sei que foram uns bons trinta minutos ou mais. Dessa vez parecia uma eternidade.

Quando chegamos ao pé da colina, eu já estou exausta. Galopo até o alto de uma elevação, mas não tão rápido quanto Adam, suas pernas e braços bombeiam feito pistões e ele chega lá em cima. Paro ao lado dele quase morta dois segundos depois.

E sozinho perto do lago avistamos alguém pequeno, jogando pedrinhas.

Não grito o nome dele. Estou ofegante demais e, de qualquer maneira, emudeço, por todos os motivos. Adam desce com passos largos. William olha para trás quando estamos na metade da descida, nos vê e vira de frente para o lago de novo.

Quando finalmente chego lá, toco no ombro dele, faço com que se vire e o abraço com força, aperto suas costelas no meu peito.

Minha cabeça lateja com a lembrança de que eu faria *qualquer coisa* por esse menino.

– *Que ideia foi essa, William?* – mal consigo pronunciar as palavras.
– Seu pai e eu quase morremos de preocupação. Pensei que você tinha fugido. Ou... ou se afogado, ou um monte de possibilidades terríveis. Quem era o homem com quem você estava conversando?

Ele olha para mim por baixo dos cílios compridos.

– Era o Charlie. Ele tinha vindo caminhar com Chloe.

Meu peito se contrai e forço os ombros para baixo. Meus lábios tremelicam e uma lágrima escorre no rosto dele, mas ele vira de lado, orgulhoso.

– Desculpe – ele dispara para mim e seca a lágrima.
– *Prometa* que você nunca mais fará uma coisa dessas – eu imploro.
– Jamais.

Ele me ignora, por isso seguro seu queixo e faço com que vire de frente para mim.

– William, prometa.
– Está bem!

Tenho a sensação de que meus pulmões vão explodir.

— William, isso é sério.

— Eu sei! — ele berra.

— Ora... ora, não está *parecendo* que você sabe. Está soando nada arrependido.

Ele ensaia sair dali, mas Adam toca sua mão e o faz parar. Então vejo Adam abraçar nosso filho com seus braços grandes e tenho a sensação de ficar de fora. William começa a chorar no peito de Adam, que acaricia as mechas macias do cabelo do filho.

— Tudo bem — sussurra Adam, e beija a cabeça de William. — Não precisa se preocupar. Nós todos ficaremos bem.

Então William olha para mim com os olhos muito vermelhos.

— Não ficaremos não, não é, mamãe? Nós não ficaremos bem.

Engulo a lixa que está dentro da minha boca.

— Se está falando de voltar para casa...

— Não é sobre voltar para casa. — Ele faz uma careta. — É sobre você não ser sincera. Você sempre disse que devemos ser sinceros. E falar sobre os nossos problemas. Mas você não contou para ninguém. E *eu* sei... Eu sei.

CAPÍTULO 64

Em silêncio, procuro decifrar o significado por trás das palavras de William. Será que eu tinha conseguido esconder esse segredo de todo o mundo, menos de quem eu *realmente* queria poupar?

– Olhem, todos nós estamos precisando de calma aqui – intervém Adam, e vira para William. – Você e Natasha não querem voltar e jogar uma partida de pingue-pongue, ou qualquer outra coisa, enquanto sua mãe e eu conversamos? E nada de fugir, combinado?

Ele balança a cabeça. Natasha sorri meio tímida.

– Eu sou o máximo no pingue-pongue, já vou logo avisando. Ganho todas.

– Se Ben estiver por lá, peça para ele dar algumas dicas para você, William. Ele é o campeão por aqui. Ninguém ganha dele desde o início da temporada.

William hesita um pouco antes de se arrastar colina acima com Natasha, e evidentemente resolve que estar com Natasha é melhor do que estar comigo nesse momento. Adam senta e olha para o lago. Eu afundo na terra ao lado dele e vejo uma garça descer até a água e depois voar para longe. O ar tem um cheiro quente e doce, o céu um azul profundo com o sol alto e o capim macio faz cócegas atrás das minhas pernas.

– Isso foi apavorante – diz Adam.

Depois de um momento de dúvida, ele põe o braço no meu ombro e me puxa para perto. Deixo que faça isso porque não consigo impedi-lo.

É uma sensação muito boa ser abraçada, dá muita segurança e consolo. Ultimamente não há mais ninguém com essa capacidade de me consolar, e a sensação é incomum e maravilhosa.

Percebo que ele está olhando para mim e retribuo o olhar, não reclamo quando ele se inclina para me beijar e o toque dos seus lábios é tão suave que inibe toda a minha força para me afastar.

– Não diga para eu parar outra vez – diz Adam.

– Bem, você precisa parar.

E os beijos são interrompidos, mas ele continua a olhar intensamente para mim.

– Eu me apaixonei por você, Jess. Outra vez. Não quero parar de te beijar nunca mais.

Estremeço e me concentro na superfície espelhada do lago.

– Você faz parecer simples.

– E não é?

– Não.

Então ele se apoia nas mãos e semicerra os olhos.

– E qual é esse grande segredo que William mencionou?

Tento contar para ele mais uma vez. Sei que é o que devo fazer, apesar de saber que nenhum de nós está preparado para isso. Abro a boca para falar, uma brisa quente murmura no meu cabelo e minha pele sente o afago do sol.

E me ocorrem um milhão de desculpas, mas a realidade é essa: naquele lugar lindo e naquele momento, eu não quero falar da doença de Huntington com Adam. Quero beijá-lo e fingir que está tudo bem.

Então me inclino, aperto os lábios nos dele e curto o calor do seu corpo quando meus seios encostam no peito dele. Ele mergulha na minha boca, retribui o beijo sedento e depois se afasta.

– Tudo bem – ele sussurra, afastando o cabelo do meu rosto. – Se você não vai me contar, volto ao meu ponto original.

– Qual ponto original?

– Que me apaixonei por você.

Um suspiro escapa dos meus lábios.

— Isso é adorável, Adam — eu digo casualmente, recuando. — Mas você está esquecendo de algumas coisas. Como o fato de que você "se apaixonou" por todas as mulheres vivas que respiravam e que cruzaram o seu caminho nos últimos dez anos.

— Não é verdade.

— ... e que mesmo se eu sentisse alguma coisa por você, digamos assim, e não estou dizendo que é o caso, você entende...

— Claro que não.

— Mesmo assim, eu seria louca de simplesmente dizer, oba! Adam e eu podemos ficar juntos de novo. O mesmo Adam que gostou de escapar e aproveitar a vida quando eu enfrentava incontinência e mamilos rachados. — Ele faz uma careta. — O mesmo Adam que tratava de transar com Georgina enquanto eu passava pela agonia de parir.

— Eu não escapei para me divertir. E não transei com Georgina. Já te disse isso.

— Você foi morar com ela! — protesto.

— Eu quis dizer que não fui para a cama com ela aquela noite.

Nem discuto com ele. Já tivemos essa conversa vezes demais para passar por isso de novo. Ele se afasta e suspira.

— Isso ainda é importante para você, não é? O fato de eu não estar lá quando William nasceu.

— É claro, Adam, e sempre será.

— Foi importante para mim também — ele insiste. — Uma coisa imensa. Você sabe que eu queria estar lá, mas...

— Mas estava ocupado com Georgina.

— Eu não estava com Georgina. Bem, quero dizer, estava. Eu a vi aquela noite, mas não dormi com ela, nem com ninguém. Gostaria que você apenas confiasse em mim, Jess. Acreditasse quando eu disse que estava no The Northern Tap a noite toda e que tentei voltar a tempo, mas...

— Espere aí — interrompo. — *The Northern Tap?*

— O que foi?

— Você disse que era The Bush Bar. Você disse que ficou lá a noite toda.

Ele prende a respiração e retesa os ombros quando entende.

— Eu disse?

— Sim, Adam, você disse.

— Bem, mas que *importância* tem onde eu estava? A questão é que eu disse que não estava transando com outra mulher e essa é a verdade. Por que não acredita em mim?

— Porque é totalmente óbvio que você está mentindo.

— Sobre isso não.

— Hum.

Ele desvia o olhar e passa os dedos no cabelo, pensando.

— Não posso ganhar essa.

Ele tem razão.

— Olha, não importa — eu continuo —, foi há muito tempo, águas passadas. Mas a questão é a seguinte: seria realmente uma má ideia você e eu ficarmos juntos de novo, Adam. Por muitos motivos, sem falar do William.

— William ia adorar.

Naquela hora eu quase contei o resto para ele. O grande motivo. A razão definitiva. O motivo que pegaria qualquer argumento que ele tentasse comigo e pisaria nele até transformar numa massa sangrenta. Mas de novo as palavras grudam na minha boca.

— Nesse momento a vida dele é simples. Ele tem uma mãe e um pai que não estão juntos, mas que o amam. Por que seríamos egoístas ao ponto de botá-lo de volta numa montanha-russa que poderia torná-lo o menino mais feliz por um tempo e depois destruí-lo se nos separássemos outra vez?

Adam nem pisca.

— Eu não deixaria isso acontecer.

— Mas, Adam, acho que nenhum de nós pode garantir isso.

CAPÍTULO 65

Passo o resto da noite tentando desvendar o que acontece por trás dos olhos jovens de William, ou se suas palavras cifradas significavam apenas alguma coisa inócua.

Acabo perguntando para ele no domingo à noite, no primeiro degrau da escada do beliche dele, arrumando a coberta para ele dormir e me preparando para ter a conversa que vinha temendo desde o dia em que minha mãe contou sobre a doença de Huntington para mim.

– Você disse alguma coisa ontem sobre eu não ser sincera. O que quis dizer?

Ele não olha para mim, fixa o olhar no exemplar bem manuseado de *Maze Runner*.

– Nada, mamãe. Falei aquilo porque estava com raiva. Eu sinto muito ter fugido daquele jeito.

– Eu sei, você disse. E se desculpou também. Detesto discutir com você. Não quero que isso aconteça nunca mais.

– Eu também não.

Como William vai se tornar adolescente dentro de três anos, questiono mentalmente a chance de não brigarmos e sorrio para mim mesma.

– Então vamos mesmo embora amanhã? – ele pergunta e puxa o lençol até o queixo.

Hesito um pouco antes de responder.

– Não.

Os olhos dele brilham.

— Mas não é por você ter aprontado aquilo de sumir, não. Eu só resolvi ficar aqui até o dia que combinamos ir embora.

Ele sorri de orelha a orelha.

— Mas acontece que você e eu realmente precisamos ter uma conversa em algum momento.

— Sobre o quê?

Ele olha para mim e sua expressão faz com que eu pare de repente. Eu me pergunto se agora é mesmo o momento certo – quando ele ainda tem quase duas semanas de férias para aproveitar. Será que devo lançar a perspectiva do meu filho acabar como a avó dele, se devia passar os próximos sete dias relaxando e nadando ao sol? Sinto que já tive bastante drama nessas férias.

— Estava pensando se você tinha mais alguma pergunta sobre seu livro *Growing Up* – improviso.

Ele adota um olhar desconfiado.

— No momento, não.

Ainda bem.

— E você ganhou no pingue-pongue quando jogou com Natasha?

— Ganhei, chamamos Ben para jogar como papai tinha sugerido. Ele é fantástico jogando.

— É mesmo?

— É, mas ficava deixando tia Natasha ganhar, não sei por quê. Acho que eles se gostam. Ela devia namorar ele.

— Ah, você acha?

— Acho. – Ele faz que sim com a cabeça, orgulhoso de seus poderes perceptivos. – Ou será que o namorado dela agora é aquele outro cara, o velho?

— Joshua não é velho.

— Não é? De qualquer modo, Ben é mais divertido.

— Está bem, Cupido. Hora de dormir – resolvo.

Ele se ajeita na cama.

— Amo você – eu digo.

— Eu te amo mais.

Então fecho a porta e prometo para mim mesma: assim que voltarmos para casa, conto para ele.

Meu quarto se enche de uma luz difusa na manhã seguinte. Fico deitada ouvindo o ronco suave do ventilador de teto. O fim das férias está acelerando na minha direção e ao mesmo tempo parece que está a uma eternidade de distância.

Ter Adam por perto é uma tortura agridoce, o desejo que sinto por ele forma uma liga com a consciência de que eu só poderia tê-lo sob um falso pretexto. Ele acha que sou a mesma mulher de quando estávamos juntos, jovem, olhos brilhantes, com um futuro longo e saudável pela frente.

Digo para mim mesma que vou ficar aqui até o fim pelo William. E que, apesar de tudo, o fato de ele estar tão encantado com o pai só pode ser uma coisa boa. Realmente acredito nisso agora. Mesmo tendo uma preocupação minúscula, mas insistente, de que Adam possa voltar ao seu comportamento antigo depois das férias. Ele ainda se comporta mais como amigo do que pai.

Ouço vozes lá fora e sento para ver se distingo se são de Charlie e Chloe.

Levanto, vou escovar os dentes, lavar o rosto e vestir uma saída de praia.

Ensaio baixinho fragmentos de um discurso, abro a porta e vou para o pátio, cheia de determinação. Sigo as vozes até o estacionamento atrás de Les Écuries e, assim que registro a ausência do carro de Charlie, percebo que o que ouvi era o casal que tinha se hospedado numa das cabanas na noite anterior, com um bebê.

Relaxo, parte aliviada, parte decepcionada por não poder resolver logo essa conversa até outra hora do dia. Volto para o pátio e aí noto que a boia vermelha de Chloe que sempre ficava encostada na parede, derretendo ao sol, não está mais lá. As sandálias que ficavam na porta também não. Não há toalhas de praia sobre as cadeiras nem a vela de citronela da véspera.

    Vou devagar até a casa e ponho as mãos no vidro para poder enxergar lá dentro. A sala está vazia. A cabana está vaga, os hóspedes foram embora.

CAPÍTULO 66

Depois de todo aquele drama, deitar de costas e sentir os raios do sol queimando minhas pernas é um alívio. O barulho dos meninos de Becky e Seb implicando um com o outro é o único senão para o prazer total, até eu sugerir que William leve Rufus para ver se conseguem convencer outras crianças a jogarem uma partida de futebol. James fica folheando a revista *Glamour* de Natasha.

Eu me preparo para passar mais creme bronzeador quando os dois meninos voltam. Questiono gentilmente William para saber se ele foi importunado de novo, mas ele dá de ombros e diz que o pai viria para dar um mergulho com ele dali a pouco. Adam chega dez minutos depois e eu desvio o olhar de propósito quando ele tira a roupa na beira da piscina.

— Quando será que *Poldark* vai voltar para a telinha? – diz Natasha, empurrando os óculos escuros para baixo.

Becky para de tentar botar um chapéu de sol em Poppy.

— O que fez você pensar nisso? – diz ela, e me cutuca. – A outra noite deve ter sido ótima para você.

Afundo na espreguiçadeira para me concentrar no livro de novo e me esforço para não espiar por cima das páginas.

Então penso que não tenho motivo para me preocupar com isso. Por que não me permito olhar para Adam, para William e para tudo que está diante de mim? Abaixo o livro e deixo meus olhos vagarem para as fitas de luz que cintilam na piscina. As crianças de cabelo molhado, com suas pequenas boias, lambendo pirulitos fluorescentes e derramando água clorada em copos que oferecem para as mães. O som da risada solta do meu filho quando Adam espirra água e ele reage dando um caldo no pai. Uma sensação surreal de tranquilidade me domina, um sentimento... não, uma lembrança de quanta coisa boa existe na minha vida, quanta beleza, luz do sol e risos.

— Tia Natasha — cantarola James —, você está bem marrom.

Natasha olha para os próprios braços e se inclina para ele.

— É bronzeado falso, querido, mas não conte para ninguém.

— Posso usar um pouco?

— Não — Becky dá risada.

James franze a testa.

— Você tinha isso quando era uma menininha, tia Natasha?

— Não, meu amor. Não tinha sido inventado ainda quando eu era pequena.

Ele vira outra página da revista dela.

— O que mais não existia nos velhos tempos?

Natasha engasga com a Coca Diet.

— Oi, oi! — Josh chega com um sorriso de holofote e a camisa polo bem esticada e justa na barriga.

Natasha olha para ele e sorri.

— Puxe uma cadeira. — Ela dá um tapinha na cadeira ao lado dela, ele senta e abre as pernas o máximo que pode.

— Vocês todas estão fabulosas hoje — ele diz e Becky arregala os olhos para mim.

Josh vira para Natasha e os dois começam a conversar. Vejo Ben do outro lado da piscina limpando a churrasqueira e olhando para nós. A decepção em seu belo rosto faz com que eu olhe para Joshua e imagine o que Natasha está tentando se convencer de que vê nele.

Becky inclina a cabeça para mim.

— Ele não para de olhar — ela cochicha e põe uma noz na boca.

— Ben? É, eu sei.

— Ben não, *Adam* — ela resmunga.

Olho de estalo para a piscina e lá está ele, olhando para nós. Desvio o olhar.

– Sabe... vocês dois já foram uma ótima dupla.

Olho séria para ela.

– Becky, pare com isso.

Viro para Natasha e Joshua e tento participar da conversa deles.

– Eu sei que é a onda atualmente, mas por que em público? – parece que Joshua está falando de amamentação. – Não suporto todos esses bonzinhos que argumentam que é uma "função humana normal". Cagar também é, mas você não vai me ver de cócoras fazendo isso na frente de todo mundo.

Becky faz uma careta.

– Não dá para comparar isso com amamentar um bebê. Alimentá-lo, sabe?

– Qual é o problema das mamadeiras? – ele contesta. – Ou pelo menos poderiam ir para um banheiro para fazer isso.

Becky e Joshua iniciam um debate e fica claro que ele não vai recuar até enfiar suas opiniões tão fundo na goela dos outros que eles acabem engasgando. E fica igualmente claro que Natasha deseja com toda força que ele cale a boca.

– Desculpem interromper – digo –, mas eu vou para a cabana.

Becky aproveita a oportunidade.

– Ah, eu também vou.

Ela olha para a piscina e vê Seb brincando com Poppy e Rufus.

– Seb, vou para a cabana tomar um banho antes do jantar. Quer que eu leve as crianças para você poder dar uma nadada?

– Não, tudo bem – ele responde. – Levo esses dois quando eles quiserem.

William fica com Adam, Becky segura a mão de James e vamos os três pelo caminho da floresta.

– Conversa interessante com Joshua – murmuro.

Ela rola os olhos nas órbitas.

– Essa é uma forma de descrever aquilo. Ele é horrível.

Então Becky olha para trás, para Seb que joga Poppy para o alto e dá uma gargalhada contagiante que faz nós duas rirmos muito.

Quando recomeçamos a andar, noto que Becky está sorrindo.

– O que é? – pergunto.

Ela sacode os ombros.

– Escolhi um dos bons, não é?

Balanço a cabeça e rio.

– Qual é? – ela pergunta, confusa.

– Eu me dei ao trabalho de ficar com as crianças para tentar reacender sua paixão pelo seu marido e na verdade bastavam cinco minutos com Joshua.

Ela ri.

– Certamente você não precisava comparar Seb com ele para descobrir quão fantástico seu marido é, não é?

– Não seja boba – ela protesta e lança um sorriso de orelha a orelha para mim. – Mas ajudou sim.

CAPÍTULO 67

No dia seguinte, William e eu arrumamos uma mochila cheia de sanduíches, salgadinhos de frango, balas e chocolates para ir de carro ao vale do Vézère e fazer uma caminhada com um grupo. Ir com um guia oficial pareceu uma boa maneira de fazer exercício sem correr o risco de nos perdermos numa montanha por minha causa. William não fica muito animado, mas quando chegamos lá seu novo gosto por aventura logo o domina. E ele rapidamente se embrenha em cavernas úmidas e caminha por trilhas de pedra na montanha, com o canto dos pássaros enchendo nossos ouvidos e flores silvestres espiando atrás das pedras.

Paramos numa colina debruçados nos penhascos naquele calor úmido para reidratar e descansar as pernas. William acaba de comer uma maçã e me dá o caroço.

— Será que vou continuar a ser sua lata de lixo quando você tiver vinte e um anos?

Vasculho minha mochila à procura de um saco plástico.

— Melhor do que jogar o lixo por aí. — Ele dá um sorriso sonso.

Embrulho o resto da maçã e enfio na mochila.

— Estava pensando em ir assistir ao seu jogo de futebol hoje à noite.

A expressão dele não reflete satisfação diante da ideia.

— Aí eles vão pensar que preciso da mamãe para me defender.

— Tudo bem, então não vou *falar* nada. Se eu estivesse lá só para *assistir*, você sabe, com minha cara de durona... aposto que as coisas seriam diferentes.

Ele fica perturbado com a minha escolha de palavras.

— De qualquer modo, não sou nem tão bom assim no futebol.

— Ah, deixe disso. Você ficou ótimo nessas férias — digo, mas admito que é um pouco de exagero.

— Podemos mudar de assunto?

Acabo de comer meu chocolate e pego um lenço de papel para limpar as mãos.

— Tudo bem, para o quê?

Ele pensa um pouco.

— Que tal política?

E assim embarcamos em outra conversa que é muito igual a uma reportagem do Channel Four News, e me sinto despreparada para participar se não tiver uma boa recepção 4G e o Google para ajudar.

— Decidi o que quero ser quando crescer — ele conclui quando começamos a descer a montanha.

— Ah, é? O quê?

— Vou trabalhar em acampamentos de refugiados para ajudar as pessoas lá. Talvez seja médico.

Ponho o braço nos ombros dele.

— Isso me deixaria orgulhosa demais. Mas ficarei orgulhosa com qualquer coisa que você faça.

— É, claro. E pode nem acontecer. Posso até virar modelo, em vez disso.

Começo a tossir, ele olha para mim indignado e bato no peito como se um pedaço de maçã tivesse culpa.

— Certo.

— Papai diz que sou bonito — ele continua. — Ele disse que não era bonito como eu quando tinha a minha idade, por isso sei que poderia fazer isso.

Quando chegamos na nossa cabana mais ou menos uma hora depois, o primeiro instinto de William quando entramos é pegar o iPad. Tinha ficado longe do aparelho desde a nossa briga, talvez por não querer chamar atenção para a minha ameaça de seis décadas de proibição.

– Não entre nisso – digo para ele. – Vamos comer na casa da Becky essa noite, por isso você precisa de um banho antes de ir.

– Tudo bem, mamãe. Só um minuto.

Já vou reclamar, mas a porta abre e Natasha entra.

– Oi. Você saiu com Josh hoje?

Ela olha de lado para mim.

– Não. Estou evitando ele.

– Ah. Então desencantou dele?

Ela faz que sim com a cabeça, desanimada.

– Ele ticou todos os quadradinhos, menos o que dizia: "Não agir feito um babaca."

– Sinto muito, Natasha.

– Não sinta – diz ela. – Ele vai para casa amanhã e Londres é suficientemente grande para eu nunca mais vê-lo. No fim das contas, ele era só mais um cara que se achava muito.

– Por que minhas orelhas estão queimando?

Adam estava na porta.

– Não é você. – Natasha dá risada. – Então, vou pegar meu suéter e ir para a cabana da Becky. Vocês vêm?

– William precisa tomar banho primeiro. Não é, William? – pergunto enfaticamente.

– É. Já estou indo – ele resmunga e não se mexe.

Natasha vai para o quarto pegar o suéter e percebo que Adam está olhando para mim.

– Becky mencionou que não posso ir hoje porque tenho de ir a um jantar de negócios em Montignac?

– Ela falou sim.

Olho para meu filho.

– *William* – digo através de dentes cerrados.

Ele não responde.

– WILLIAM!

– Só um minuto, mamãe.

Eu me considero uma pessoa sensata, mas isso é ridículo.

– Já dei um minuto. Aliás, já dei muito mais do que um minuto. Vou lá, tiro o iPad da mão dele e desligo.

– Nãããããão! – ele berra e estende a mão feito Kate Winslet naquele bote nas últimas cenas de *Titanic*.

– Pedi para você pelo menos umas cinco vezes. Não estrague o dia ótimo que tivemos.

– Está bem! Agora eu perdi – ele resmunga.

William levanta e segue para o quarto.

– William. Espere um pouco. – A voz de Adam é definitivamente a voz de Adam, mas não posso dizer que reconheço.

William dá meia-volta.

– Não fale com sua mãe desse jeito.

O rosto do meu filho fica cheio de manchas vermelhas, os olhos paralisados de choque.

– Ninguém deveria ter de pedir para você fazer alguma coisa tantas vezes – continua Adam.

Há um tom de desconforto na voz dele, como se não tivesse certeza de que o que está fazendo é o certo.

– Como se sentiria se nós fizéssemos isso com você?

William levanta os ombros, tenso.

– Então não faça isso, está bom?

Uma cornucópia de emoções briga por espaço no rosto de William: primeiro desafio, constrangimento, depois mortificação e arrependimento.

– Desculpe, mamãe.

Faço que sim com a cabeça.

– Tudo bem. Agora vá para aquele chuveiro. Obrigada – digo para Adam quando William sai da sala.

Natasha toca no meu cotovelo antes de Adam responder.

– Nos vemos lá. Vocês vão demorar?

– Dez minutos.

Natasha sai, fecha a porta e então noto que Adam está agitado.

– Podemos ir lá fora um minuto?

– Claro.

Lá fora o sol já está baixo no horizonte e reflete um brilho dourado nas flores silvestres no campo ao longe. Adam senta primeiro e escolho uma cadeira afastada dele de propósito, pelo simples motivo de que estar perto dele esses dias é delicioso e insuportável demais.

— Andei pensando muito sobre o futuro desse lugar e ainda não quero prometer nada para o William porque ainda não encaixotei tudo... Além do mais, ainda teria de fazer muita coisa para isso acontecer...

— Adam, o que está tentando dizer?

— Eu quero voltar e viver na Inglaterra.

Ele fixa os olhos escuros em mim, aguardando a minha reação. Mas estou atônita demais para responder, por isso ele continua:

— Acho que posso dar um jeito para isso acontecer. Não será de uma vez nem imediatamente, mas é uma solução.

Deixo as palavras fazerem sentido e minha cabeça borbulha com perguntas.

— E isso aqui? E o que você faria para viver?

Um riso contido escapa dos lábios dele, como se não precisasse ser lembrado desses problemas monumentais.

— Eu mencionei que tinha alguém interessado há algum tempo em comprar essa propriedade, mas eu sempre disse que não vendia. O negócio é um sucesso, mas ainda tenho dívidas depois de todo esse trabalho de anos, e agora devia ser a hora de eu começar a ter retorno do dinheiro investido... — Ele deixa a frase incompleta. — A questão é que comecei a analisar seriamente e os números estão nivelados. Praticamente. Ou quase. E mesmo que não estivessem, não tem importância, porque pelo menos, se conseguisse um emprego em Manchester de novo, estaria perto do William e poderia ajudar você. Fazer isso juntos. Ser pai, quero dizer.

Os pensamentos começam a colidir no meu cérebro, mas não consigo transformá-los em palavras.

— Não estou dizendo que espero qualquer coisa de você, Jess — ele continua, olhando para o chão. — Eu respeito o que você disse, que não quer se envolver de novo comigo... pelo menos naquele nível. — Então ele levanta a cabeça e tem a certeza estampada no rosto. — Mas eu quero estar na vida do William. Quero frequentar as reuniões de pais e levá-lo aos clubes da escola. E vou fazer tudo que puder para que isso aconteça.

Percebo que isso um dia já pareceu impossível.

Quando cheguei à França estava sempre irritada com Adam, cobrando que ele fosse um pai melhor, sem jamais acreditar que ele conseguiria. Eu quis fazer o que mamãe tinha pedido simplesmente para poder dizer a ela que fiz o que queria. Estava fazendo tudo aquilo convencida de que ele ia fracassar. Só que ele não fracassou. Ele superou as expectativas. Mas ainda não tem ideia de que está encarando muito mais do que reuniões de pais e clubes da escola.

CAPÍTULO 68

Sabendo que o mundo não tinha acabado na outra vez, Becky concorda de novo em deixar os filhos comigo e com Natasha no dia seguinte.

— Mamãe e papai vão namorar de novo? — pergunta James.

— Eles vão é tirar uma soneca — responde Natasha.

— Por que iam querer isso? Dormir é chato.

— Os dois estão acordados desde quinze para as seis, por isso acho que não concordam com você — digo para ele.

Poppy reclama do desaparecimento dos pais com uma explosão de lágrimas que cessa no segundo em que eles desaparecem. Agora ela está com William, já completou quatro quebra-cabeças, leu duas histórias e soluçou de tanto rir com um episódio de *Os Simpson* no iPad, como se não tivesse noção do que está acontecendo.

Os dois meninos mais velhos também estão bem, só que há uma certa confusão quando Rufus tenta contar para nós alguns detalhes da visita que fizeram a Domme ontem.

— Mamãe comeu uma creca — ele diz muito sério.

— Não comeu não — zomba James.

— Comeu sim! Uma bem grande e disse que gostou tanto que queria outra na mesma hora.

— Mentiroso — resmunga James.

— Não sou! Você também comeu uma, com sorvete de morango em cima.

— Você quer dizer... *crêpe?* — deduz Natasha.

— É. Uma creca. Estava uma delícia.

Depois de uma hora o azul brilhante do céu e o sol alto nos chamam para a piscina. O calor está menos sufocante do que ontem, o ar mais fresco e claro e permeado do perfume das pequenas flores verde-limão que cascateiam dos vasos ao longo das paredes do château.

William, sem tirar os óculos de natação embaçados, brinca na água com Rufus e James. Eles se divertem arremessando boias espaguete e apostando corrida para pegá-las.

Natasha, enquanto isso, está deitada de frente com seu biquíni amarrado no pescoço e os dedos dos pés pintados de vermelho sobre a espreguiçadeira, tomando chá com Poppy em um regador minúsculo e dois copinhos.

Quando Ben aparece para tirar os copos da nossa mesa, ela olha para ele e sorri. Os dois parecem quase tímidos na presença um do outro. É bonitinho e uma tortura de ver: os dois estão loucos para falar qualquer coisa.

Felizmente, William sai da piscina e chapinha até eles para acabar com aquele sofrimento, quebrando o silêncio.

— Vocês sabiam que o papagaio pode ver o que tem atrás dele sem mexer a cabeça?

Os dois dão risada.

— Eu sabia sim — Ben diz para ele.

— Você fez veterinária, não fez? — pergunto.

— Fiz. Mas não lembro de saber esse tipo de coisa na sua idade, William.

— William é muito inteligente — diz Natasha. — Ele está numa lista de Brilhantes e Talentosos de matemática.

— Dotados e Talentosos — corrijo, mas nenhum deles presta atenção e William já está voltando para a piscina.

Pego um copinho e pergunto se Poppy pode encher para mim, assim deixo Natasha livre para conversar com Ben.

— O que vocês vão fazer no resto dessa semana? — Ben pergunta.

— Estamos meio sem ideias — responde Natasha, sentando com as pernas cruzadas. — O que você faz nos seus dias de folga, alguma coisa que possa recomendar?

— Normalmente vou de carro até o Lac Du Causse. Dá para esquiar lá.

— Ah, eu adoro esquiar. Aprendi no Caribe uns dois anos atrás, mas não esquiei mais depois disso. Devo estar enferrujada agora.

— Eu aprendi no norte de Gales. Bem mais charmoso.

Eles batem papo até acabar o assunto e Ben simplesmente olha para ela e declara:

— Se estiver interessada, posso levá-la lá amanhã. É meu dia de folga.

Por um instante me convenço de que ela vai recusar, por todos os motivos que me deu assim que chegamos. Porque ele é jovem demais, porque vive na França, porque não pode levar ao capítulo significativo da vida que ela procura.

Mas quando a luz dourada do sol cobre a pele dele e uma brisa brinca com os cheiros do verão em volta de nós, há mágica demais naquele lugar para dar ouvidos à razão.

— Seria muito bom.

O sorriso dele ilumina o rosto todo.

— Ótimo. Pego você às dez.

Ele se afasta e ela suspira.

— Sou minha pior inimiga.

— Eu não me preocuparia com isso — respondo.

— Bem, mas eu me preocupo. Ele é uma graça, mas não vou acabar escolhendo porcelana da Habitat com ele.

— Quando chegar sua hora de se apaixonar, você encontrará seu cara da porcelana da Habitat, Natasha. Mas não pode forçar as coisas. Enquanto isso, se eu fosse você, simplesmente curtiria o esqui.

— Mamãe! — Poppy exclama, e vemos Becky e Seb vindo na nossa direção, de mãos dadas e dedos entrelaçados.

— Estou me sentindo uma nova mulher — Becky abre um sorriso largo e se abaixa para beijar Poppy. — Tinha esquecido o luxo que é tirar uma soneca à tarde.

– Agradeço demais isso, vocês duas. Foi um presentão. Nós estávamos quebrados – Seb acrescenta tirando a camisa para pular na piscina com os meninos.

As feições de Becky viram um bocejo, ela puxa uma espreguiçadeira devagar e mal termina de passar o filtro solar de amêndoas já está dormindo tão profundamente que suas pálpebras tremelicam e adejam com sonhos.

Natasha dá um tapinha na minha coxa e se debruça para cochichar:

– Becky desmaiou. Você acha que estavam mentindo quando disseram que passaram aquele tempo de folga dormindo?

Escondo um sorriso e cochicho de volta:

– Espero que sim.

CAPÍTULO 69

O sorriso do meu pai parece mais fraco cada vez que o vejo esses dias. Costumava ocupar todo o seu rosto quando ria, e ele ria com frequência. Sinto saudade daquele som, quase tanto quanto da voz da minha mãe, uma voz que cantava canções de ninar quando eu era pequena e que acalmava meu filho quando ele caía e machucava o joelho.

Estou no escritório de Adam, cercada de papéis e conversando com meu pai no Skype. Ele procura me consolar dizendo que continua de queixo erguido. Natasha foi esquiar e William foi pescar no lago com Seb e os meninos.

– Gaynor esteve aqui mais cedo, e isso foi bom – diz papai.

Gaynor é uma das amigas mais antigas da minha mãe. Estudaram juntas e, apesar de ela morar em Pittsburgh hoje, ainda faz o esforço de visitar a cada dois meses.

– Ah, como está ela?

– Muito bem. Barry e ela acabaram de chegar de uma viagem ao Quênia. Fizeram um grande safári com a família toda. Disseram que foi maravilhoso.

– Que ótimo.

Os olhos dele vagueiam um pouco e eu sei o que está pensando. Mamãe teria adorado algo assim.

– Acho que Gaynor ficou chocada – diz ele.

– Com... com o estado de mamãe agora?

Papai não responde de pronto, mas acaba conseguindo menear a cabeça.

Ele está com ela todos os dias, por isso as mudanças em mamãe são quase imperceptíveis para nós. São muito lentas e sorrateiras, é como observar uma flor secando. Não se vê nada acontecendo quando fixamos o olhar nela. Só quando nos afastamos e voltamos é que vemos a flor mais murcha. E com mamãe não há nada mais perturbador do que a expressão devastada de amigos que não a veem há um tempo.

Em silêncio triste, assisto papai cobrir a boca com a mão trêmula, sem conseguir esconder a emoção de mim, sua determinação de se manter forte enquanto encolhe sob a pressão de uma tristeza arrasadora.

E com isso lembro que ele não é só meu pai, que ela não é só minha mãe.

São duas pessoas que se apoiaram mutuamente por trinta e cinco anos. O brilho do amor deles iluminou os maus momentos, os momentos lindos e os momentos que teriam destruído outros casais.

A decadência de mamãe tem sido longa e mais demorada do que devia. Apesar de saber que ela ainda não dá sinal de que vai nos deixar, quando acontecer será antes de qualquer um de nós estar preparado para enfrentar. Sinceramente não sei o que faremos sem ela.

— Vou voltar para casa, papai — resolvo.

Digo isso não só por ela, mas por ele. Papai não pode fazer isso sozinho. Quando uma enfermeira passa e ele se distrai, aproveito para mudar de assunto, antes que ele tente me dissuadir do que acabei de decidir.

— Ah, e Adam quer voltar para a Inglaterra.

Papai se espanta e endireita as costas.

— É mesmo?

— É, ele quer passar mais tempo com William.

O carinho que papai sente por Adam aparece nas rugas dos cantos dos olhos. Isso vai além de deixar mamãe feliz. Quando nós estávamos furiosas com Adam, papai nunca foi capaz de sentir isso.

— Ora, isso é ótimo, Jess. Só pode ser bom, para você e para o William.

— Sim. Mas só acredito vendo.

Papai desanima um pouco.

— Está dizendo que não acha que Adam vai se interessar quando voltar?

— Não, não estou dizendo isso...

Mas quando minha voz some, eu ainda estou tentando descobrir o que quero dizer.

Então descubro. Eu estou me defendendo. Não quero acreditar que Adam vai se transformar num superpai até poder ver isso acontecer na vida real. Não quando estamos aqui só em férias prolongadas.

— William e eu já nos decepcionamos bastante com Adam nesses anos todos e sabemos que isso pode acontecer de novo. Espero que não, mas preciso ser realista.

— Ele não vai decepcioná-los, Jess.

Sorrio para ele, curiosa.

— Sei que você sempre gostou dele, papai, mas ele nunca foi confiável. Provar que você pode ser um bom pai exige mais do que algumas semanas ao sol. Ele ainda é o homem que me abandonou para dormir com uma ex-namorada quando William nasceu.

Papai recosta na cadeira.

— Você achou que ele estava dormindo com a ex-namorada?

— Eu *sei* que ele estava dormindo com a ex-namorada.

Papai engole em seco.

— Sua mãe disse isso também, mas pensei que era só conclusão precipitada dela.

— Nada disso. Foi imperdoável.

— Mas... eu pensei que você tivesse gostado de ter sua mãe lá quando William nasceu.

Não consigo evitar de ficar irritada com aquela conversa.

— É, eu gostei, mas preferia que estivessem os dois lá — eu digo, exasperada. — Afinal de contas, Adam era o pai!

Ele faz que sim com a cabeça e desvia o olhar.

— Eu só... as coisas eram diferentes quando você era bebê. Ninguém dava a mínima se o pai não estivesse presente.

Então ele levanta o queixo e olha fixo para mim, sem respirar, mexendo a boca aflito.

— O que foi, papai?

— Jess, preciso contar uma coisa para você.

CAPÍTULO 70

A porta ao lado do meu pai se abre e uma das enfermeiras inclina a cabeça na frente da webcam. Tem cerca de cinquenta anos, usa um crachá com um nome que não consigo ler e, como não a reconheço, só posso presumir que deve ser nova.

– Susan já saiu do banho, Martin – diz ela para papai.

– Ah, sim. Está bem.

Ele larga o tablet para abrir a porta. Vejo a tela fora de foco quando empurram a cadeira de rodas de mamãe para o quarto dela e duas enfermeiras ajudam-na a deitar na cama.

Quando ela está acomodada e papai segura a telinha para poder me ver, mamãe não parece nada confortável. Está toda dura e torcida, braços e pernas como galhos de árvore.

– Estou com Jess na linha, amor – ele diz para ela. – Você queria bater papo?

Ela responde com o som conhecido que sei que significa sim. Fora o fato de estar deitada, parece igual à última vez que a vi. É claro que *igual à última vez* não é muito bom.

– Como você está, mamãe?

Ela rola a cabeça e não responde.

– Estou...

Mas a voz dela some antes mesmo de começar a frase. Espero um pouco para ver se vai falar mais alguma coisa, mas ela não fala.

— Mamãe, vou voltar para casa mais cedo. Tudo correu muito bem com Adam e William e... acho que fiquei fora tempo demais – explico. – Teria ido para casa antes até, mas William quis ficar e foi ele que me persuadiu. Mas vou ter de conversar com ele de novo. Porque ele só tem dez anos e não cabe a ele decidir. Eu precisava ter voltado há muito tempo e...

— Não.

Paro de falar quando mamãe se contorce, depois da exclamação:

— Não faça isso.

— Não faça o quê? Voltar antes? Mas eu quero, mamãe.

Ela fica calada um tempo, abaixa a cabeça e abre a boca. Meu peito aperta quando ela tenta falar. Mas primeiro é só silêncio, meu estômago se enrosca descontrolado e a boca da minha mãe se recusa a obedecer aos seus desejos.

Então ela finalmente fala, o som rouco e baixo como tem sido esses dias, mas entendo muito bem:

— Lembre.

— De quê, mamãe?

— Do q... eu disse.

Papai estende as mãos e acaricia o braço dela, aperta de leve com as pontas dos dedos em sinal de apoio e carinho.

— O que quer dizer, amor?

Mas as lembranças já estão borbulhando em mim. Eu sei do que ela está falando. Não precisa dizer mais nenhuma palavra.

Comemoramos o aniversário de quarenta e oito anos de mamãe no Venice-Simplon Orient Express. Foi uma viagem de apenas um dia, mas mesmo assim quase me deixou falida – eu jamais conseguiria ir até Veneza sem ganhar na loteria.

Valeu cada centavo vê-la com seu vestido preferido de seda com bolinhas entrando naquele trem vintage charmoso. A experiência foi tudo que desejei: luxuosa e inesquecível, num ambiente que era a epítome da elegância, com cortinas de Damasco estalando de novas, painéis de madeira opulentos, toalhas de mesa mais brancas do que a neve. Enquanto o trem cortava os campos ingleses, jantamos lagostas bem temperadas e bebemos champanhe.

Sim, as pernas dela bambearam quando subiu os degraus, como se não conseguissem suportar o próprio peso. Sim, ela se contorceu e balançou e as pessoas ficaram olhando quando eu passei o champanhe da flûte de cristal antiga para seu copo de plástico para bebês.

Aquela altura ela já estava dominada pela doença... mas naquele dia não tinha importância.

A equipe de comissários foi maravilhosa. Eu tinha ligado antes de sairmos para informar o estado de mamãe e fizeram todo o possível para tornar seu dia muito especial.

Ela adorou cada segundo. O trem, a comida, estar comigo.

Mesmo assim, houve um momento quase no fim em que ela quis dizer uma coisa que eu precisava lembrar para sempre.

– Crie para você todos os momentos como esse que puder, Jess – ela disse para mim. – Quando a vida for dura, como será para todos nós, você terá uma obrigação para você mesma. Viver sem arrependimentos.

A emoção cresceu no meu peito, mas ela não queria que eu dissesse nada. Queria que eu apenas ouvisse.

– Você pode achar que eu devia ter muitos arrependimentos, Jess, mas não tenho nenhum. Casei com um homem que amo e tenho uma filha que adoro, e tenho a sorte de ter passado muitos anos com os dois. – Ela segurou a minha mão. – Eu não estou morrendo da doença de Huntington.

Levantei a cabeça de estalo.

– O que quer dizer?

– Estou vivendo com isso – ela disse. – Existe uma diferença. Estou vivendo como se cada dia fosse o último. E até as coisas ficarem realmente feias, é o que pretendo fazer. Penso em tudo de bom que existe à minha volta e não no que tenho pela frente. Faço tudo que gosto, só por fazer. Vou nadar no mar. Fazer bolos. Dançar mais.

Ela hesitou.

– Mas você precisa lembrar de hoje e do que estou falando agora. Não importa se as coisas ficarem muito ruins para mim – não importa o que acontecer com você – você ainda tem muita vida para viver. Lembre-se disso, Jess. Se quiser alguma coisa, vá atrás dela. Apenas faça.

Agora, olhando para a tela, lágrimas escorrem no meu rosto em riscos quentes e grossos, e faço que sim com a cabeça.
– Eu lembro, mamãe.
Espero o sorriso dela, sedenta de outro momento de conexão. Mas ela vira para o lado com os olhos vazios de novo e meu pai afasta as mechas macias de cabelo e beija o rosto dela com ternura.

CAPÍTULO 71

Estou zonza quando saio do château e agarro a porta de ferro fundido que queima a palma da minha mão com seu calor. Não só as palavras da minha mãe me obrigam a me concentrar no que é importante agora, tem mais uma coisa: o que papai falou sobre Adam e a noite em que William nasceu.

As partes de que me lembro... as horas passando, o batom e a bebida na camisa de Adam... tenho certeza de que tudo isso aconteceu. Mas há muitas lacunas na minha versão dos acontecimentos, imaginando um quarto de hotel, as mãos de Adam no cabelo sedoso de Georgina, pernas compridas e ébrias se entrelaçando, enquanto eu estava abandonada e vulnerável.

Eu só podia pensar em uma explicação. Mas agora uma suspeita alternativa cresce dentro de mim quando começo a correr. Vejo Madame Blanchard colhendo flores perto da floresta e pergunto ofegante se ela sabe onde Adam está.

– Voltou para a cabana dele, Jess. Mas você tem de se apressar porque ele vai para Bergerac daqui a pouco.

Quando chego na cabana, meu coração está disparado. Adam abre a porta e parece tão preocupado que levo um tempo para me recompor.

– O que aconteceu? William de novo?

Balanço a cabeça.

– Não – eu bufo, recuperando o fôlego. – Ele está bem.

– Quer sentar? Parece que está prestes a cair.

– Estou bem.

– Olha, preciso estar numa reunião em Bergerac daqui a uma hora e tenho de ir agora. – Ele pega uma pilha de papéis na mesa de jantar. – Eu sinto muito, Jess, mas precisamos ser rápidos aqui.

Ele vira para enfiar os papéis na pasta.

– O que aconteceu *realmente* na noite em que William nasceu?

Ele fica imóvel um segundo e depois continua a arrumar as folhas de papel, ganhando tempo.

– Já tivemos essa conversa uma dúzia de vezes, Jess. Por que quer isso de novo agora?

– Você estava com papai, não estava?

Ele não olha para mim.

– Eu preciso ir. Mas teremos essa conversa depois – diz ele, sai da casa e gesticula para eu sair, fecha a porta e clica o controle das trancas do carro.

– Você estava em Manchester e encontrou papai, e alguma coisa aconteceu – continuo. – Por isso não conseguiu chegar em tempo.

Mas ele se recusa a conversar comigo e simplesmente abre a porta do carro.

– Adam, eu quero a verdade. Posso encarar isso. E não é justo... todos esses anos, se você carregou o peso de tudo isso e...

– Pare, Jess – ele diz com firmeza e levanta a mão. – Vou conversar sobre isso com você, sim. Mas preciso ir para Bergerac. Já estou atrasado.

Ele entra no carro e minha frustração aumenta. Não vou ficar ali indefesa enquanto ele vai embora e evita uma questão que esperei dez anos para resolver. Abro a outra porta e entro no carro.

– Eu vou com você. Pode me contar no caminho.

– Não seja ridícula. E quem está cuidando do William?

– Seb. Eles foram pescar.

Adam liga o motor.

– Desça por favor, Jess.

Ponho o cinto de segurança.

– Só quando você me contar o que aconteceu.

Ele olha para o para-brisa quando uma pétala azul esvoaça até o vidro. Desliza e voa dançando ao sol. Adam suspira e desliga o carro.

– Seu pai nunca me perdoaria.

– Perdoaria sim – tento tranquilizá-lo. – Aliás, ele vai perdoar, eu juro. Ele mesmo quase contou o que aconteceu, mas fomos interrompidos.

Adam balança a cabeça e uma gota de suor aparece em sua testa.

– Isso não está certo. Seria uma traição.

– Adam, você não está traindo ninguém além de você mesmo, a não ser que me conte a verdade.

Ele enche o peito respirando fundo e fecha os olhos antes de soltar o ar. E então começa a falar, revelando o que realmente aconteceu na noite que por tanto tempo foi o centro de tudo que nos separou.

CAPÍTULO 72

Adam *tinha* estado em Manchester aquela noite, terminando o dia no Bush Bar. E Georgina também.

– Eu não lhe contei que tinha combinado de encontrá-la porque sabia que você achava que havia alguma coisa entre nós – diz ele. Ainda mais porque ela tinha terminado o namoro recentemente... achei que você não ia entender. Mas essa é a verdade. Ela estava arrasada depois de terminar com Johnny. Não era só tristeza pelo fim do namoro, era mais do que isso. Ela estava seriamente deprimida... à beira de uma crise.

– Pensava que você tinha dito que ela estava melhor sem ele.

– Ah, estava sim, mas naquele momento ela não conseguia ver isso. Ele a traiu pelo menos duas vezes e tirou tudo que ela havia economizado. Por algum motivo louco, ela o queria de volta.

Adam me conta que Georgina telefonou para ele aquele dia, arrasada e determinada a implorar para o ex-namorado voltar. Adam a convenceu de encontrá-lo para um drinque no Bush Bar, onde sabia que estaria com os colegas de trabalho. Às dez horas, ela ainda não tinha aparecido e Adam estava desesperado para voltar para casa, mas ficou lá por ela, sóbrio e cercado de amigos com seis canecas de cerveja de dianteira.

Ele mandou uma mensagem de texto para mim, para saber se estava tudo bem, e eu disse que ia para a cama. Nas nossas últimas mensagens trocamos simples *boas noites* e *eu te amo* que interpretei anos a fio como atos mecânicos.

— Quando Georgina finalmente apareceu, ela estava caindo de bêbada — continua ele. — Estava com outras duas mulheres, amigas dela, que eu não conhecia. Elas tinham resolvido arrastá-la pelo Northern Quarter para afogar as mágoas com bebida e se jogar nos braços de qualquer cara que aparecesse no seu caminho.

Georgina chorou, agiu com vulgaridade e indiscrição e isso bastou para Adam concluir que, apesar de toda a valentia da boca para fora, a alma frágil da amiga tinha problemas sérios. Por isso ele não recuou horrorizado quando ela o abraçou e disse que *só queria ser abraçada.*

— Eu fiquei meio... paralisado. Só quando ela começou a beijar o meu pescoço é que tive de afastá-la. Não havia como ser sutil naquele momento.

Adam engoliu em seco.

— Ela ficou mortificada.

Georgina saiu noite adentro, ardendo de vergonha e um pouco menos bêbada do que precisaria estar para fingir que aquilo não tinha acontecido. Uma das amigas correu atrás dela e Adam viu da porta do bar quando as duas entraram em um táxi. Ele foi embora depois disso, exausto com a noitada e louco pelo calor da cama dele. Ele conta que andou pelas ruas encharcadas de chuva, a roupa toda molhada de água suja, e que acelerou para chegar ao estacionamento. Estava quase lá quando viu um homem sendo expulso do Northern Tap.

— Assim que vi, desviei dele — diz Adam. — Ele estava péssimo.

— Bêbado?

Adam faz que sim com a cabeça.

Imagino um homem que poderia ser qualquer velho de porre: agressivo, mas vulnerável, indignado com a agressão.

— Então ele caiu no chão e começou a fazer uns barulhos horríveis. Eu não podia deixá-lo lá. Então me abaixei para tentar ajudar. Pensei em ligar para uma ambulância, tentei rolá-lo de barriga para cima e foi aí que percebi que conhecia aquele casaco.

Meu coração dá uma cambalhota quando reinterpreto a frase dele.

— Você quer dizer que conhecia o homem.

Adam leva um segundo para menear a cabeça e confirmar o que eu já sabia. Que o velho bêbado rolando na chuva era meu pai.

Que não tinha tocado em bebida havia anos e cuja sobriedade foi – para mim e para minha mãe – fonte de muito orgulho e alívio.

– Tentei acordá-lo, mas ele começou a me empurrar. Ele não sabia que era eu. Ele estava... desorientado.

Adam escolhe as palavras com muito cuidado, mas nem é necessário. Consigo visualizar cada detalhe.

– Lembrei de todas as histórias que você contou, de como ele era quando você era pequena. Mas aquilo foi demais para mim. Nunca tinha visto seu pai daquele jeito.

Tinham expulsado papai do bar porque ele vomitou em cima do balcão. O mais preocupante é que tinha caído sobre o braço. Adam estava convencido de que tinha fraturado um osso.

Ele ficou em pânico, a mente acelerada, mas não ia mesmo ligar para a namorada em final de gravidez, que já estava na cama com o filho dele dentro da barriga.

Por isso ele correu de volta para o Bush Bar e agarrou Chris, o único colega vagamente sóbrio que tinha sobrado.

– Conseguimos enfiar seu pai no banco de trás do meu carro e levei-o para o hospital. Ele estava muito mal... Eu implorava para ele ficar acordado, berrava com ele e tentava fazer com que reagisse. Pensei que ele ia...

– Você achou que ele estava em coma alcoólico?

Ele faz que sim com a cabeça.

A equipe da emergência era profissional à exaustão. Já tinham visto tudo, todo sábado à noite.

Quando papai finalmente recuperou a consciência, ficou apavorado, quase histérico, agarrou a mão de Adam e implorou para ele não ir embora.

– E foi bem no meio disso tudo que percebi que meu celular tinha ficado sem bateria – ele conta, desolado. – Eu me esforcei para manter a calma. Fiquei pensando que, se havia alguma chance de você, Jess, entrar em trabalho de parto, teria dito alguma coisa na última mensagem de texto. Pensei em usar o celular do seu pai, mas para isso teria de explicar por que nós dois estávamos juntos. Eu já tinha imaginado que Martin não ia querer que ninguém soubesse disso. E o mais importante... eu não podia sequer imaginar como você ficaria se soubesse o que estava acontecendo.

Ele sabia que ia partir meu coração, era assim que eu ficaria.

– O braço do seu pai estava muito machucado, mas não quebrado. Quando finalmente saímos do hospital horas depois, o que ele mais precisava era de um lugar para tomar um banho. Então fui para a casa de Chris. Eu não podia levá-lo para casa com a sua mãe naquele estado, não sem antes torná-lo apresentável. Quando estávamos no carro, seu pai ficou... ele ficou perturbado. Começou a chorar copiosamente. Eu só dizia para ele: "Você vai ficar bem, Martin. Vai se sentir muito mal, mas vai sobreviver."

Mas aquilo ia além de se sentir mal, e eles dois sabiam.

– Quando paramos na frente da casa de Chris, ele agarrou meu braço. E me fez jurar que jamais contaria para você. Nem para você nem para ninguém. Prometi que não contaria. Disse que ele não precisava se preocupar, que aquilo ficaria só entre nós para sempre.

Eram quase sete horas da manhã quando Adam enfiou papai no chuveiro. Então ele foi para a cozinha do Chris e carregou seu celular. E o aparelho ganhou vida pela primeira vez desde as dez horas da noite anterior.

CAPÍTULO 73

Só de ver a desolação nos olhos de Adam já sei que é verdade. Faz sentido do pior e do melhor jeito e, apesar de não precisar que papai confirme a história de Adam, sei que fará isso quando um dia conversarmos sobre o assunto. Não só sobre aquela noite, mas sobre o motivo de ele ter saído dos trilhos. Foi quando mamãe estava fazendo os exames da doença de Huntington, antes do diagnóstico, mas certamente quando eles sabiam o que podia ser.

– Eu não podia trair seu pai – diz Adam. – Por mais bêbado que ele estivesse, tinha o direito de pedir para eu manter segredo. Ele não fez isso por ele, fez por você. Pela sua mãe. Teria destruído vocês.

– Mas Adam, isso mudaria tudo. Foi esse o motivo...

– O motivo de você ter ido embora? – Ele ergue uma sobrancelha. – Não, não foi, Jess. Vamos ser sinceros. Havia dúzias de motivos, e esse foi um deles.

– Um bem grande – retruco.

Adam olha para a luz fraca do sol pelo para-brisa, incapaz de olhar para mim quando fala:

– Eu não queria ser pai porque estava assustado e era imaturo, e não queria admitir nada disso. Eu devia ter assumido e correspondido quando você engravidou. Mas não fiz isso. E piorei tudo depois que William nasceu ficando longe dele.

Mordo a bochecha por dentro.

— Eu demonstrei que você não era bem-vindo.

— Você não disse nada que eu pudesse negar, Jess. Até sua mãe achou que eu devia desaparecer da face da terra. Eu soube que a coisa estava muito feia para chegar a esse ponto.

Franzo a testa.

— Por que está dizendo que mamãe achava isso?

Ele cerra o maxilar.

— Um dia apareci sem mais nem menos para ver você e William. Ela perdeu as estribeiras comigo. Soltou os cachorros, para ser franco. Eu me dava muito bem com ela antes, e ela sempre foi aquele tipo de mulher que nos faz sentir acolhido assim que entramos na casa dela. Quando vi o quanto ela me odiava...

— Ela não odiava você, Adam. É verdade que deixou de gostar de você depois daquela noite. Mas esses rompantes... já eram parte da doença. Não era realmente ela.

Ele olha para frente e passa o polegar na parte de baixo da direção.

— Não importa, isso se tornou uma das coisas que me fez pensar que você e eu não daríamos certo. Que eu tinha de me afastar de você e do William, fazer alguma outra coisa da minha vida. Eu fui um idiota.

— Também me arrependo de algumas coisas, eu juro.

De repente fico sem palavras, pensando que Adam carregou esse segredo por tanto tempo enquanto eu nutria aquela raiva imerecida.

— Olha, Jess, eu preciso mesmo ir. Já estou vinte minutos atrasado.

Ele vira a chave para ligar o motor e espera que eu desça do carro.

Mas eu não quero fazer isso.

E em vez disso, estendo a mão e toco no braço dele. Então solto o cinto de segurança e me inclino sobre ele, segurando seu rosto com as duas mãos. Os olhos dele parecem jovens de novo, brilhando de emoção. Começo a beijá-lo suavemente, encostando de leve nos seus lábios, e ele abre a boca e permite que eu mergulhe. Desprendo o cinto de segurança dele.

— O que está acontecendo?

Eu o beijo outra vez, mais fundo, antes de falar com os lábios dele a um centímetro dos meus:

— Por quê? Está reclamando?

— Não — ele diz com a voz embargada. — De jeito nenhum. Aliás, pode continuar.

Ele recosta e olha o relógio.

— Só que... talvez seja melhor depois da minha reunião.

Eu o beijo com mais ímpeto e ele reage imediatamente, me puxa para ele. Então ele para, olha para mim e respira fundo para reclamar.

— Tudo bem — diz ele ofegante. — Que se dane a reunião. Vou enviar uma mensagem dizendo que o pneu furou.

Dou uma gargalhada, Adam arranca a chave da ignição, abre a porta do carro e eu desço atrás dele. Saímos para a grama nos fundos da casa dele, endireitando nossas roupas.

Entramos trôpegos na cabana e a porta fecha com estrondo no nosso rastro. Encosto na madeira e Adam entrelaça os dedos com os meus e desenha uma trilha de beijos no meu rosto e pescoço. Sinto seus lábios quentes na pele, silenciosos e febris. Solto a mão e passo na camisa dele, sobre as costelas, e o desejo cresce em ondas. Seguro a camisa, mas ele é mais rápido, desabotoa os dois primeiros botões e tira pela cabeça.

A visão do seu corpo me faz latejar de desejo. A umidade salgada da pele, as curvas atléticas dos músculos, o cabelo preto que chega até os ombros.

Começo a beijar seu peito, mas Adam levanta suavemente minha cabeça e desabotoa a minha blusa, afasta dos ombros com um olhar pesado, fixo em mim. Nossas roupas formam uma pilha no chão, ele pega minha mão e me leva para o quarto.

Eu não saberia dizer por que o sexo com Adam sempre foi melhor do que com qualquer outro. Talvez ele seja especialmente bom nisso. Mas existe uma alquimia mágica quando estamos juntos, e isso só acontece com ele.

O sol impiedoso entra pelas janelas e Adam faz amor comigo do jeito que sempre fez. Como se fosse a primeira e a última vez. Como se cada momento fosse tão precioso quanto a própria habilidade para viver.

CAPÍTULO 74

Depois fico deitada com a cabeça em seu peito e ele acaricia a linha do meu maxilar. Seu toque me faz estremecer. Adam fica estranhamente quieto.

– Está tudo bem?

– Sim – responde ele, depois se corrige. – Não.

Levanto a cabeça.

– Então diga o que é.

Ele se apoia num cotovelo e leva um tempo para falar.

– Você vai me dizer que se arrepende disso de novo?

Um sorriso agridoce se espalha pelos meus lábios.

– Não.

Elevo um pouco a cabeça e beijo a boca de Adam.

– Não, eu não me arrependo. Por que me arrependeria depois de dois orgasmos?

Estou sendo leviana de propósito, porque acho que nós não precisamos de mais dramas. Ele ri, mas não parece satisfeito.

– Você não precisa ficar todo prosa – digo eu, me esforçando mais.

– Por quê? Você esperava ter três?

Então ele olha sério para as próprias mãos.

– Olha, estou contente que tenha gozado duas vezes. Mas quero que seja mais do que isso.

Meus ombros relaxam.

– E foi, Adam. Definitivamente foi mais do que isso.
– Certo, então vou perguntar uma coisa.
Ele afasta minha mão e se ajoelha na minha frente, segurando um travesseiro estrategicamente para cobrir a virilha.
– Jess, eu amo você.
Meu coração quase para. O fato de me permitir acreditar naquelas palavras parece temeridade demais para um só dia.
– Adam, a questão é que...
– Não terminei. Eu quero casar com você.
Sinto meu maxilar despencar.
– Adam, acalme-se, pelo amor de Deus.
– Eu sei que deve parecer repentino – ele protesta –, mas realmente não é. Eu me apaixonei por você logo no início.
– Você nem me notou logo no início.
– Você está vendo pelo em ovo. O caso é o seguinte. Amo você. Amei você no primeiro segundo em que ficamos juntos, pense o que quiser, e passei dez anos tentando esquecê-la. Namorando mulheres que esperava serem parecidas com você e descobrindo em meses, semanas, que nenhuma delas chegava aos seus pés.
As emoções brigam por espaço na minha cabeça. Fico sem palavras.
– Entendo que essa proposta é a mais ridícula. Não tenho uma aliança, não preparei um discurso, não fiz a coisa direito. Mas tem uma coisa que vale muito, que é o fato de que estou falando sério. Cada palavra.
E parecia que ele não estava brincando.
– Você quer casar comigo, Jess? – ele repete. – Faço uma genuflexão se for preciso.
– Não precisa, Adam. Não com suas bolas aparecendo.
Ele dá uma risada que cessa quando começa a esfregar a testa.
– Você não respondeu.
A vontade de chorar aumenta e aperta minha garganta.
– É, não respondi. Tenho de contar uma coisa para você, Adam. Devia ter contado muito tempo atrás. Mas não contei para quase ninguém. Não tenho sido sincera com você sobre quem eu sou. Por que não poderia casar com você. E por que você nem ia querer mesmo.

Ele franze a testa, claramente confuso.

— Você tem alguém? Eu sei que você disse que não é o Charlie, mas tem outro homem?

Balanço a cabeça querendo muito que fosse tão simples. Que só tivesse de me preocupar com as pequenas distrações românticas e de relacionamentos que preocupam todas as outras pessoas.

Puxo o lençol para cobrir meus seios e sento, passando a mão no cabelo.

Não vou começar a chorar.

Não vou.

— Não se trata de mim e de você, Adam. É de você, de mim, tudo.

— Do que está falando?

— O que a mamãe tem é doença de Huntington.

Ele aperta os olhos e tenta entender por que estou falando disso agora.

— É uma doença no cérebro que afeta os nervos e é fatal. Não existe cura e não dá nem para desacelerar.

— Já ouvi falar. Não sei grande coisa a respeito, mas tenho uma ideia.

— Muito bem. – Respiro fundo para ganhar força, mas não funciona. – Bem, o que acontece é... que não é só o que essa doença fez com minha mãe, o fato de transformá-la nesse desastre de ser humano que não consegue pensar direito, não consegue comer direito, nem falar, nem...

Olho para cima procurando coragem para pronunciar as palavras que me assombraram durante tanto tempo.

— É uma doença hereditária. E eu tenho o gene defeituoso que provoca essa doença também.

Cerro os dentes e ganho um tempo antes de continuar.

— Significa que vou ficar exatamente igual à minha mãe, Adam. Isso vai fazer coisas terríveis comigo, física e mentalmente. E depois vai me matar.

Penso num segundo se aquela minha afirmação calma e resumida faria com que ele não entendesse o que quero dizer. Ele fica olhando para mim, ou através de mim, querendo compreender o que eu disse.

— E como tenho o gene mutante, há cinquenta por cento de chance de William ter também.

Recosto e deixo Adam absorver aquilo tudo, vendo a parte de baixo do rosto dele suavizar até entreabrir a boca. O olhar dele vai além do choque. Ainda não é raiva, nem medo, nem pena, mas há um quê de todas essas coisas. É uma incredulidade tão sufocante que ele nem respira.

– Tem um exame que podemos fazer para saber se vamos ter a doença – continuo. – Eu fiz, por isso sei que vou ter. William só poderá fazer quando completar dezoito anos.

– Mas pode estar errado, não é?

– Não está errado, Adam. O exame é definitivo. Eu vou ter a doença. Não posso escapar disso.

É evidente que sua cabeça está cheia de perguntas, e ele começa com uma.

– Então... você está doente... agora, quero dizer.

– Não. O especialista disse que não tenho os sintomas, mas sei, por experiência própria, que podemos nos convencer de que eles estão aí, se prestarmos bastante atenção. Toda vez que tropeço, acho que deve ser problema de coordenação motora. Toda vez que esqueço a lista de compras ou me aborreço com alguém, acho que chegou a minha hora. Mas minha médica diz que isso é apenas ansiedade.

– Certo.

Vejo a cabeça dele trabalhando, pensando como reagir. Aconteceu exatamente assim comigo quando mamãe contou sobre a doença dela. Ele quer encontrar uma solução. Mas logo vai reconhecer que esse problema específico não tem solução.

– Você diz que não tem cura, mas devem estar pesquisando alguma, não é? Os avanços na medicina acontecem o tempo todo, por isso você talvez nem chegue a esse estágio em que sua mãe está, não é?

É a única esperança que existe, sobre a qual leio toda hora. Mas a ciência que pode acabar com isso tudo um dia continua evasiva.

– É possível. Estão trabalhando nisso no mundo inteiro. Leio sobre as descobertas o tempo todo.

Mesmo assim, eu sei que não posso deixá-lo pendurado nessa observação esperançosa.

— Mas nesse momento, Adam, não existe nem uma droga que possa retardar o processo. As drogas só tratam dos sintomas, não da doença propriamente dita.

Haverá dezenas de perguntas, eu sei, mas agora a única coisa que resta no olhar de Adam é o desejo de me consolar, de tocar em mim, de me abraçar, de tornar tudo melhor da maneira que pode. Mas agora é hora de ser direta com ele sobre tudo.

— Foi por isso que viemos para cá, Adam.

— Como assim?

— Minha mãe sempre quis que você e William se relacionassem, mas quando meu exame deu positivo alguns meses atrás isso virou uma questão prática, além de emocional.

Ele engole em seco sem dizer nada.

— Os sintomas da minha mãe começaram poucos anos depois da minha idade agora, Adam. E apesar de ser uma doença longa, que dura dez, às vezes vinte anos, não há como evitar um estágio em que eu não poderei mais ser a mãe que desejo ser para William.

É nesse ponto que as lágrimas despontam pela primeira vez, fazendo os olhos arderem.

— E se isso acontecer, ele vai precisar de você.

Para meu alívio, Adam não chora. A expressão dele é de choque e imensa tristeza. Então ele pega minha mão e esfrega suavemente os dedos nas articulações.

— Ele tem a mim, Jess. Eu juro. O que quer que aconteça, ele tem a mim.

CAPÍTULO 75

Passei tanto tempo pensando em como contar para Adam sobre a doença de Huntington que, agora que já passou, não sei mais o que fazer da vida.

Mas eu me senti mais leve nos últimos dias na França, como se a carga do meu segredo não estivesse mais me esmagando com seu peso. Posso finalmente injetar um fiapo de certeza no meu futuro incerto.

Ajuda ele ter me perdoado por não ter contado nada até agora e o fato de eu finalmente saber a verdade sobre o que aconteceu na noite em que William nasceu. Mas, acima de tudo, é uma grande ajuda nós dois entendermos a necessidade de agirmos como adultos quanto ao que aconteceu nesse verão. Entre nós dois, quero dizer.

Saber que não podemos continuar juntos não me impede de reviver a doçura de cada segundo. Do arrepio gostoso quando eu o via rindo. Como cada toque dele me incendiava. Como ele fazia coisas lindas e deliciosas comigo e, pela primeira vez em muito tempo, me levou a parar de pensar que meu corpo é meu inimigo.

Mas o conto de fadas termina aqui. Isso é mais uma coisa que a doença de Huntington roubou de mim. Adam e eu não podemos ficar juntos, e quaisquer ideias que poderíamos ter foram interrompidas. Porque simplesmente não existe um final feliz envolvendo nós dois.

Não existe a possibilidade de Adam e eu envelhecermos juntos, chegarmos aos noventa dançando salsa e partindo em cruzeiros pelo mundo com professores de ioga a bordo.

Eu me apaixonei de novo por Adam nesse verão. E deve ter sido amor verdadeiro porque o que sinto por ele também é altruísta ao ponto de querer que ele tenha essas coisas com outra pessoa. Não com Simone – não iria tão longe –, mas com *alguém*.

Mas ainda sorrio toda vez que me lembro do pedido de casamento.

Fez com que eu me lembrasse de tudo que Adam tem de bom. Foi engraçado e inusitado, doce e apaixonado. Tudo que era possível antes da realidade amarga se instalar.

No caso de Adam, essa realidade ainda está se fazendo. Algumas vezes o pego com o olhar vazio, atormentado pensando como tudo aquilo aconteceu. É como se tivesse passado as últimas semanas correndo para alguma coisa maior e melhor na vida, e tudo isso desaparecesse da noite para o dia.

Mesmo assim, o modo como nos afastamos foi bem decisivo.

Não há mais beijos. Não há mais namoro. O sexo com dois orgasmos acabou.

O verão das segundas chances está chegando ao fim da melhor maneira que alguém com o meu futuro poderia esperar, porque sei que, o que quer que aconteça comigo, William será amado e protegido pelo pai. Adam é um homem muito melhor do que eu pensava.

Vejo com otimismo a possibilidade de Adam e eu acabarmos sendo algo maravilhoso: pai e mãe que também são amigos. Acho que podemos fazer isso muito bem, seremos um time vencedor, até eu não poder mais vencer.

Quando chegar a esse ponto, terei pelo menos essa certeza: saber que alguém cuidará de William. Não só enquanto for pequeno, mas além disso. E apesar dos conselhos de Adam para nosso filho adulto não serem os mesmos que teriam sido os meus, sei que ele estará nas mãos de um homem que o ama e que fará o melhor possível. Nenhum pai ou mãe é perfeito. Os meus não foram e eu não sou.

Mas se um pai ama o filho de verdade, é tudo que podemos desejar.

É claro que há muitas coisas que temos de conversar na prática, e fazemos isso sempre, tomando café juntos, mas sei que chegaremos lá. Falamos de Adam mudar de volta para Manchester em outubro e de, no início, procurar algum lugar para alugar em Castlefield, perto de nós. Falamos de William passar a noite na casa dele às quartas e sábados, uma combinação que agrada a nós dois e que pode ser flexível. Resolvemos que Adam é bem-vindo para aparecer e tomar um chá conosco de vez em quando e temos um convite aberto para um almoço aos domingos, na casa dele.

Adam sempre fala que está ansioso por isso, que a vida vai ser boa, e soa com tanta convicção que me faz acreditar. Quase.

Aconteça o que acontecer, mal posso esperar para voltar para casa. Estive longe de mamãe por tempo demais e de repente só consigo pensar em voltar para ela. Mas Natasha não está concordando com o meu entusiasmo de partir em breve.

— Pensei que você ia querer voltar a trabalhar.

Para qualquer outra pessoa isso seria sarcástico, mas para ela não.

— Bem, eu quero, mas...

Espero Natasha terminar a frase, mas ela se encolhe, envergonhada de confessar alguma coisa.

— Estou gostando do Ben de verdade.

— Não me surpreende, ele é maravilhoso.

— É, mas não devemos apostar em emoção demais com namoros de férias na minha idade. A última vez que fiz isso eu tinha catorze anos.

— Vocês vão manter contato?

— Não tenho certeza. Evitamos o assunto de propósito, mas nos tornamos amigos no Facebook. E parece que isso só serviu para expor mais a diferença de idade.

— Ninguém se importaria com esses nove anos se fosse ao contrário – protesto. – Além do mais, não parece que você tem trinta e tantos anos.

— Obrigada, Jess. Tudo graças à ioga.

— É mesmo?

— Bem, isso e botox.

CAPÍTULO 76

Mais tarde Natasha, William e eu fomos para a área de jogos para encontrar os outros e assistir às crianças numa partida de futebol. Quando chegamos, o campo de terra está imerso numa luz dourada e encontramos um lugar a uma distância segura das bolas perdidas. Natasha puxa uma cadeira e senta, estica as pernas com seu short claro e os pés bronzeados espiam de dentro de uma sandália de couro.

Noto logo que William está ao lado do campo e meio inquieto, vendo as pessoas chegando.

— Vamos lá, tropa. Parece até que estou pastoreando gatos!

Becky e seu clã surgem da floresta daquele jeito de sempre quando se locomovem em grupo: barulhentos, desgarrados — um filho na frente e dois atrás, enquanto os pais tentam mantê-los andando mais ou menos na mesma direção. Poppy nos vê e, com uma explosão de energia, corre para meus braços e senta no meu colo.

William cutuca meu ombro.

— Acho que vou nadar em vez de jogar.

Solto um gemido.

— Viemos a pé essa distância toda e você deixou suas coisas de piscina na cabana.

— Tudo bem, então acho que vou jogar no meu iPad e...

— Mas James e Rufus vieram jogar também. Você não vai ficar aqui sentado com o seu... *meu* iPad agora.

William começa a morder o lábio e James aparece ao lado dele.
— Eu também não quero jogar futebol.
Cai a ficha.
— São aqueles meninos malvados de novo? Posso ir até lá e falar com eles, se vocês quiserem.
— NÃO! — respondem os dois, tão assustados que daria para imaginar que eu estava ameaçando distraí-los correndo nua pelo campo.

Os dois voltam para perto dos outros meninos resmungando que podem resolver isso, e vão para o jogo. O resto de nós chega para frente para deixar clara nossa presença impositiva olhando atentamente para eles.

— Não está com Ben hoje? — Becky pergunta para Natasha.
— Só quando terminar o trabalho dele. Ele resolveu que quer cozinhar para mim, por isso nós...

Ouvimos uma berraria e aplausos e, quando olho para o campo, William está correndo de braços levantados, aquela pose de messias típica do gol marcado no último minuto da final da Copa do Mundo.

— Que gol lindo! — Seb sorri de orelha a orelha.
Levanto e olho furiosa, desejando ter um botão para rebobinar o filme.
— Foi o *William*?
Ele engasga de tanto rir.
— Não me diga que você perdeu.
— Você viu, mamãe?

O rosto do meu filho é uma visão de felicidade infinita.

Levanto de um pulo e bato palmas com tanta força que minhas mãos ardem.
— INCRÍVEL, filho. Lindo!

Afundo na cadeira e Becky debocha de mim:
— Nunca se candidate ao curso de teatro com um desempenho desses...
— Não diga isso, talvez eu me safe dessa — respondo pelo canto da boca.
— O que diabo está acontecendo agora?

Olho rápido para o campo para o caso de perder outro exemplo milagroso de desempenho esportivo do meu filho. Mas Becky não está olhando para William. É um dos meninos maiores que está dizendo alguma coisa desagradável para James.

— Meu Deus... aquele é o menino que implicou com eles outro dia? Pensei que tivesse acabado...

— Parece que não.

Becky levanta furiosa. Mas não consegue chegar lá em tempo. Antes de se aproximar, alguém já tinha tomado a iniciativa.

— NÃO MEXA COM MEU IRMÃO, SENÃO...

A ameaça de Rufus pode ser vaga, mas o que falta de definição é compensado pela força. Que praticamente sai como fumaça das orelhas dele. Infelizmente, Rufus tem uns trinta centímetros a menos de altura e é alguns quilos mais leve do que o adversário.

O menino reage empurrando Rufus com as mãos no peito dele, com tanta força que ele cambaleia para trás e acaba caindo sentado no chão.

— RUFUS! — grita Becky.

Mas Rufus levanta imediatamente e retalia com um soco na barriga que faz os olhos do garoto saltarem das órbitas.

— Droga, não briguem! Isso não é o faroeste! — berra Becky, puxando Rufus para trás.

Rufus se liberta e sai correndo. Ela segura a mão do filho e o traz de volta para perto de nós.

— Que diabo foi aquilo? — ela pergunta para ele.

— Estavam sendo cruéis com James e eu disse para calarem a boca.

James vem para perto de nós, ofegante.

— Ele disse mesmo, mamãe. Ficou do meu lado. Não brigue com ele.

Becky olha bem para os dois.

— Olha, Rufus, fez bem em defender seu irmão. Mas da próxima vez, não bata em ninguém, ouviu?

Os meninos voltam correndo para o campo de futebol e Becky fala com Seb.

— É nessas horas que penso que nossos filhos podem ser boas pessoas.

— Claro que podem. Mas lembre-se disso quando eles começarem a brigar de novo em dez minutos.

Becky pega a mão de Seb e beija os dedos dele.

– Para que isso? – ele pergunta.
– Só espalhando meu batom.
– Você não está de batom.
Ela olha para ele e sorri.
– Então deve ser porque eu amo você.

CAPÍTULO 77

Na nossa penúltima noite na França, William caminha ao lado do pai na estrada de terra e chegamos à colina baixa de um parreiral todo roxo de uvas maduras.

– Sabia que se comer o fígado de um urso polar você morre de overdose de vitamina A? – diz William.

– Todo mundo sabe disso – zomba Adam.

William abre a boca.

– Estou zoando. O que mais você sabe?

– Humm... Sei de onde vem a meleca.

Solto um grunhido.

– Está bom, o que *você* sabe? – William sorri de orelha a orelha para mim.

O céu promove um espetáculo essa noite, o horizonte banhado em rodopios de luz rosa e laranja, entremeados por fiapos brancos.

– Os pais de Shakespeare eram analfabetos – digo para ele. – Caracas é a capital da Venezuela. Humm... e eu sei abrir espacate.

– Então faz aí – sugere William.

– É melhor não. Porque estamos aqui e não quero escandalizar ninguém.

Chegamos à pequena aldeia e seguimos Adam até o bistrô. Ele reservou uma mesa do lado de fora com vista para um pátio de pedra coberto de madressilvas, entre uma igreja bizantina e belas casas. O restaurante já está bem movimentado. Adam puxa uma cadeira para mim e eu sento.

— Por que você fez isso? — pergunta William.

— Porque é o que se deve fazer para uma dama — responde Adam.

William parece perplexo, como se jamais tivesse passado pela cabeça dele que eu pertencesse a essa categoria. O garçom chega e anota nosso pedido de vinho e comida, depois pergunta se queremos mais alguma coisa.

— *Je voudrais L'EAU, s'il vous plaît.*

Ele faz que sim com a cabeça e escreve no seu bloco de pedidos. Olho para Adam atônita.

— Agora posso ir embora feliz.

— Você está quase fluente.

William pede licença para ir ao banheiro e fico um tempo a sós com Adam. Constrangida, como se não soubéssemos o que falar. Em parte, porque só temos um minuto até William voltar, e em parte porque nenhum de nós quer falar de qualquer coisa mais difícil agora. Já tivemos a nossa cota de coisas difíceis.

— Bem, Natasha certamente vai sentir falta daqui quando for embora.

— Todo mundo leva um tempo para se readaptar ao clima e à comida inglesa...

— E no caso de Natasha, tem o Ben.

O sorriso dele enruga os cantos dos olhos, um pouco mais do que antes.

— Tenho certeza de que ele vai entretê-la bastante em Londres.

— O que quer dizer?

— Imagino que vão se ver lá, não é?

— Mas Ben vai ficar aqui.

— O contrato dele termina em outubro, por isso ele volta para casa à procura de outro emprego — diz Adam.

Franzo a testa.

— Acho que ele não comentou isso com Natasha.

— Estranho. Talvez ele tenha esfriado com ela. Acontece, mesmo com os melhores.

Quando William reaparece e senta, Adam cutuca e despenteia o cabelo dele, que se esquiva, rindo.

— Vou sentir saudade, você sabe.

William olha para ele aflito.

— Você vai mesmo mudar para Manchester, não vai?

— Vou. Volto para casa daqui a três meses e nada vai me deter. Você vai enjoar de mim quando chegar o Natal.

— Quer dizer que vai poder passar o Natal conosco?

Nós nunca chegamos tão longe na conversa sobre coisas práticas.

— Falaremos disso quando chegar mais perto, está bem? — diz Adam.

— Mas tenho certeza de que faremos alguma coisa juntos — tranquilizo William. — E com vovó e vovô também, claro.

William abaixa a cabeça e olha para a toalha de mesa.

— Vovó ainda vai estar viva no Natal?

A pergunta arrepia meus pelos da nuca.

— Claro que vai. Vovó está doente, mas ela não vai... a lugar nenhum até o Natal — termino a frase com uma meia risada, como se até pensar nisso fosse ridículo.

— Está bem — William diz baixinho. — Mas o que ela tem vai matá-la, não vai?

— Espero que vovó fique conosco ainda um bom tempo — digo sem muita convicção.

William não responde logo.

— É síndrome de Huntings, não é? É isso que a vovó tem.

Ele olha diretamente para mim e pisca os olhos enquanto espera a resposta. Meu coração acelera.

— Doença de Huntington — corrijo. — Como soube disso?

— Estava na sua busca no iPad. Eu sei que é por isso que você anda tão preocupada ultimamente. Procurei no Google.

Sinto o sangue fugir do rosto. Isso era exatamente o que eu temia, mas tinha me convencido de que ia me safar dessa e que ele ainda não sabia de nada. Mal posso acreditar que depois de todos aqueles anos me preocupando com o tipo de coisa horrível que William poderia ver na internet, a pior que ele tinha encontrado talvez estivesse no site da *New Scientist*.

Adam parece tão despreparado para aquela conversa quanto eu. E ele ao menos tem uma desculpa. Acabou de saber disso, essa semana.

Eu tive dez anos para preparar um discurso para William e fracassei completamente.

— Você também tem isso, mamãe?

Minha boca fica insensível quando tento formar as palavras.

— Eu não tenho, querido. No momento estou muito bem.

— Está bem.

— Mas... eu tenho o gene defeituoso que provoca isso — acrescento. — Por isso um dia eu terei isso, sim.

Vasculho o rosto dele à procura de qualquer sinal de reação.

— E eu posso ter também, não é?

Engulo em seco e me esforço para fazer minha boca funcionar direito de novo.

— O gene defeituoso? Sim, pode ter. Mas também pode não ter. E mesmo se tiver, a probabilidade é que não desenvolva Huntington por muitos e muitos anos.

— Eu sei. A idade média é quarenta anos. *Muito* velho. — Mordo a bochecha por dentro e ele continua: — Mas acho que não tenho.

Faço que sim com a cabeça e sinto lágrimas ardendo no fundo dos olhos.

— Por quê?

Ele sacode os ombros.

— Otimismo.

Sinto um aperto no peito, mas me recuso a deixar as lágrimas virem. Recuso-me a fazer qualquer coisa além de não desmoronar. *Mantenha as comportas fechadas, Jess. Não deixe que abram.*

— Eu *realmente* acho que você não precisa se preocupar, mamãe — William continua, tão animado que não sei se aguento olhar para o brilho nos olhos e para a pele lisinha das bochechas dele. — Os cientistas estão trabalhando numa cura. Devem descobrir logo alguma coisa. Fazem pesquisas em San Diego e em Londres e já testaram drogas em camundongos. Claro que deve ser muito ruim se você é um rato. Mas, em alguns casos, fizeram os animais doentes melhorar. Então se isso acabar funcionando em seres humanos também, valerá a pena.

Não consigo soltar o ar dos pulmões, por isso apenas meneio a cabeça.

— Eu posso me tornar cientista quando for mais velho e descobrir a cura para isso, se ainda não tiverem encontrado.

— Isso seria ótimo, William.

— Mas ainda posso querer ser modelo – ele completa, como se dissesse, *não se encha de esperanças*.

Adam olha para mim.

— Não estou com medo, mamãe – William prossegue.

Não sei se ele instintivamente sabe o que eu preciso ouvir, mas ele sabe.

— Ótimo. Eu também não – respondo com tanto esforço que, no breve intervalo antes de o garçom aparecer com nossos pratos, realmente acredito nisso. O que estou é morrendo de fome.

Pego minha faca e meu garfo e começo a cortar o peito de pato, concentrada no que tenho no prato e não em Adam. Sei que ele está implodindo em silêncio ouvindo aquilo, o filho e eu, falando da nossa maldição com os termos mais crus. Meu destino já está selado. Entre nós, só podemos rezar para que seja mais misericordioso com William.

— Mas papai – diz William –, você ainda não contou o que você sabe.

Adam acorda do transe.

— Ah. Ah, é, você tem razão. Está certo. – Ele pensa um pouco. – Eu sei que a fala "estou com um mau pressentimento sobre isso" aparece no filme *Guerra nas Estrelas*.

William fica impressionado.

— Eu sei que os papagaios-do-mar fazem parceiros para toda a vida.

Ele franze o nariz, menos impressionado.

— E eu sei também... – a voz de Adam falha e ele olha para mim. – Eu sei que você e sua mãe são as duas pessoas mais maravilhosas do mundo.

CAPÍTULO 78

— MMAMMMMMMMÃEMMAMMÃE.
Saio da cabana e vejo Becky chegando desajeitada, com Poppy pendurada na perna, aos soluços. Becky para e pega Poppy no colo, montada com as pernas na cintura dela.

– É a Coelha Rosa – explica Becky, beijando a testa de Poppy, sem conseguir aplacar o desespero da menina. – Eu estava começando a relaxar de verdade nessas férias, mas perder a Coelha Rosa é uma catástrofe para a qual não tinha me preparado. Será que deixamos aqui?

– Acho que não – digo com simpatia, e Poppy começa a berrar.

Becky põe a filha sentada numa cadeira, vai para o lado da cabana e volta. Espia embaixo do banco, atrás da porta, embaixo das almofadas do nosso sofá e de novo atrás da porta.

– Alguém está procurando isso? – Natasha aparece na porta, segurando o brinquedo amado de Poppy.

– COELHINHA! – Poppy despenca da cadeira e corre para ela.

– Você deixou em cima da mesa no café da manhã, eu já ia levar de volta.

A tensão diminui visivelmente em Becky e ela seca a testa com as costas da mão.

– Tenho uma dívida *eterna* com você.

– Não tem problema. Ela estava só tirando umas férias, não é, Poppy?

– Você é uma boa menina, tia Natasha – declara Poppy, e Natasha fica surpreendentemente abalada com esse elogio.

— Oi, todo mundo.

Ben vem chegando no pátio, com o brilho do sol no cabelo claro e o perfume cítrico o acompanhando.

— Que tal darmos um passeio, Natasha?

— Ótimo — ela sorri.

Natasha e Ben vão para a floresta parecendo adolescentes e Becky segue os dois com o olhar.

— Uma pena que esses dois não possam dar certo.

— Humm. Parece que ele vai voltar para Londres e não contou para ela.

— Ah, é? — Ela fica tão surpresa quanto eu.

Faço que sim com a cabeça.

— Não consegui entender essa, e você? Fiquei pensando depois que descobri.

Olho para a mesa e vejo que chegou uma mensagem de texto para mim.

— Ah, meu Deus — gemo quando ligo o celular. — É do Charlie.

— O que ele diz? — Becky quer saber.

Dou uma lida rápida e sorrio ao mostrar para Becky.

Desculpe não ter me despedido, mas tomamos uma decisão inesperada de partir e ficar com amigos em Carcassonne alguns dias antes de voltar para casa. Gostei de conhecer você, Jess. Aproveite o resto da sua estada aí, Charlie bj (p.s. joguei fora o cardigã!)

Ela devolve o celular, cobrindo a boca com a mão, e eu faço uma careta.

Mais tarde aquela noite, William saltita à nossa frente enquanto Natasha e eu caminhamos pela floresta indo para a casa de Becky e Seb. Ele carrega uma grande sacola de doces e balas e eu uma garrafa de champanhe que comprei mais cedo no supermercado. Até me vesti melhor para nossa última noite, mas só porque Natasha viu meu vestido amarelo bonitinho em cima da mala e insistiu para que eu usasse aquela noite.

E desde então, ela não parou mais de falar.

— Ben estava preocupado em contar para mim que ia voltar para Londres — ela diz animada, incapaz de esconder seu prazer. — Ele andou evitando o assunto porque achava que eu podia considerá-lo uma espécie de perseguidor, que eu acharia que ele resolveu me seguir depois do nosso namorico.

— Pelo que Adam diz, ele já planejava mudar para lá quando a temporada terminasse. Imagino que vocês combinaram de se encontrar quando voltarem, é isso?

— Vamos nos encontrar para um drinque, sim. — Um sorriso se espalha no rosto dela. — Ah, ainda acho que ele é jovem demais...

— Mas você gosta dele e ele gosta de você.

— Bem, sim — ela diz, meio tímida.

— Natasha, eu sei que você procura o *Homem da Louça Habitat*, mas você e Ben têm química, com ou sem diferença de idade. E nunca se sabe... talvez um dia vocês dois comprem pratos juntos.

— Um passo de cada vez, Jess.

Reprimo um sorriso.

— Tenho certeza de que essa fala é minha.

Nessa última noite curtimos um churrasco. Um final que combina com o verão, um jantar tranquilo como tantos outros que tivemos nas últimas duas semanas. Em que as crianças jogam Frisbee, os adultos jogam cartas e todos podemos relaxar na companhia de bons amigos. Amigos leais, engraçados, que podem discutir, mas que amo mesmo assim.

Ao chegar, encontramos o ar permeado pelo cheiro fumacento do churrasco, as brasas brilhantes esquentando o rosto de Seb, que conversa com Ben.

— Ah, droga, esqueci as linguiças — eu lembro e bato na testa.

Becky segura meu braço antes de eu dar meia-volta.

— Você não precisa das linguiças.

— Mas elas são artesanais — reclamo.

— Não importa.

— Importa sim... custaram uma baba. Estou convencida de que foram feitas com os porcos mais privilegiados da França.

Natasha passa o braço pelo meu ombro.

– Você não precisa das linguiças, nem do champanhe de supermercado, nem de nada. Não no lugar para onde está indo.

– Do que você está falando?

– Você vai embora – ela responde.

– Não vou.

– Acho que vai.

Então de repente Adam aparece na minha frente, com as chaves do carro na mão. Está de camisa preta com o primeiro botão desabotoado, calça preta de cintura baixa e o cabelo ainda despenteado do banho. Tem o tipo de beleza que faz você prender a respiração.

– O que está acontecendo? Isso é alguma conspiração?

– É! – exclama William, e percebo que não tenho a menor chance.

Sentada no banco do carona no carro de Adam, ainda não sei para onde vamos, nem por quê. Só penso que ele sempre teve a capacidade de me encantar, de me surpreender, de incendiar meu coração.

– Eu desisto. Para onde está me levando?

Ele olha de lado.

– Vamos explorar uma caverna.

– Espero que isso seja uma piada de mau gosto – comento.

Ele dá um sorriso luminoso.

– É uma piada de mau gosto.

Dou risada.

– Ainda bem.

O carro de Adam desliza pelo campo, eu desligo o ar-condicionado e abro a janela, fecho os olhos enquanto a brisa acaricia minha pele.

– Você está bem? – pergunta Adam.

Ele estende o braço para tocar na minha mão, mas para e não encosta em mim.

– Estou bem, obrigada.

– Chegamos – diz ele.

CAPÍTULO 79

Somos recebidos por uma placa elegante onde se lê "Château La Pradoux", e pelo perfume sensual de tomilho e glicínia.

Seguimos lentamente pela entrada de cascalho até dois portões altos de ferro, e o céu cor-de-rosa brilha através dos desenhos da filigrana. Atrás dos portões, o château se ergue na colina verde depois de um pátio gramado.

Adam desce do carro para abrir a porta para mim e dá a volta enquanto eu pego minha bolsa.

— Esse lugar não é o seu concorrente?

— É mais nossa inspiração. Mas aqui não tem crianças e eles têm uma estrela no Michelin. Por melhores que sejam os hambúrgueres do Ben quando ele comanda o churrasco, acho que ainda estamos longe disso aqui.

— Então por que viemos para cá?

— Achei que seria bom conversar sobre nós. Evidentemente temos muito que acertar e...

— Adam, não vamos fazer isso. Não quero mais falar sobre o assunto.

Ele relaxa os ombros.

— Ótimo, porque eu estava mentindo. Eu só queria um jantar especialíssimo na nossa última noite. E soube que eles fazem um lombo de cordeiro sensacional.

Ele oferece o braço. Eu me apoio nele e rio para mim mesma, pensando que parecemos saídos de *Downton Abbey*.

Um garçom cumprimenta Adam pelo nome e nos leva para dentro. Cada elemento da arquitetura renascentista foi magistral e luxuosamente preservado. Atravessamos o assoalho encerado de uma suntuosa recepção com vasos altos de cristal, com peônias azuladas e brotos de lírios. Subimos uma escada de pedra para um silencioso restaurante iluminado com velas, com apenas uns poucos comensais. Chegamos à porta do terraço e Adam segura minha mão, entrelaça os dedos nos meus.

Somos levados para uma mesa na beira do terraço, sobre os jardins bem cuidados e os vinhedos a perder de vista, lugar perfeito para admirar o sol se pondo atrás das colinas.

— Tenho de tirar o chapéu, Adam, você conhece os melhores lugares.

Ele se permite um pequeno sorriso e o garçom chega com a carta de vinhos. Observo Adam examinando com olhar intenso, então ele me pega espiando. O canto da boca dele sobe e eu desvio o olhar.

O cardápio é famoso pela ausência dos preços, sinal certeiro de que isso é fruto de uma segunda hipoteca. Adam traduz e me apraz deixá-lo escolher enquanto a luz do céu começa a diminuir e adquirir um tom de amora.

— Você está lindíssima — diz Adam e me pega de surpresa. — Desculpe, eu precisava falar.

Bebo um gole do vinho para disfarçar o calor que sinto no rosto e lembro que preciso agradecer à Natasha por ter insistido para eu usar o vestido amarelo.

A comida é sublime e, apesar de não bebermos muito, me sinto embriagada com a noite, com o ambiente, com as lembranças, por estar ali com ele. E aquela estranha e deliciosa sensação de segurança, ter a certeza de que posso contar com aquele homem no que diz respeito a William.

E damos ótimas risadas. Falando do vizinho que morava embaixo de nós em Manchester, que costumava botar as cuecas para secar penduradas do lado de fora da janela do quarto. Da noite que em que saímos e quando chegamos em casa ele tentou, romanticamente, me carregar no colo escada acima, só que fez minha cabeça bater no teto e quase tive uma concussão.

— Você lembra a primeira vez que eu disse que te amava? — ele pergunta.

Fico tensa com a pergunta, sem saber se suporto uma conversa que me faz lembrar que um dia fomos muito mais do que podemos ser agora.

— Foi depois da festa de Patrick Goldsmith — diz ele, e eu torço o guardanapo embaixo da mesa.

— É, eu lembro.

— Fomos pegos pela chuva indo para casa e tivemos de correr. Quando chegamos você estava com rímel escorrido até o queixo, cabelo grudado no rosto e seu nariz estava azul.

— Fico contente que se lembre dos melhores detalhes.

Ele dá risada.

— Eu me lembro sim. Porque lembro que mesmo assim achei você deslumbrante. E tive de falar. Que te amava.

Eu me encolho.

— Não precisa me fazer lembrar disso, Adam. Vou ficar bem, você sabe. Vou enfrentar tudo isso — digo para ele, porque se repetir isso bastante talvez acabe acreditando.

— Eu sei. Mas não era disso que eu estava falando.

Engulo em seco.

— Do que você estava falando?

Ele respira fundo e começa a dizer:

— De quando me ajoelhei seminu na cama e te pedi em casamento...

— Você estava nu mesmo — corrigi. — Não seminu. *Nu*.

— Não importa. Foi uma proposta medíocre. Mesmo na hora que fiz sabia que você merecia coisa melhor. Eu precisava dizer o que estava sentindo. E o que estou querendo dizer é que o fato de um dia você poder ter a doença de Huntington não muda nada.

Emoção cresce em mim.

— Nada mesmo — ele continua. — Eu te amaria se você tivesse uma vida longa e saudável, ou mais curta e mais complicada. Você continuará sendo a mulher por quem me apaixonei anos atrás.

O sangue lateja na minha cabeça e então percebo que é Adam que está falando, de repente ele se ajoelha e o cara atrás de nós quase engasga com seu *filet de rouget*.

— Jess, quer se casar comigo?

Não consigo falar.

— Ah, esqueci uma coisa — ele diz, enfia a mão no bolso, tira e começa a apalpar os dois bolsos, com cara de espanto. O casal na mesa ao lado está enlevado. Até o pianista erra algumas notas.

— Ah, meu Deus, eu perdi! — ele resmunga.

Adam para como se lembrasse de alguma coisa e procura no bolso de cima da camisa. Sinto meu coração batendo com força no esterno.

— Botei aqui para não esquecer onde estava.

— Funcionou.

Brinco porque não consigo pensar em palavra nenhuma para dizer. Palavras de verdade. E aí ele mostra: um anel de brilhante, reluzindo à luz das velas. É maravilhoso. Procuro não olhar demais para ele porque sei que não posso me deixar levar por tudo aquilo por causa do *anel*... Mas só para registro, é incrível. Não estou falando de grande ou escandaloso, apenas belo, de platina, eu acho, com um solitário diamante lapidado na forma de uma amêndoa.

Mas não se trata do anel. É sobre o tremor da mão dele e o brilho em seus olhos castanhos. Não é nem sobre o fato de querer dizer sim. É sobre algo maior.

— Adam... não podemos fazer isso.

Nós dois percebemos, sem graça, que todo o restaurante está assistindo.

— Por que não se levanta?

Adam olha em volta constrangido e volta para a cadeira.

Ele parece arrasado.

Eu me odeio por fazer isso, mas também sei que não tenho escolha.

CAPÍTULO 80

— Adam, você não entende o que está pedindo.
Ele espera que eu explique.

— Se tivesse visto o estado da minha mãe esses dias, não poderia ficar aí sentado... ajoelhar aqui... e pedir que eu me case com você. — Sinto meus dentes rilhando antes de continuar. — Ela não consegue falar direito, Adam. Não consegue andar, não consegue comer, não consegue mais ir ao banheiro. Nem pode sentar a maior parte do tempo. Fica só na cama ultimamente. E meu pobre pai tem de assistir a isso, impotente e incapaz de conter essa deterioração. Não pode viver a vida que os dois imaginaram.

Adam abaixa a cabeça e olha para o guardanapo que enrola nos dedos antes de responder:

— Diga uma coisa, Jess. Por que acha que seu pai continua com ela?

— O que quer dizer? Quer saber por que ele não a deixa?

— É. Porque alguns relacionamentos não sobreviveriam a isso, não é?

Não respondo. Nem tinha pensado nisso antes. Apenas supus que meu pai fosse estar sempre lá.

— Você acha que é porque ele sente pena dela? Ou porque acha que é obrigação dele? Ou será por você, porque você ficaria péssima se eles se separassem?

Meu rosto começa a esquentar conforme as lágrimas chegam.

— Provavelmente todas essas coisas.

— Besteira, Jess. Ele está lá todos os dias ao lado dela porque ama sua mãe.

Engulo as lágrimas e não digo nada.

— Ele pode odiar a doença. Pode detestar o que fez com ela. Mas ele adora sua mãe. Para ele, ela vale tudo por que ele está passando. E acontece que eu sinto a mesma coisa por você.

Minhas mãos tremem quando toco na bainha da toalha da mesa.

— Jess, preste atenção. Passei todos os minutos livres desde que você me falou que leu sobre isso assistindo a vídeos de pessoas que sofrem da doença, inclusive as que estão nos últimos estágios. Li relatórios, orientações da Huntington's Disease Association, blogs e fóruns. Sei exatamente o que a doença faz com as pessoas. Não pedi para você casar comigo sem saber. — Ele faz uma pausa e continua: — E é isso aí, Jess: eu sei que as coisas vão ficar muito, muito difíceis para você. Para nós. Mas você ainda não chegou lá. Você tem saúde. Nesse exato momento, sentada aqui nesse restaurante, a mulher mais linda que eu já vi, você não tem a doença de Huntington. Por isso precisa parar de se preocupar com o futuro, e viver. De preferência comigo, como seu marido.

Balanço a cabeça, fungo para conter as lágrimas e consigo encarar Adam.

— Mas Adam... como é que alguém pode querer isso?

— Eu não sou alguém.

— Não, eu sei, mas...

— Quando você se casa, é para ser na doença e na saúde. A maioria das pessoas nunca pensa nessa parte no início, mas eu pensei. Muito. E é o que eu quero.

Gaguejo, me atrapalho com o que desejo dizer. Até que um sorriso invade meu rosto e entendo que não preciso falar nada.

— Bom, agora que já acertamos isso, e que o pianista começou a tocar de novo, vou tentar mais uma vez — diz ele.

Dou risada e seco as lágrimas.

Ele pega o anel e levanta no ar, cintilante com a luz.

— Você não vai me fazer ajoelhar de novo, vai? Porque uma vez numa noite é aceitável, duas vezes parece desespero.

Eu rio.

— Não, não faça isso.

Ele hesita um segundo.

— Está bem. Não vou constrangê-la. Mas vou pedir de novo, Jess. Quer casar comigo?

Paro de sorrir e olho nos olhos do único homem que amei na vida.

Nunca fomos perfeitos, mas fomos feitos um para o outro. Precisei de dez anos, um bebê, uma doença fatal e uma montanha-russa de emoções no meio para descobrir isso.

Então suponho que a resposta seja uma só.

— Está bem, Adam.

Ele franze a testa.

— Isso é um sim?

— Sim. Sim, isso é um sim.

As feições dele se abrem num sorriso largo e faminto.

— Meu Deus, isso foi uma trabalheira — diz ele ao se debruçar sobre a mesa e me abraçar, e o cara do *filet de rouget* irrompe num aplauso emocionado.

CAPÍTULO 81

Adormeço e acordo algumas vezes aquela noite nos braços de Adam, mudando de posição só para sentir o subir e descer suave do seu peito sob meus dedos. A lua alta brilha numa fresta da veneziana e cria sombras misteriosas no quarto.

Não consigo dormir direito porque estou muito excitada com a coisa inesperada e gloriosa que borbulha dentro de mim. Pela primeira vez em anos, estou pensando no futuro com otimismo e uma certeza quase sobrenatural de que tudo vai dar certo, não importa o que a vida trouxer para mim.

Um sorriso se insinua nos meus lábios quando Adam, sonolento, me puxa para mais perto, e quase inconsciente se inclina para me beijar, aperta a boca na minha, ainda de olhos fechados.

– Você está acordado – sussurro.

– Quase. Que horas são?

– Ah, não sei... umas seis da manhã...

A mão dele desliza na pele das minhas costas e eu aperto meu corpo no dele, passo os lábios na parte áspera do seu queixo. Então meu celular começa a tocar.

Levo um segundo para registrar e nós dois paramos ao mesmo tempo. Eu me afasto de Adam, desço da cama e atravesso o quarto para pegar o celular em cima da minha bolsa, embaixo da janela. Eu me atrapalho com ele, meus dedos não funcionam com a rapidez necessária, mas finalmente acerto o botão de atender.

– Papai? – pergunto aflita.

Quando meu pai fala, fica muito claro pelo tremor na voz que essa é a ligação que eu temi esses últimos dez anos.

– Jess, é a sua mãe.

CAPÍTULO 82

Mal me lembro da confusão para voltar para casa. Só sei que consegui pegar um voo mais tarde aquele dia mesmo, sozinha, deixando William e todos os outros na França, além do meu carro e de grande parte dos meus pertences mundanos.

Lembro-me de espiar sonolenta pela janela e ver o topo das nuvens e de pensar que tudo parecia calmo, azul e perfeito lá de cima, sabendo que, assim que o avião embicasse para baixo delas, eu mergulharia de novo num mundo que era bem mais tenebroso.

Cinco dias depois, o "quando deixar de ser uma possibilidade" que papai e eu conversamos nos últimos dez anos estava prestes a acontecer. E só agora entendo como estava despreparada para isso. Acho que nada poderia ter me preparado.

Minha mãe está tendo uma morte infeliz e feia, do tipo impossível de acreditar que está acontecendo. O sufocamento derivado dos engasgos, que piorou nos últimos meses, foi o que fez aquilo com ela.

Os médicos acham que ela inalou algum alimento que provocou a pneumonia, e o corpo já está fraco demais para lutar contra isso. Desde então, estão lhe injetando antibióticos, mas os pulmões estão tão maltratados, tão cansados, que não têm chance nenhuma.

Não é que as pessoas não estejam procurando aliviar aquele quadro, porque estão. Todos estão fazendo o melhor possível. Mas o melhor possível não está ajudando. E a visão que tenho da minha mãe nesse momento é tal que vai me assombrar para sempre. Mesmo sedada, ela nunca parece estar confortável. Parece torturada.

Papai e eu nos revezamos ao lado do seu leito, esfregando as articulações dos dedos, vendo seus movimentos sob a fina camisola de algodão, a pele enrugada sobre os ossos.

O coração do meu pai está sendo esmagado lentamente com cada grito que escapa dos lábios dela. E eu estou tão perturbada com o horror de tudo aquilo que há dias em que preciso de toda a minha força para espiar pela janela e não desprezar cada pessoa que cuida da própria vida lá fora. Chorei tanto nos últimos dias que a pele do rosto está em carne viva.

Adam levou William para Manchester no meu carro logo depois que eu parti, e agora está na nossa casa com ele. Meu filho fica falando que quer ver a avó, mas não deixei. Ponho a culpa na equipe médica, digo que eles não permitem. Posso ter prometido solenemente para ele quando estávamos na França, mas nada de bom resultaria de ele testemunhar isso: sua avó sendo lentamente sufocada pelo próprio corpo.

– Você precisa ir para casa dormir um pouco, querida – diz papai pela quarta vez hoje.

Mas a decisão de ir envolve uma troca. Eu quero estar lá quando ela morrer. Pensei que fosse acontecer dias atrás, quando ela ainda tentava se comunicar da melhor forma que podia.

Eu me preparei várias vezes pensando "é agora", convencida de que alguém não podia continuar lutando com o corpo naquele estado.

Mas lá está ela, agarrada à vida. Uma parte de mim me odeia por desejar que aquilo acabe. Mas ela não parece mais a minha mãe, nem cheira como minha mãe, nem soa como minha mãe.

– Em breve eu vou, papai.

Mas não me mexo. Em vez disso, deixo os olhos vagarem pelo quarto, para a janela, as fotos que papai trouxe do lar de idosos, pequenas lembranças para ela se concentrar, nos dias em que podia se concentrar em alguma coisa.

Tem uma foto do casamento deles, um sábado ensolarado de setembro que os dois sempre disseram que deve ter sido o dia mais quente do ano. Aos dezenove anos, mamãe era uma noiva muito jovem. O vestido tinha gola fechada e uma renda que acariciava os braços, e ela usava um chapéu daqueles de abas bem largas, com um véu que descia pelas costas.

Ficava fascinada com aquele chapéu quando era pequena. Costumava experimentá-lo e dançava na frente do espelho do quarto dela, rodopiando o véu à minha volta como uma ginasta. A alegria da minha mãe brilha na imagem, meu pai bem estiloso e feliz da vida, os dois lado a lado para embarcar na aventura juntos.

Há outras cinco ou seis fotos emolduradas de gente, de lugares e – no caso da nossa velha cadela, Lady – de animais que ela amava. A imagem que chama minha atenção é a foto de nós duas juntas, no meu sexto aniversário, de pé ao lado do bolo que mamãe tinha feito.

As pessoas sempre disseram que éramos parecidas, mas é naquela foto que isso fica muito evidente. Tenho a mesma boca carnuda, pele bem clara, algumas sardas no nariz. Só espero que, quando chegar a minha vez, eu tenha a mesma capacidade de luta.

A adição mais recente é uma que eu imprimi numa pequena cabine no supermercado quando fui comprar sanduíches para papai e para mim dois dias atrás. É a foto que tirei, com meu celular, de Adam e William rindo à beira do lago aquele dia. Não sei se ela chegou a registrar, mas espero que sim. Essa foto e o anel de noivado que mostrei para ela e para papai enquanto ele segurava a mão dela e sorria aquela única vez desde a minha volta para casa.

Pelo simples motivo de querer esticar as pernas, resolvo levantar e arrumar a cortina que estava amarrotada num canto desde que a enfermeira tinha puxado para abrir durante a manhã. Encostei na mão de mamãe quando levantei e senti que estava fria.

Meu coração disparou e entrei em pânico achando que já tinha acontecido. Então um som escapou do fundo da sua garganta.

– Jess – sussurra papai, mas não olha para mim, ele tem o olhar fixo no rosto da mulher que ele amou durante toda a sua vida adulta. Ele aperta a mão dela e mamãe ronca intermitentemente, a respiração silencia e depois recomeça. Fico paralisada na cadeira até aquele começar e parar dos pulmões mudar.

Quando a vida se esvai do corpo da minha mãe é mais rápido do que eu imaginava.

A expressão no rosto dela fica mais suave. Não há mais movimentos, não há mais tiques, nenhum daqueles sons ou grunhidos aos quais já tínhamos nos acostumado. E no meio das nossas lágrimas, do choque e da tristeza devastadora, o quarto se enche de uma coisa que vem antes do luto.

O quarto se enche de paz.

CAPÍTULO 83

12 meses depois
verão de 2017

Adam liga o motor da van Volkswagen de camping e, quando funciona, William e eu comemoramos. Nunca achei graça naquilo antes, mas depois de comprar aquela van no ano anterior e de passar os três meses seguintes acampando nela nos fins de semana com William, Adam está enfeitiçado. Nunca o vi tão feliz como quando senta naquele banco do motorista. Parece que está num Lamborghini.

Por fora é verde e branca, por dentro é retrô e tem bancos de couro, armários novos e cortinas de guingão amarradas com fitas amarelas. Nós batizamos o carro de Lisa, nome da mãe de Adam, e a foto preferida dele com ela diante da van, muitos anos atrás, está pregada no para-sol da frente.

Claro que o problema de dirigir um veículo construído em 1962 é que não é muito compatível com um terreno montanhoso, especialmente se você espera andar mais rápido do que um cortador de grama médio. Por isso nossa viagem de Manchester até os campos franceses levou mais tempo do que imaginávamos – e isso é dizer muito, já que sou pessimista.

Mas depois de um tempo nos aproximamos do destino, ainda que meu coração tenha quase parado toda vez que tivemos de negociar algumas daquelas traiçoeiras estradas nas montanhas.

– Por que está tão nervosa, mamãe? – pergunta William.

– Ah, não sei... tem algo a ver com o penhasco lá embaixo, será?

– Aquilo é uma *colina* – zomba Adam, e engata a segunda na van.

– Se está dizendo... – respondo, e me alivia ver que a estrada está mais larga quando paramos no lugar combinado para encontrar Enzo, o guia que nos levou na aventura pelas cachoeiras no verão anterior.

Desço do carro e olho para o grande vale. Lembro-me da lição singular, mas monumental, que aprendi naquele ano.

O futuro de todos é incerto.

A maioria de nós não pensa que poderíamos ser atropelados por um ônibus amanhã. Seguimos a vida achando que tudo estará sempre lá.

Eu, por outro lado, não conto com nada. Nada mesmo. Saboreio cada beijo do meu filho, cada mordida que dou num chocolate, cada folha que cai de uma árvore no outono e cada explosão de riso com meus amigos.

Tenho uma boa vida.

Uma vida fantástica.

Não ando mais apavorada com o futuro porque isso seria desperdiçar meu tempo limitado. Vivo minha vida rica e maravilhosa com a coragem que só adquiri recentemente. Às vezes precisamos da escuridão para ver como brilhamos.

Não quero dizer que esse último ano tenha sido fácil, mas nessa semana, com o aniversário da morte da minha mãe se aproximando, a sensação pode estar ampliada. Voltar à França de férias ajudou a todos nós, inclusive papai, que foi de avião ao nosso encontro alguns dias atrás. Mesmo assim, a dor da perda está gravada para sempre em seu coração partido. Ele sente falta dela desesperadamente. Nós todos sentimos.

Tenho saudade do sorriso dela. Tenho saudade da sua sabedoria. Sinto falta de seus bolos. E sinto saudade do seu humor leve, que nunca falhava por pior que fosse a peça que a vida pregasse.

Não há dúvida de que aqueles doze meses foram difíceis.

E às vezes meus instintos me traem. Toda vez que deixo um copo cair, ou fico impaciente demais, ou esqueço o nome do nosso vizinho, o velho e conhecido pânico volta.

Cheguei à conclusão de que viver de qualquer outro jeito seria impossível, já que vi o que vi e sei o que sei. Mas me recuso a deixar que o medo me domine. Se tem uma coisa que minha mãe me ensinou é a cair lutando. Não vou desperdiçar tempo com tristeza.

Também ajuda termos algumas coisas boas. A mudança, para começo de conversa. Depois que acertaram a venda do château e Adam voltou a viver na Inglaterra em tempo integral, ficou claro que nós três amontoados numa casinha mínima não ia funcionar, especialmente agora que temos um filho que está quase da minha altura e que parece ocupar o sofá inteiro cada vez que se joga nele.

Então procuramos trocar por uma coisa maior. Vou ser sincera. Foi muito divertido passar fins de semana metendo o nariz nas casas dos outros, e eu quase lamentei quando finalmente encontramos um lugar.

Agora moramos numa casa de tijolos vermelhos com quatro quartos, em Didsbury, para onde nos mudamos há três meses. E estou adorando. Adoro as janelas altas que deixam a luz entrar em todos os cômodos, a velha e grande escada que parece que está lá desde o início dos tempos, e que cada volta e nó da natureza estejam gravados nos desenhos das pesadas portas de pinheiro. E William está eufórico com seu quarto novo, que é um templo do *Match of the Day* – uma zona em tecnicolor com fotos dos jogadores e das bolas em todas as superfícies disponíveis.

Há também a proximidade do casamento, e o formato do evento tem sido motivo de discussão, digamos assim. Eu estive pensando em alguma coisa muito discreta, um hotel ou pub chique com pouca gente. Adam pensa em algo do tipo abertura dos Jogos Olímpicos no Rio.

Chegamos a um consenso e estamos planejando um casamento no Natal, com cerca de cinquenta amigos e familiares. Não tão pequeno, mas com comemoração declarada para berrar dos telhados que encontramos um ao outro de novo.

Fazia sentido por tudo, já que gastar mais do que estamos gastando em um casamento estava fora de questão. Não estamos quebrados, mas o dinheiro da venda do château está sendo quase todo injetado no novo empreendimento de Adam. Ele está se estabelecendo como empreiteiro e encontrou uma casa bonita, só que caindo aos pedaços, que foi usada pela última vez como lar de idosos. Não é tão grande como o Château de Roussignol, mas tem os mesmos problemas que tinha o château quando foi comprado, talvez mais ainda. Não há nada como umas goteiras e madeira podre para animar meu futuro marido.

O plano dele é fazer a reforma, transformá-la em um condomínio de apartamentos luxuosos e então vender ou alugar, ele mesmo, antes de procurar o próximo projeto. Por isso não tivemos muito tempo de folga até agora, e passamos as três últimas semanas explorando a França, acabando de volta aqui na Dordogne. Passamos a última noite no Château de Roussignol como convidados dos novos donos.

É uma delícia voltar e sentir o baque nostálgico de todas as vistas e sons do ano passado. As trepadeiras em flor invadindo os muros, os rouxinóis e as borboletas, o ar perfumado e a brisa quente.

Seguimos a mesma trilha da cachoeira para onde Enzo nos levou naquele ano e lembro-me da maravilha que é tudo aquilo, da grama molhada com seu cheiro doce de um lado e um colar de samambaias na lateral de pedra.

Lembro também que a trilha era ridiculamente assustadora.

Mas não pense que eu ia ver William mergulhar nos poços turquesa e ser carregado de costas pela correnteza do rio. No início fui indo obrigada, tropeçando ressabiada nas margens atrás deles, gritando toda vez que escorregava.

Mas, apesar de arrepiada, não sinto mais frio. Estou ocupada demais brincando com meu filho, rindo com meu noivo, sentindo a água gelada no meu rosto quente do sol que queima assim que encosta na pele.

– Tudo bem, você estava certo – digo para Adam. – Isso é muito bom.

Ele olha para mim.

– Muito bom? Isso é ótimo. Você só precisa se entregar.

Já vou responder, mas William chega perto de mim tão rápido que quase cai de cara na água.

– Mamãe, a próxima é a grande! Você vai pular? Vamos lá!

– Sua mãe não precisa provar absolutamente nada – Adam diz para ele e vira para mim. – Nada mesmo.

Com passos largos, vou até a ponta da pedra e olho lá para baixo, a água correndo nos meus pés, a adrenalina acelerando na boca do estômago. Cerro os dentes e respiro fundo.

– Podemos pular juntos.

William segura a minha mão.

Adam agarra minha outra mão, levanto o queixo até focalizar o azul brilhante do céu.

Tenho William de um lado. Tenho Adam do outro. Só precisamos pular. Quando eles começam a contagem regressiva para a hora de pular na água lá embaixo, com seus dedos quentes espremendo os meus, lembro-me de outra coisa que aprendi no último ano.

Quando estamos cercados de amor, não temos nada a temer.

NOTA DA AUTORA

Em dezembro de 2017, após várias décadas de pesquisa, os cientistas anunciaram um grande avanço em seu trabalho sobre a doença de Huntington.

Um teste em humanos de uma nova droga "redutora de huntingtina" reduziu com sucesso e segurança os níveis da proteína prejudicial que causa a doença. A equipe de pesquisa da University College London diz que "agora existe uma esperança real de que a doença possa ser desacelerada ou completamente evitada". Enquanto escrevo, ainda são necessários dados vitais em longo prazo, e a onda de testes começará a mostrar se os níveis mais baixos de huntingtina vão mudar o curso da doença. Para saber mais sobre a doença de Huntington, ou descobrir como você pode ajudar, visite a Huntington's Disease Association na Inglaterra (www.hda.org.uk) ou a Huntington's Disease Society of America (www.hdsa.org).

AGRADECIMENTOS

É difícil saber por onde começar os agradecimentos a todos que prestigiaram esse livro. Mas Sheila Crowley, da Curtis Brown, é um ótimo começo. Sem a ambição, a energia e a visão de Sheila, *Aqui, agora, sempre* não existiria, quanto mais teria impulsionado a minha carreira numa direção tão inesperada e maravilhosa.

Agradeço também a Rebecca Ritchie pelo seu apoio entusiasmado e simpatia inabalável. E a Anne Bihan, cujo trabalho árduo e paixão por esse romance são o motivo de estar sendo traduzido em tantos idiomas.

Uma das perguntas mais frequentes para qualquer escritor é: você gostaria que seu livro se transformasse em filme? Eu nem me permitia fantasiar sobre uma ambição assim tão elevada até Luke Speed da Curtis Brown dar a notícia de que *Aqui, agora, sempre* tinha sido indicado por John Fischer da Temple Hill para virar filme. Agradeço demais aos dois.

Obrigada à minha editora norte-americana, Pamela Dorman, da Penguin, com quem foi uma honra e um prazer trabalhar. Agradeço não só por ter a oportunidade de escrever para leitores dos Estados Unidos, mas também pelo cuidado que ela dedicou a esse livro e à quantidade imensa de coisas que aprendi durante o processo de edição.

Foi uma alegria trabalhar nessa nova orientação da minha escrita com meus editores de longa data, Simon & Schuster UK. Obrigada a Suzanne Baboneau, Jo Dickinson e Sara-Jade Virtue pelo comprometimento, empenho e, no caso de Sara-Jade, pelo gim. Obrigada também a Clare Hey pelo entusiasmo e pela orientação do primeiro manuscrito.

Tenho uma dívida com a Huntington's Disease Association pela assistência deles enquanto fazia a pesquisa para esse livro. Foi desconcertante até encontrar Bill Crowder. A orientação dele e sua disposição para responder às minhas intermináveis perguntas foram valiosíssimas, assim como o tempo doado generosamente por Cath Stanley, que fez a gentileza de ler o manuscrito final inteiro.

Agradeço à Huntington's Disease Society of America por permitir que eu reproduzisse a seção do seu site apresentada no capítulo 26.

Obrigada a Frederique Polet, meu editor da Presse de la Cité, por lapidar o diálogo em francês, aprimorando significativamente meu esforço, que provinha de um nível A bem enferrujado.

Para finalizar, agradeço à minha adorável família: Mark, Otis, Lucas, Isaac e à minha mãe e meu pai. Também ao tio Colin pelos cálculos e ao meu irmão Stephen por usar sua melhor iluminação nas minhas fotos.

Impressão e Acabamento:
BARTIRA GRÁFICA